大地的隐语

谭登坤　著

山东文艺出版社

济南

图书在版编目（CIP）数据

大地的隐语 / 谭登坤著. -- 济南：山东文艺出版
社,2025. 7. -- ISBN 978-7-5329-7376-7

Ⅰ . I267

中国国家版本馆 CIP 数据核字第 2025U61Z96 号

责任编辑：王怀瑞
策　　划：济南文墨传媒
装帧设计：川石品牌

大地的隐语

DADI DE YINYU

谭登坤　著

主管单位　山东出版传媒股份有限公司
出版发行　山东文艺出版社
社　　址　山东省济南市英雄山路 189 号
邮　　编　250002
网　　址　www.sdwypress.com

读者服务　0531-82098776（总编室）
　　　　　　 0531-82098775（市场营销部）
电子信箱　sdwy@sdpree.com.cn

印　　刷　济南精致印务有限公司
开　　本　880 毫米×1230 毫米　1/32
印　　张　10.5
字　　数　240 千
版　　次　2025 年 7 月第 1 版
印　　次　2025 年 7 月第 1 次印刷
书　　号　ISBN 978-7-5329-7376-7
定　　价　78.00 元

目录

contents

第一辑　人间草木

第二辑　芸芸众虫

第三辑　鸟生如戏

第四辑　缘河而居

第一辑

人间草木

大地的隐语

我常常为大地上那些偶然的奇遇感到惊讶。下雪了，一只灰喜鹊，飞过白雪皑皑的原野。在这个冬天里，它绝不至于饿死，或者冻死。它穿梭于屋檐与草垛之间。那里，有它自己写下的无数密码，凭着一棵麦草，一片枯叶，或者一道爪痕，它轻易地推开一扇又一扇隐秘的门，在墙缝里，草隙间，土坎儿乃至枝杈间，取出一只捂熟的杜梨，一颗山楂，一枚红透的枣子。这是独属于它自己的秘密。

早晨，一只早起的麻雀，学着我的样子走路。它高抬腿，轻迈步，清晰地在霜雪上印下一串竹叶似的符号。见我惊讶，它露出不屑，悠然飞去。我仔细辨认麻雀留下的那一串痕迹。线条瘦硬，字字严谨，虽一字贯之，却绝无懈怠。自忖，这应该是这只小鸟留下的隐语吧。凝视有时，终不能揣度其意。屋檐上，麻雀们正排成一排，歪着脑袋，一起看我。它们一定在想，这个愚蠢的家伙，竟连这么简单的文字也读不懂！这些小鸟，或者真的希望，同样两足行走的我，是一位知音，只可惜我太让它们失望。此时，缀结于檐头的那一团阳光，终于饱满，流淌下来，让那一串原本清晰的文字漫漶于无形。

开春的时候，一条刚刚出洞的小蛇，在我家那头刚刚买回来的小猪面前，绕出如水的线条。一颗尖削的脑袋，引领着它妖娆的身体，画出一串眼花缭乱的符号。蛇无声，它那意味深长的表达，完全靠它美丽的身体。这头小猪，它跟随着这条一波一波横着流淌的小蛇，认真地辨识了好久。直到那条蛇在一截断墙前悠然不见，小猪都没有弄懂那条蛇到底说了什么。它明明是横着游动的，怎么就往后退去了呢？小猪困惑地摇一摇脑袋，惭愧离去。

我坐在一片夏日的树荫里，享受着扑面而来的风。一眨眼的工夫，一只蚊子也赶过来，接着，又是一只。它们围绕着我，飞出翩翩舞姿。一只小鸟和一只黄狗，也突然鸣吠起来。还有一群扰人的苍蝇。它们都是冲着我来的。本来空旷的原野，没有蚊子，也没有苍蝇。一眨眼，它们就无中生有，来到我的眼前，俨然是一群隐藏很深的哨兵，是这片树荫的捍卫者。倒是我，无形中侵扰了它们。野地空旷，它们能藏在哪里呢？它们有让自己消于无形的法术吗？这让我兀自感叹，飞蠓蚊虫，皆有灵气。

一只蚂蚁，晃动着发丝一样的天线，以它微末的身体，爬过森林一般的草丛，以及沟壑一般的辙印，找到回家的路。一只刺猬，它在瓜果成熟的时候诞下幼崽。一只野鸡，它总会在野草萌发的时节产蛋抱窝。其实，这都不是一件偶然的事。这些游荡于大地深处的精灵，能够毫无障碍地跟大地交流，它们无不精通大地的语言。它们遵从着某种指引，蹚开一条又一条看似无解的路。自然造化，给生命以先验的灵感，它们是大地之子，可以安享大地赐予的恩惠。

再没有比一条藤蔓更让人感叹的生命了。它的触须既是手臂，又是眼睛。它摇摇晃晃在半空里，让你替它着急。那么柔，那么弱，纤纤细茎，不知道什么时候，就枯萎于地了。可它自信满满，耐心辨别，选择，试探，直到准确地攀住野枝、崖壁。等你再一次把不忍的眼光投向它们，你会惊讶地发现，它们或缠绕，或粘贴，又往高处蹿出一大截了。

一粒儿种子，在泥土中所释放的信号像一张网一样铺展开去。它与大地之间无比亲密的邀约，以只有它自己能懂的方式传递和接收。一棵玉米，一株高粱，都在花期释放出弥漫于原野的生命密码。天下草木，无不选择各自的方式，向原野深处发送自己的信息。它们看似固守一隅，实则在无声的世界里畅通无阻，获得自由。这是草木与大地的默契，也是大地与草木的因缘。

一丛紫花地丁举起它们娇艳的花瓣儿，在草丛里闪烁。随即，你会惊讶地发现，在周围一片不小的扇面上，到处闪烁着碧绿妖娆的紫花地丁的身影。有的含苞，有的才刚刚抽出两三片叶子，有的则刚刚萌芽。它们像一张硕大的花毯，展开在草地上。这张毯子之外，则完全是狗尾巴草和星星草的天地。我在其他地方，也曾见过这样的奇观。一大片遍身茸毛的地黄，一大片叶片肥厚的车前草，一大片大蓟或小蓟，或是一大片金黄金黄的旋覆花，它们总是扎堆，成簇成片地，从一片土地上冒出来。它们选择了这里，而不是那里。它们手拉着手，肩挨着肩，比邻而居。

在我看来，这一片土地与那一片土地，它们并无不同。可这些连片结伴的精灵们不这样看，它们掌握着某种密码。那是只有这些俯伏于地的微末草芥们才能读懂的，大地的隐语。它们懂得，只有这里才更适合它们，才是它们生命的天堂。这一片紫花地丁让我兴奋，还因为，在我与土地的长期交往中，有时候也会误打误撞地触碰到土地上那些隐秘的按钮。

有一天，我忽然发现，河南岸的一片土地上谷子长得特别旺盛，而北岸的那一片土地，则更为芝麻、绿豆钟爱。这让我长久地感动。一粒儿种子，一片土地，它们都有着前世的约定。这是只有它们自己才懂的，大地的密码。这些密码，深藏于土地的褶皱里。解读密码的钥匙，却深藏于每一粒儿种子的内心。它们在风中相遇，然后一场以命相许的爱情，便在这片土地之上诞生。这些，于一粒儿种子何其简单，于一个人却何其艰难。我得下足了功夫，态度谦卑，日复一日地走近它们，方才渐渐明白，这一片土地与那一片土地，这一垄黄土与那一垄黄土，它们是不一样的。

越是寻找，就越是让我深感自卑。一株野草，一粒儿蠓虫，它们都可以凭着它们简单的逻辑，直达真理。它们轻易就能读懂那些大地的语言，其实，那就是它们的日常，就是它们最通俗的交流。而这种交流，在我却成为秘密，成为大地的隐语。我像一个盲人一样，东一头西一头地瞎撞，撞得准与不准，全凭我的坚持和运气。

我才渐渐悟到，我与一株紫花地丁，或与一株旋覆花，我们之间的差距。这不是高与矮或者多与少那样简单的差距，而是有与无的差距，中间甚至隔着天与地的距离。有时候，我深深地感到隔膜，与我立足的这片土地。我日日水里泥里，摸爬滚打，自以为与土地建立起无法割舍的情谊，却不如一粒儿小小草籽，浑然泥土，悠游于泥土，那般亲密。这让我对一株野草，深感羡慕。我们，不在一个纬度上吗？不在一片天空下吗？

越是这样，就越是对一株野草，对一串喇叭花，乃至一棵俯伏于地的蒺藜，或茵陈蒿，充满敬意。我真诚热烈地赞颂它们。它们可真是太聪明，太智慧了。我必须低下身段，我得成为它们的同类和同谋。这是低处的哲学，这是草木以及虫鱼鸟兽的智慧。

其实，我早就发现，我比一株在风中扭动着腰肢的苍术或者开满紫色花朵的丹参，都愚蠢得多。或者说，我脚下的这一片土地，它对于我，远不及对一株深深藏进它怀抱的瓦松或一株天门冬更亲切，也更关切。我得从头检讨，我的所有思想，以及品格。

马颊河自西南而东北，一路蜿蜒。它日复一日地叙说那些自远古而来的往事。它澎湃时大地轰鸣，它平静时云淡风轻。它的那些故事，也只有两岸的草木鸟兽，听得沉迷，听得感动，并代代传递。

这条河流，它有一千个理由绕开我脚下的这片土地，它有一万个理由改变方向。可它没有。它费尽千辛万苦，它朝着我脚下的土地流过来。它游动巨龙一般坚定的头颅，深深扎进泥土。它劈开一片高高的山地。它那弯曲的身躯像弓起的脊背。

很久以前，那位麻衣草屦的流浪者，踏过荒原。不知走了多远的路，又忍受了多少饥寒。疲惫让他在又一个黄昏，在一片空旷的荒野里沉沉睡去。睡梦中，他像是靠在一副宽阔的肩膀上，听到亲切的絮语。那是一场从未有过的深睡。他的流浪的灵魂和身体，获得从未有过的安抚。他醒来的时候，百花盛开，百鸟齐鸣，湿润的风，滋润着他干裂的嘴唇。他的耳边，响起由远而近的涛声，那是从大河上传过来的声音。他一抬眼就看到了汤汤的流水。他蓦然发现，他靠在一条大河的胸膛上。他的旁边，是一棵苍郁的树，一棵枣树。树干粗壮虬劲，树龄怕有千年。树上挂满果子，如一树的风铃。这让他大为惊讶。他记得清清楚楚，在他睡去之前，他的周边是无际的荒原，没有树，也没有河流。是他发生了梦游，还是这条河跟这棵树迢迢地赶来，专为了迎逅，才悄悄陪伴在他的身边。

一座村庄就在一条大河的宽阔的脊背上繁衍起来啦。大河之滨，从此人烟辐辏。回味一座村庄诞生的传说，重新审视我的村子，我豁然明白，一个村子，就像一株草、一棵树一样，就像眼前的这条大河一样，同样是大地之手的杰作。我和我的族类，不过是万物之一种，天地之一环、一链、一枝、一叶。春风化雨，耕种收获，无不是遵循着自然指引，天地造化使然。就像这条大河，它非要切开这一片高亢的山地，它非要在这片山地前弓起它宽厚的脊背，它在这片山地上，驮起一爿村庄，这就是天赋使命，违拗不得，也改变不得。渺小如人类，岂能跳出大地的掌心，自外于大河的滋润呢？这样一个发现，让我怦然心动。

只是，我在什么时候，丢失了那把钥匙，在什么时候，失去了一份敏锐，在什么时候，丢掉了与大地交流的本能呢？同是大地之子，我就要被抛弃了吗？

我曾经长久地凝视一只斑鸠、一只灰林鸮或一只青头潜鸭，也曾经长久地凝视一株野苋菜、一棵夏至草、一朵金莲花，看它们如何一次又一次，轻松然而不懈地敲响自然之门。它们无不美丽，无不蓬勃，无不智慧而敏感，它们逍遥草野，或遁地隐形，得其所哉。

沿河走来，我恍然回到久远的过去，回到一座村庄的诞生和繁衍之时；又似乎是代替我的先祖，走在一片荒原上。我与大地亲密交往，像一粒儿种子、一只小兽一样，毫不费力地破解一道又一道大地的符咒。曾经，那正是我与大地交流交往的日常。

是我过于贪婪了吗？是缘于我的掠夺吗？我一天一天模糊了所从来，一天一天忘记了所从往，一天一天拉开了与大地的距离。我开始讨厌野草，消灭野草；我开始砍伐森林，抓捕野兽；我开始筑起大坝，截断河流；我开始占领每一寸我能够占领的土地。物欲让我更加贪婪，占有让我忘记本分。不知不觉中，我一点一点丢掉了祖先原初的质朴与谦逊，一点一点丧失了先天而有的机敏和灵性。我的饕餮的眼眸，轻飘飘地掠过天下万物。

疏离源自隔膜，隔膜源自遗忘，遗忘造就无知，无知助推狂妄。

千百年来，一条大河足够耐心，给我的时间足够长久。它深情呼唤，日日等待。我却总是有意无意地辜负，傲慢地扭过头去。我陶醉在无餍的占有里，毒化的土地和空气，以及被摧残的生灵，都被我选择性地漠视。

我抛弃了祖先与土地的密约，也成为土地的弃儿。我失去了与大地对话的能力。我，本来是自然天地中的骄傲，而不是恶魔；我，本应是自然怀抱中的长子，而不应是自然的弃儿。这是我的愚蠢，罪愆。

也是从一株土黄芪或一株野飞廉那里，我悔悟到，大地的言语，本来都是最朴实、最殷切的叮嘱。我必要像我的祖先那样，遵循大地的指引，安下窠巢。我必要低下身段，深怀土地之子的虔诚，久而弥新的挚情，我才会像一棵草、一只虫那样，轻易地听懂大地的嘱咐，才会如芝麻开门一样，敲开一扇又一扇大地之门，让我的眼前豁然开朗。

举头仰望，天空中的一只噪鹃、一只长尾山雀、一只黑翅鸢，乃至一只蛇雕，都常常让我陷入冥想。这些体生双翼的精灵，就是大地的信使，它们是另一种表达，另一种传递，它们揭示一种联系以及向往。它们把大地的密码写到天上。

深秋的黄昏，大雁南去。这是一群天底下最认真的书法家。千百年来，它们在我的头顶上写出工稳的行楷、厚重的篆隶。可它们始终以谦逊的姿态，笨拙地，然而执着地训练，从不懈怠。它们始终从最简单的起笔和落笔，从一笔一画、一撇一捺练起。在一些浅薄的人看来，这些大雁，能力实在太拙。这样既无创新，又不变通，岂不荒唐。可是，越想就越不对劲。这些貌似笨拙的大鸟，年复一年、日复一日地在我的头顶上，不知疲倦地书写，实在是一种昭示，一种召唤，期待着我的解读。它们千百次地重复，正抒发着它们深切的感情和宽广的胸襟。

马颊河水量丰沛的时候，飞鸟们还常常选择在河湾无际的草甸上落脚，畅游，过夜，留恋盘桓一些时日。可这些年的变化，让我深感疑惑，甚至莫名地忧虑。它们对马颊河的态度，发生了巨大的变化。它们凄凉的鸣声划过马颊河的上空，却不再落下来。那个硕大的、惊心的"人"字或"一"字，就那么一直写在天空上，一次一次演示着。它们飞得那么沉重，已经很累了，可依然艰难然而坚决地，从我的头顶掠过，只把它们凄冷的叫声，留在天空里，只把它们写了一万遍的那个工整的"人"或"一"字，留在天空里。

从大雁留给马颊河的偈语里，我得读懂一点什么。

我，做了什么，又应该做一点什么。

马颊河应该有更深阔的原野，有更甜的河水和更干净的风；马颊河应该有更肥美繁茂的草木，有更多的鸟语兽言；马颊河应该能迎迓大雁，能让它们停一停脚步，能拥它们入怀，让它们有踏实的栖息地。

我必要虔诚，聆听；必要潜心，解读。我必要遵循大地的召唤，如我的祖先那样，沿着一条河流，回来。如有违逆，必遭报应，这不是诅咒，而是自然的律令。大地深厚，也足够耐心，等待每一只迷途的羔羊回来。

我现在明白，大地的隐语密如蛛网，纵横交织。天空的隐语也早已密密麻麻，繁如星汉。那我要做的，就只是痛饮每一滴雨露，拥抱每一粒儿泥土，解读每一片云彩，迎接每一场南来北往的风。我痛切地知道，那些，都是大地的隐语，也是上苍的法则。

人间草木

一

夏日，一株健壮的小枣树，扯住我的衣裳。我心里就笑了。

躲过它那还显稚嫩的棘刺，轻轻抚摸一下还挂着白粉的油汪汪的绿叶，我不由得心生怜悯，想到它的前身——那一截深黑的粗糙的树根。睡过一个漫长的冬季，它在这个夏天，竟长出这么碧绿的一棵小树苗子来。

一次埋藏正是一次修复，也如一次受孕。

想起当时，手提一截树根，颇费踌躇的样子。

想起一冬的大雪，想起我的从冬到夏琐碎的日子。如今，都在这个活泼泼的小生命面前变得生动鲜活起来。

这棵枝叶茂盛的树苗儿，从杂草里探出身子。它像是认出了我，像是感谢我埋下一截枣树根的功德。它在风中摇晃着身姿，一次一次朝我招手点头。它那稍显柔软的枝条，却已展现出风骨。青绿的针刺，从枝腋里伸出来，又尖锐，又漂亮。

也是早春。我把一截石榴枝扦进泥土，把一段条直的柳枝，插在坑塘的边沿上。

本来光秃秃的枝条，立马改变了身份。在埋进泥土的那一刻，它们的母性一下子就被唤醒了，在一个春天里生出根须，孕育出胚芽。

在野地里，自然的生发随时随处发生，这里那里的，由根芽而幼苗，繁生出密匝匝的新株来。

在苗圃里，一场残酷然而恒常的游戏，正在上演。长长的新枝，笔直的杨树条子，伸到铡刀下。亮晃晃的刀片，锋利刚劲。一截一截六到八寸长的断木，就像一截一截被斩断的腰身手足，滚落得满地都是。新鲜的碴口汪着透明的血液。咔嚓，又是一刀，断木在地上扭动着，颤抖着。疼啊！断木的呼喊在旷野里飘荡。这样的场面血腥残忍，让人浮想联翩。那填到铡刀下一根一根的枝条，那么秀美颀长。它本来长在枝头，可以生出飒爽的叶子，可以舞出优美的舞姿，如今却被碎尸万段。关键还不在于此。即使臃肿丑陋，也罪不至此，何以非要一截又一截，让它们遭受如此大难。咔嚓，手起刀落。那被铡断的枝条，仿佛正是我的胳膊、我的腰身、我的头颅。我的脊背上不由得一阵一阵发紧，肠胃也莫名地翻腾起来。

我郑重地提醒自己，这是生命的再生啊，这是另一种孕育啊。

可我还是不忍，对这样一种繁殖，不忍直视。

手握铡刀的人真是心狠手辣。双手死死卡住铡刀的手柄，那样怒目圆睁，那样孔武野蛮，那样毫不犹豫。仿佛，他对这些枝条，怀着深仇大恨。那一根一根枝条，好像它们原本的摇曳和青绿，优雅和挺拔，都成了大罪。

另一个场景，或者是另一场游戏，这个男人却又柔肠百结，风情万种。

那是在田垄里。

还是这个男人，还是这些枝条。

一截一截扦插入土的枝条萌芽了，展叶了，抽枝了。男人的一双大手常常找不到合适的姿势，伸出去的手停在半空，距离幼苗还有一尺的距离。他变得又羞涩，又胆怯。主要是欣喜，满脸的欣喜，满怀的欣喜。

这些小东西，嫩生生的芽蘖，它们怎么就冒出来了，它们怎么就活泛起来了，它们怎么就会在一根光秃秃的木棍上生出来了呢。那每一株幼苗，在他眼里，都变成了刚刚诞生的婴儿。他想去爱抚那些幼苗，想去摸一摸它们稚嫩的脸蛋，却又害怕一双粗糙的手会伤害到它们。在那些天里，他的眼里常常是湿润润的，他的脸上，洋溢着激动的微笑，他走路的姿势，变得轻盈舒缓，说话的声音变得轻柔温和，他的眼眸荡漾着慈爱的光。他的心头一定刮过阵阵温柔的风。

根本没有什么事情要做。阳光灿烂，树苗苗壮。种下它们的人只要等待，只要耐心。可他一次一次回来，长久地守候。站着，或者蹲着，在那些树苗中间，安静地，仁慈地，看着它们。小小的树苗一夜之间蹿出一拃，娇嫩的绿叶越来越密，要拥抱他，要淹没他。他就那么安静地，接受满野新枝的爱抚和撒娇。那些碧绿的叶子，就像是刚从他的身体上冒出来的，就像是从他的臂膀上、腰身上、头顶上冒出来的，他的一头浓发也要舞成碧绿的叶子了。

再也没有谁，没有什么，能阻止它们，没有谁能挡得住这些幼苗，泼辣地生长。

而它们所有的繁盛，都源自一截无根的木头。

它们无中生有，死而复生。一截断枝，再现繁茂，一枚芽蘖，繁衍成林。木生根，根生木。它们的根须，叶芽，就这样神奇地生发出来。

在这个男人眼里，这注定是一件神秘神奇的事，无论怎么想都是一个奇迹。

这样的奇迹却并不止于泼辣的树种，如杨柳椴桦。

田间里，槐、枣、银杏、栾树、扶桑、芙蓉、木槿、海桐、黑松、雪松、圆柏、刺柏、栒子、柳杉、樱桃、水杉、桂花、茶花、海棠、枇杷、罗汉松、落叶松、红豆杉、山茱萸、接骨木、无花果、悬铃木、小叶黄杨，乃至连翘、月季、茉莉、薄荷、玉树、绿萝、吊兰、石楠、蓝莓、百合竹、杜鹃花、三角梅、太阳花、翠芦莉、鸭掌木、蟹爪兰、冬青、火棘、富贵子、常春藤、栀子花、夹竹桃、铁线莲、紫薇花、金银花……万般花木，无不身怀绝技，插木能活。有的干脆插一片叶子就能繁衍一片生机。这样断木生根、遇土而活的游戏，都是神奇的孕育，春天的故事。

这样的奇迹，让一个看上去风霜朴实的男人，也凭空多出一份神秘，一份睿智。

幼苗在一个夏天里蹿起笔直细长的枝干，长成一片茂密的幼林。

玫瑰和月季，早已繁花似锦。

葡萄的藤蔓，早已长出串串花束来。它们将在秋天里结出累累的果实。

总是感到疑惑，到底有什么魔法呢？

一截断根，一根枝条，一日埋进黑暗的泥土，竟有了断枝再生的本事。

惊蛰下地，春分萌发。入土而生，萌出芽蘖。到了清明，到了谷雨，一截原本光秃秃的木棍，立地蜕变，华丽转身。

神秘的土地，神奇的断枝，在黑暗的地下，到底交换了什么样的符咒，隐藏了什么样的生命密码呢？

挺拔的新枝，便有了新的名称。它们不再是木头，不再是根茎，它们被称为苗。小小树苗儿，高高矮矮，立于原野。繁茂的枝条，漫成遍野绿色，漫出遍野的姹紫嫣红来。

当然，它们与死亡离得很近。它们会被窒息，被腐蚀，被扼杀，在暗无天日的埋没中朽成一抔新泥。事实上，它们当中有很多兄弟姐妹，就这样悄无声息地湮灭，永久沉埋在泥土里。萌发与埋葬，生长与腐烂，成与败，显与隐，在一截小小断木面前，变得迷离而纠结。

会有刀砍斧劈，干旱野火；会有啃啮蹂躏，洪水猛兽。可不管怎样摧残，在一截可以神奇再生的根茎面前，就都显得无足轻重，更不足畏惧。毫不犹豫地生，一茬接一茬地生。逢春即萌，落地即生。可碎尸万段，却有神灵附体，能立地生枝。可曝晒枯焦，依然死而复生。这是根茎与土地的合谋，是谁也阻挡不了的繁衍。新枝年年抽芽，小树越长越高。

细想起来，原野之中，野树荆棘，它们大多来历不明。

它们总是出其不意地，在一个早上，忽然就出现在这里或者那里；它们总是在一个春天，呼啦啦地铺满了沟壑崖畔。莫名其妙的树，一如遍野丛生的草，只要听到了某种号令，它们说冒就冒出来了，说长就长起来了。

泥土深处，活跃着各种各样的根茎。它们汁水丰盈，激情饱满；它们深深浅浅，盘根错节；它们游走泥土，四处延展；它们或粗壮虬劲，或纤毫柔弱。应该说，那泥土深处的世界是它们的。它们蛰伏，隐忍，妥协，又主宰，最终萌发。它们随时待命，伺机突围，穿越无边黑暗。它们为泥土所豢养，又应和着泥土神秘的脉动。每一次拱动，都应和着春风春雨的召唤，都回应着阳光的温暖。

我似乎想明白了。这些无处不在的根茎，它们承天之德，先于树干而在。它们在深黑的地下，却有遥远的梦想。它们孕育，探索，或者腐朽。它们的存在早就注定了它们在土地深处的每一寸伸展都危机重重，充满变数，不知多少根的多少次拱动都是徒劳。这是根的生存、根的宿命，它们别无选择。

一万次萌发，也许只有一次能成功破土而出。每一枝突出重围的生命背后，注定埋没着九千九百九十九次失败的拱动。

这让我想起另一种情境，令人动容、动情的场景。

一场春雨过后，新筑的墙基上平白无故地冒出一株梧桐。梧桐的芽蘖像一把锥子，钻透坚硬的泥土，从土墙上钻出来。它一铺展开叶片就显出强大的生命力。它的周身遍生茸毛，它的叶片肥厚阔大。它一立起身来，就像一把绿伞一样，哗啦一下打开。

这一准是我打墙的时候，有一截断根，径自混进了墙基。这真是一次致命的扦插，也注定是一场九死一生的萌发。一截树根，它在结实的墙基里经冬历夏，风吹日晒，风化成一截干柴。可一场春雨过后，它竟然获得了神谕，从干透的、结实的墙基里挤出一枚新芽来。

这株树似乎也在以它的经历证明：有多少萌发，同时就会有多少湮没；有多少拱动，同时也会有多少迷失。真正突出重围的生命，比永远腐朽在泥土里的梦想，要少得多。

我似乎看见，泥土深处的根，繁复错落。粗粗细细的根，它们在春天里，在早晨，也在漫漫黑夜，四处探索。它们伸向河汉湖畔，山川原野。它们又在角角落落拱破泥土，暴露身形。让人惊讶且叹服的是，它们一旦伸出枝叶，就立即显出十足的个性。它们千姿百态，它们万紫千红，它们参差错落，它们脚步稳健，它们枝繁叶茂。那些在地下的日子，那些黑暗中的苦难和挣扎，都被它们抛得远远的。

其实，直到现在，我依然想不明白，那些深藏于地下，蛰伏抑或游走的根啊，它们到底是生命的支点呢，还是生命本身。

二

我一抬头，被眼前的景象惊着了。我拄着锨把，在地头上站了半天，审视着远处那一丛平白无故冒出来的姹紫嫣红，那一方浓得化不开的绿意。

那是一个打坯坑。搬走了最后一块土坯，我还曾饶有兴致地围着打坯坑看了半天。坑壁上铁锨留下的新鲜的碴口被阳光晒透，白花花的。在晒干的断面上，是粗粗细细、被斩断的各种根茎。当初斩断这些根茎的时候，我就疑惑，它们是从哪里来的呢？有的树根，盘踞有时，粗壮虬劲，比锨把还粗，截断它们，还颇费了一些力气。它们的新鲜的碴口里，渗出或清澈或浓稠的浆液来。

之后，这些干枯的碴口，像无数根被掐断的电话线，就那么枯落地、神秘地垂挂在坑壁上。它们本来在这片前不着村、后不着店的野地里，悄无声息地隐藏着。它们遭受了这样一场意外之灾，也因此暴露了它们的居所和身份。

我尤其怀疑那些粗壮的根的来历。周围的树木都远着呢。它们是从哪里赶过来的呢？它们隐藏了多长时间，还会隐藏多久？不是我在这里泅土打坯，它们还会一直潜伏着，长年累月，地老天荒。

没有人知道，在这片泥土之下，发生过什么，还会发生什么。

现在，它们全都暴露出来了，而且是以这样一种惨烈的方式。这让我心有不安。

为了让这道被我狠心划开的伤口尽早愈合，事前我还特别筹划过。尽量把土坑挖得窄一些，长一些，这样，雨水冲刷，日晒风蚀，它很快就会像一道拉链一样拉上了。

根茎的分布，也显出层次。大多在距地面二尺往上的断面上，越往深处根茎就越少。而越往深处，根茎就越粗壮。就像大鱼总是蛰伏于深海，粗大的根须也是这样，埋在更深的泥土里。在距地面三尺的坑底，那根手臂粗的根茎，碴口早已晒黑，像一条被斩断了长身的蛇，看了让人难受。我不禁自责，这都是我的暴行，留下的罪证。

让人惊心的是，就在这条粗壮的根须旁边，有一条腐烂的树根，稍稍触碰，就碎成红色的粉末。这是一条粗壮的树根，比身边那条被我截断的树根，还要粗一些。它在坑壁的另一边，继续往前伸展。不知道它曾经跑过多远的路。沤掉的树根，皮骨早已分离，朽木稍一活动，就掉出一截，坑壁上就留下一个神秘的、深不可测的孔洞。这样一个孔洞，引人深思。不知道它到底藏匿着多么遥远的岁月，多少悲壮的故事。

每一条活下来的树根，也一定遭遇过各种劫难。每一条幸存下来的树根，夜以继日，与黑暗为伍，都是土地豢养的精灵。我没有狩猎者的心情。截断一条在这片土地之下经营有年、历尽沧桑的树根，总不是一件让人愉快的事。

放眼四野，周围的树木，桑枣桐榆，高耸的白杨，都不像。这条根，它到底是从哪里来的呢？

我拉走最后一车土坯，却把这个打坯坑，把坑壁上森森的树根，扔在野地里。有好几次，扛着铁锨出门的时候还在想，填上那个打坯坑，稍稍平整一下，却始终没有填下一锨土。这都因为我的懒惰。我在心里埋怨自己，这个土坑，晾在地里实在太久了。

还是冬天那场大雪之后，我扛起一把铁锨，迤逦而行。一出村子，脚印就少了，眼前一片白茫茫。我只有循着记忆中的道路和田埂往前走。雪很大，把一切都埋没了，隆起和凹陷都是假象。本来是一条沟壑，却被风堙满了，在沟沿的一侧，竟隆起高高的雪岭。

远远地，在一片雪白之中，竟现出一只黑色的巨大的眼睛。白色的眼睑打开一道缝隙，像一个熟睡中的巨人，正缓缓醒来。这让我大为惊讶。在这片天地上，连树枝上都积满了白雪，怎么会有一只黑色的眼睛啊！麦秸垛？抑或是粮食堆？都是梦话。在这样一场大雪里，纵是一座山也应该是被雪掩埋着的，哪里来的这一只黑色的眼呢？我趔趄着步子，深一脚浅一脚地走过去。近了才发现，这是这场大雪设置的又一个骗局。这不就是去年入冬前，我扔在野地里的那个打坯坑吗？在漫天的纷纷扬扬之中，它黑着一张脸，不动声色地卧在那里，北高南低，整个北面的坑壁，立起一道雪墙，南边的坑壁，因为太陡，挂不住一片雪花，无辜地陷在雪里，远远看去，可不就像一只巨大的眼睛。

大雪把一个打坯坑装饰得豪华高贵。坑沿上的雪，光洁柔和，胜过天底下最好的工匠的打磨。雪花凝结成片，像屋檐一样在坑壁上飞挑着，更显出打坯坑的幽深。坑壁上那些外露的根茎和土坎儿，都托着一窝儿白雪，像是无数洁白的花朵儿。花朵儿盛开，粗糙的坑壁便幻化出异样的美丽。打坯坑快要被积雪填满了，如一层厚厚的雪白的绒毯，形成一个迷人的硕大的陷阱。雪堆中有野兽攀爬过的模糊的痕迹。那是野兔或野狐受惊之后弹跳的杰作。想象着一只深陷于雪中的兔或狐的惊慌，竟有一丝恶作剧的得意。

漫天洁白，一尘不染。我站在坑沿上，一步不敢多走，连手里的铁锹都舍不得放下，生怕任何一点骚扰和痕迹，都会破坏它的完美。我沿着原来的脚印，悄悄地一步一步往后退，眼睛却一直盯着愈来愈远的这只蒙眬的睡眼。这一只大地之眼，正如一扇华丽的大地之窗，镶嵌在大地母亲高贵洁白的面庞上，缭绕的雪霰中，传递着某种信息，意味深长。

如今，已是初夏。在这一片繁花中，我站在坑沿上，拄着锨把，审视着脚下这一片绿意葱茏的田地，吐出一口深长的气。

现在，这个打坯坑变得如此不同凡响。

野生的苦菜、蒲公英、喇叭花、紫罗兰、芨芨草和香香草铺展在地面上。让人惊讶的是，在丛生的野蒿和苍耳中，在这个打坯坑的周遭，竟蹿生出茁壮的油菜和野芝麻。金黄的油菜花和粉白的芝麻花招惹得蜂飞蝶舞。

这还不是最奇特的。最奇特的，是从坑底一直蔓延到坑壁上的那一株株青葱的小树，它们高高矮矮，或瘦或肥，把打坯坑装饰得绿意盎然。其中一株，墨绿厚实的叶子，青白条直的树身，显出蓬勃和力量。如今，已伸到我的腰身了。我认出，这是一株白蜡。我分开野丛，清楚地看到，这株小树，正是从那截断根上萌发而出的。

周围并不见白蜡树的影子。这让我对这片土地，产生深深的疑问。那粗壮的白蜡树根，走了多远的路，才伸到这里来。这条深藏于泥土的树根，就成为一个谜。可那棵注定伟岸高大的白蜡，它一定在，或一定在过。它如今到底藏在哪一片丛林的后面，还是它早已经被砍伐？由一条树根引出的一棵树的故事，就成为一个传说。在这片土地上，在深厚的泥土之下，不知道埋藏着多少这样的秘密。这样一个偶然的机遇，这样一株新生的小树，也算是让一个湮没的传说获得一次真实的认证。这一棵新生的小树，让我对自己的莽撞之举稍稍减少了一点愧疚。也许，这也算我平生热爱草木的一次回报，或一点功德吧。

坑壁上，一些寻常的树种，杨啊，枣啊，桑啊，梓啊，柘啊，缘坑而生，层层叠叠，连同那些散布的花草，吊挂在坑壁上，都是从那些裸露的早已干枯的断根上萌发出来的。

它们在这片土地之下，到底埋藏了多长时间，多少岁月？若不是我掘开了这一片泥土，它们就会一直埋藏下去。那它们的命运，该是一种什么样的结局呢？

这样一个特殊的机缘，让我在土地上打开一道缝隙，为这片土地留下这条沟壑，竟无意间唤醒这一片葱茏。我终于为我的懒惰，找到一个借口。

我自我安慰，这就像一种天意，我给这片土地开了一个窗。这一扇窗，它在冬天里，承接了一场大雪。如今，这些茂盛的花草，还有小树，这一群深藏于土地怀抱中的小小主人，它们再也禁不住窗外的诱惑，从窗里探出头来，扒着窗沿儿，朝野外张望。这些树根，它们倒像是由上帝之手，埋进泥土深处的眼线呢，如今，被我给撞破了。

一条深埋于地下的根，它把每一次劫难都当成一次机遇。

每一次刀砍斧劈都是炼狱，每一次创伤都是涅槃，每一次裸露或斩截也都是蜕变。它把每一次猝不及防的侵犯都当成绝地反击的突围，就在那被摧残的碴口上，硬生生冒出蓬勃的新枝来。

冬天的秘密

冬天的树像极了一场集体死亡。马颊河堤上错落散布的大树，密密匝匝的荆棘，枝条干枯、焦黑。所有的树，都死了。那些落净了叶子的枝条，又瘦又脆，都干透了，一掰就断了。野草早就死了，在秋天就干枯了。此刻，连那些风落的草籽，也都枯死了一般。它们轻飘飘的尸体，变成一粒粒儿微尘，在呼啸的北风里，似乎要被度往另一个世界。

大地早就绷不住了，这里那里的，就连踩得坚硬的路面，也一道一道裂开了口子。田地上的裂口要粗糙得多，惨烈得多。那是实实在在被撕开的口子，暴露着血肉模糊的碴口。那些裂口里，有牵牵连连的筋脉，扯断的，以及就要扯断的根须，裸露着；早已收获的庄稼，枯败的野草，刚刚下地的麦苗，远远近近的杂树，新生的和凋败的根须，都暴露出来。冷冽的阳光，也会直接探进这些裂缝，将裂缝中的惨象放大。那些蛛网一样的根须，纤细、焦黑、干枯、萎缩、染满尘埃，如一张张被扔弃的破碎的蜘蛛网。也许刚刚撕裂的时候，那些新生的、汁水饱满的根须，发出过鸟鸣般的尖叫，可如今，每一道裂口都是一张鳄鱼之口，散布着死亡的气息。

麦子似乎也熬不住了，似乎就要冻死了，下一个早晨就要干枯了。焦渴、寒冷、命悬一线。每一株麦子，每一片叶子，它的存在本身，都像是无声的求告。

都死了吗？麦子在北风里呼唤着。麦子的呼喊滚烫，在那些冻裂的地缝里起伏绵延。它不死心。它摇晃着残破的脑袋，搜寻深藏在地缝里的哪怕最微弱的回应。麦子的根须犹如一根一根探针，在泥土中探察，谛听，触摸。它听到了发自地心的声音。它终于有了惊人的发现。

苍劲的老槐，柔韧的桑条，它们一律木着一张脸。

可麦子知道，它们都活着呢。它们的木然，既是假象，也是忍耐。它们一起陪着麦子，在艰难中等待，也仰望。所有的生命，都在给北风演一场大戏，把一份深深的盼望，藏在木然的淡定里。它们都跟麦子一样，清清楚楚地知道，它们在等待什么，盼望什么。

一只灰兔瑟瑟地跑过窄而瘦的冰面，不时地停下来深嗅。在它的鼻翼下，河冰变得黏稠，如一块透明的桃胶。一不小心，它裂成两瓣儿的嘴唇就粘在冰面上了。在这片昏黄的天底下，狐、鼠、獾、刺猬、野狗和野猫，也都在野地里徘徊。兽们的心思最难揣度。它们饥肠辘辘，又各怀鬼胎，每一双眼睛都意味深长。对即将到来的、必定到来的变化，它们心知肚明。真说不清，它们是怎么想的。就如那只在河面上搜寻的兔子，它的洞穴本来在麦垄里，为何跑到冰面上？它跟麦子，就像一对欢喜冤家。深秋的麦苗常常拢不住脚，长得太快、太高了，真容易在冬天冻死。兔子的利齿截断飞蹿的麦苗，给麦子提个醒。退一步说，即使凛冬，一只兔子，它对有着神奇分蘖之术的麦子，也构不成多大的伤害。马颊河平原无边无际，麦子无边无际，那是兔子在整个冬季享用不尽的美食。可它突然出现在结冰的河面上，它是渴了吗？它要用它锋利的牙齿咬一块河冰下来吗？漫长干冷的冬天，的确给它带来考验。它的心里，可能也在隐隐地忧虑，有一天醒来，漫天皆白，它的隐秘而温暖的宫殿，被一顶豪华的帐篷给罩住了。那时候，麦苗有了隐身衣，再想吃到一口麦苗，可就不容易了。

动物们心绪复杂，且让它们怀揣着各自的小心思，与北风周旋吧。

那些停在树枝上、长久发呆的野雀子，也各怀着忧虑。它们将脑袋缩进蓬松的羽毛里，只露出一对黑色的小眼睛，一个个目视前方，神情严肃。它们的那一件蓑衣真暖和，真漂亮啊。即使是一只麻雀，它的一身灰色的薄绒外套，也在这个冬天里显出几分高贵来。这些野雀子，它们在冬天到来之前，在刚刚入秋的时候，就纷纷将自己的那一件羽绒衣再一次填充加固，在最里层又织上一层柔软细密的内衣。现在，这一件开合自如的蓑衣，让每一只小鸟，都平添了几分雍容，也在这个严冬里多了一份尊严和尊贵。

现在，这一长串待在树枝上的小鸟心事重重。有一只小鸟，不动声色地踩出一串莲花步，悄悄靠近另一只小鸟，耳语几句，对方面无表情，并不回应，它们就又陷入沉默。不时有外出的小鸟，默默地飞回来。它们像是派出的哨探，插入队伍，又是一串悄悄的耳语。听了汇报，首领依然严肃，一言不发，有时候仰一仰脖子，算作回应。每有一只小鸟回来，队伍里即引发一阵小小的躁动。之后，大家模仿着首领的模样，继续缩颈成球，目视前方，恢复宁静。你会疑惑，在这个清冷的早晨，在这一群小鸟中间，到底隐藏着一个什么样的秘密，让它们不安又镇定，让它们一意地栖于长枝，像躲避，又像耐心的等待。

细想起来，这些身形如一枚核桃一般的小鸟，着实可敬。它们一年四季，与马颊河的草木稼禾为邻，筑巢于野，繁衍生息。它们固守家园，哪里也不去，即使在这个酷寒的冬天里。好多夏日的伙伴，那些穿着漂亮衣服，唱着婉转歌谣的素食者和肉食者，都走了。北风一起，它们就匆匆地携着伴侣飞走了。可这些野雀子，连看也不看它们一眼。它们生于斯长于斯，即使在这个冬天里冻死、饿死，也决不离开半步。的确，它们之中相当多的同伴，没有熬过去。它们留在这个冬天里。它们成为逃亡者的借口，却也成为后来者的榜样，让子孙依然固守着这一片土地。

危机重重的冰面上，不时响起炸凌声，如断枝如裂帛，又像沉闷的炸雷，声音那么深远，隐秘。一定是有什么东西碎了，比如一枚蛋，一只奶白色的细瓷杯。其实，就是一条河。裂纹如火舌，在冰面上乱窜。大裂口连着小裂口，小裂口又引动大裂口，裂口交织，成网，成一张神秘的图。可那还真算不上裂口，就像一只燔过一百年的蓝花瓷碗，幽暗的璺线如网格如蜂巢，细瘦凌乱。

对于即将到来的，越来越迫近的一场大事变，生灵们心知肚明。它们盼着。如此焦渴干冷的冬天，它们小小的身体，它们干燥得要断裂的羽毛，以及嘶哑发炎的喉咙，都在盼着这一场大事变。否则，它们可真就变成一枚皱缩的核桃了。天边的彤云让它们迷恋，那是它们躲不过的福祉。每一次看到它们专注的眼神，都让人心疼。无论如何，那个藏在天边的秘密，就要揭晓。漫长的冬夜里，有奇怪的声音；野地里，有鬼火般的眼睛，似呼唤，似寻觅，似悲伤，似等待。

彤云密布。越来越低的天空强化着某种预感。谜底终要揭开。

北风滑下树梢，冷言冷语敲打着小鸟的耳鼓；北风又贴地而行，卷起被揉碎了的枯草，嘲笑着一只在河堤上踽踽独行的狐。

北风将一个在河床上凿冰的男人推远，又一把拽到眼前，最终摁住他的头颅，狠狠将他摁向冰面。男人的身体便在风声里，一点一点萎缩，缩成一团，一堆，苦着一张脸，哭不是，笑不是，只将一双爆满裂口的手捂在口鼻上。

马颊河沉默着。马颊河习惯了北风的谎言，也习惯了北风的挑衅。可是，今天真有些特殊，远处的天空，为什么那么沉重呢？头顶上这片天，似乎就要压下来。

云层越织越厚，大地被压迫得喘不过气来。有一种不安在发酵。

沉默是被忽视，被忽略；沉默是坚持，是忍耐；沉默是积聚，是涵养；沉默是洞明，也是博大，大地一样的博大，天空一样的博大。沉默最终是一种力量。

有一件大事要发生。

是野树在喊，是麦苗在喊，看来，有一件大事变，真的就要发生了。

大地上的眼睛

这是一件极神秘的事。

霜晨。天边的鱼肚白慢慢变幻着颜色。原野安静如一枚孵化的蛋。霜花如一片片羽毛，挂在树枝上，野草上，麦苗上。

霜花一落在大地上，就立即点画出无数的眼睛。冻裂的大地上，惨烈的裂口，在一个晚上长出整齐细密的睫毛，洁白无瑕，如仙如魔。一场霜雪，让大地布满了眼睛。

阡陌或麦垄，延及无边的野地，霜雪专落在那些裂口上，落在裂口的边沿上。睫毛如银针，如纱雾。大地静卧，如醉如梦。

不仅在每一道冻裂的地缝上，在每一眼蛇鼠的洞穴上，也在每一株孤独的树干上，在瑟缩于枝头的最后一片枯叶和干果上，一只只眼睛显露出来。

迈出的脚步猛然就收住了。一只一只眼睛，微微抖动着雪白的睫毛，似暝似睁。好像走了漫长的夜路，又好像哪里也没去，只是一场深睡。每一道睫毛都含蓄，每一只眼角都丰富，每一只眼睛都意味深长，让这个严酷的冬天深沉，让刚刚醒来的小鸟更激动。看不透，读不懂。小鸟们小声而紧张地议论着。

小鸟喊醒了朝霞，朝霞染红了睫毛。蒙眬的睡眼张开霜雪糊住的眼睑。一只只眼睛，就那样张开，默默地，脉脉地。

每一只眼睛都神秘，每一只眼睛背后都像藏着一个圣哲。每一个圣哲都穿过了漫长的世纪。那是什么样的眼睛啊。那眼神或庄重，或深沉，或深情，或淡远；或霜眉微耸，若有思虑；或深目微合，沉于冥想。间有戏谑、嘲弄、不屑。它们的游历太久，它们的梦想太多，它们的思想透明又深邃，单纯又艰涩。然而，深藏在霜白的睫毛之下的，那每一只眼睛，都空明，如幽深的井，如清澈的泉。这一只只驾梦而归的眼睛，它们在这个凛冬醒来，一起望向天空，又不屑地打量着我这个误入眼睛丛林的人。

天空一直高上去。一直在退，被凛冽的寒气逼着，退往高处。退到湛蓝，退到深蓝；退到黑暗，久远的黑暗。从未有过的黑暗，从未有过的久远。天空是不适合久望的，僵硬的脖颈和酸胀的眼睛都会恐慌。远处的荒村和野树也都开始失真，像一张年代久远的底片，像一幕悄悄隐去的蜃景，渐行渐远，藏进深远的野地里去，变成跟黄土一样的颜色，再也分辨不清了。天地间便只有混沌，只有苍茫。在这样的天空下，人顿然渺小，小到没有了形体，没有了重量，小到要飘起来，要被头顶上那一片黑暗的湛蓝融化。

我终于明白，大地上的眼睛那么细长、那么深邃的原因了。长久的凝视，一定让它们与天空有了秘而不宣的媾和，才让它们把那些不同寻常的秘密，深藏进大地的深处，也才让它们始终保持着沉默，并细眯着眼睛，随时准备着，进入一场长久的冥想。

严寒加速着干燥，严寒让枯枝败叶碎落成粉末。野地里布满了干柴。在这个冬天，每一只眼睛都见惯了太多的死亡，太多的绝望。这让每一道目光都深远而忧虑。

这也让每一只眼睛都肩负使命。它们必发现，必分辨，必思想和展望。每一只眼睛，天生都涂下忧郁的底色。在其他的季节，在春天，在夏天，在秋天，它们隐藏着形迹，是它们不愿意再给春天的葱茂、夏日的繁花、秋日的种粒，涂抹其他的颜色。凛冬来了，北风一场接着一场，冬天的任务好像就是要用北风将所有的门都关上，将所有的窗子都关上。可是，它隐藏无数的眼睛。有这些眼睛在，让冬天成为一个审视和思考的季节。一只一只眼睛，它们在这里那里，在绵延的野地里，闪烁着，传递着各自的信息。在这个冬天里，每一只眼睛都有共同的底色，它们一律幽深、冷峻，与冬天保持着同一步调。

冬天剥夺了一棵树繁花似锦的理想。在步步紧逼的风刀霜剑里，树们怒吼、低吟，抵御冬日的荒凉。树枝每一天都在冷风中啪啪地折断。树身里仅有的一点汁水也被榨取，树枝加速着干枯。每一个新鲜的碴口都变成一只眼睛，每一枝摔碎的断枝都捧起一只眼睛。在风中，它们为每一株死去的树祭奠，替每一棵依然站着的树展望。在这样的沉寂和单调里，树们举起远望的眼。

麦子追随着野草，似乎进入一场深睡。这其实是一种错觉，麦子始终醒着。它们的眼线葱绿，在年复一年的萌发中，一点一点矫正着生命的方向。它们跟土地形成默契，跟马颊河形成默契。它们依它们的执拗和顽强，成长为马颊河的尤物。与这个寒冷的冬天做伴，它们有它们的独门绝技。它们从来没向任何一棵野草，任何一株落叶的乔木和灌木，透露过它们的心机。它们内心深处的痴情和跟一场严冬相始终的漫长的等待，只有这片土地，只有早晨的每一场霜雪清楚。它们染霜的俊眼，充盈着温情和热爱。

再干旱吧，再贫瘠吧，依然有一场霜雪来皴染；再卑微，再寒碜吧，也有一场霜雪来装点内心的高贵。这是冬天里的草木庄稼与这片土地之间的一场惊天动地的恋爱。碧绿碧绿的麦苗，洁白洁白的霜雪，不管是谁召唤着谁，谁映照着谁，或是谁拥抱着谁，这个画面都让人心醉。在一场期盼已久的大雪未到之前，大地有情，晨霜降瑞。

由冬天亲自操刀、琢磨、裁出的一架玉屏风，展开在一条长河上。这架玉屏风，绿得纯粹，绿得水嫩，绿得透彻，绿得浸出汁来。这样一架做工精美的屏风，由河床承托着，为冬天，为一条大河不便言说的理想献祭。

这架屏风便成为马颊河深情的魅眼。天光云影，两岸连山，万物冷暖，连同呼号、枯落与忍耐，尽览眼底，珍藏起一个冬天的故事。

不能说，不必说，不屑说。只等待，只盼望，只凝视。这是一条北方的河流坚守的规矩和品格。

北风也被冻住了。早晨宁静安详，大地干干净净，冷便有了形状，有了棱角，有了透视和深入的本领，冷就凝聚成一只一只眼睛。冷峻的目光，如冰凉的手指，伸进我的头发，探进我的颈窝。冷隐身于树梢上、带着芒刺的空气里，遍寻无着，不露踪影。冷又如藏不住的眼神，这里那里的，眨动着，凛冽着。

没有风。冷依然肆意侵犯着大地，默无声息地泼洒在我的脸上、手上，又化身为一根鞭子，抽打在我的身上。这个冬天，霜雪太重，土地太硬，马颊河太冷。只有一只只眼睛，闪烁着大地上最动人的魅影，让人惊心，让人心疼。

一场无声无息的霜雪。它们躲过北风，躲过云彩，帮助马颊河两岸的老树新枝，重温春日的昂扬。一天一副妆容。即使一茎枯草，也会在每一个早晨改变姿容。原野里，每一粒儿尘埃，每一缕风，都在这一个早上变得不同凡响。

每一只眼睛，都在一轮朝阳里打湿了睫毛，涨满了涌泉一般的泪。红霞满天，大地上布满流泪的眼睛。

野有白茅

一

开春，羊的眼睛雪亮，它开始变得挑剔。

整个冬天里，羊咀嚼那些秫秸、谷秸、玉米秸，那些红薯秧子、老豆角秧子、老绿豆秧子，那些茄棵子、豆梗子，甚至芝麻秆子，嚼得嘴角发胀发木。若是能吃上一抱晒干的青草、晒干的萝卜缨子，或者，能吃上一抱晒干的白茅根，那就真算是大餐，算改善生活了。冬天的马颊河坡上，只剩下一些白草茬子，羊群跑出来，也只能是在野地里抖一抖精神，痛吸两口西北风。羊不停地打着喷嚏，眼角挂着眼屎，毛尖上挂着碎草梗子，连嘴唇都带着干涩。

看见它们卧在羊圈里，伸着脖子，等待着反刍，把那些硬塞进胃袋的干柴一样的食物返上来，重新咀嚼，我就替它们做梦，什么时候能吃上一口青草，羊就到天堂了。

羊群显出兴奋。是它们早已嗅出了青绿的气息。一路上不时高昂起头来，把鼻孔伸在半空里，贪婪地吮吸。河坡上，羊群就像马颊河头顶的云彩，飘过来，又飘过去。其实，羊的嘴唇更像一把又一把锋利的镰刀，割过来，又割过去。现在是初春，虽则那些小羊羔儿一蹦三尺高，有经验的羊父母，却一律低着头颅，匆匆抬动着前蹄，追逐着隐身于白茅深处的那一点若有若无的绿意。

我也如一只饥饿的羊羔，跪着爬着趴着，在枯草里寻寻觅觅。地暖上来了，冬天里细瘦的叶秆儿悄悄地隆起浑圆的小腹，白茅鼓起了肚子。细嫩的荻穗儿包藏在枯茅草直立的叶裤儿里，像一只怀有身孕的扁担虫，身形尖圆，却更显挺拔。白草尖儿上莹莹的，模糊的，晃动着一抹亮色。正是那一星隐隐的碧，暴露了它的身份。这正是打谷荻的好时节。

没有羊群，也没有野孩子打扰，枯草尖尖儿上，这一星星绿，不久就会吐出许多摇曳的禾穗儿的。有羊群跑过，有野孩子出没，这些茅草，也依然会吐出洁白的穗子来。茅草是那样密，那样多，啃不尽，也吃不完，似乎，再大的羊群，再多的孩子，对它们也构不成多少危害。这是马颊河的奇观。一片一片的茅草穗子平铺在河坡上。茅穗飞扬，会给马颊河带来一场三月雪。

现在，这一场雪还没有下来。遍地的茅草白灿灿的，风凉飕飕的。羊群出现了，一群一群野孩子追逐着羊群。这些绵羊和山羊，东一片西一片，代替一场雪，飘过草地。羊们粉红的嘴唇儿轻轻吻着草尖儿，步履匆匆，似乎来不及掠下一根草茎。可它们的嘴唇儿忙碌着，蹄足忙碌着。不知道是它们细瘦的前蹄催促着嘴唇儿，还是它们匆忙的嘴唇儿带动着蹄瓣儿。羊群就这样潦草地、浮躁地掠过去。

可是，它们的嘴角翘动着，咀嚼着，嘴角渐渐浸出绿色的汁液。

可是，草地上没有留下啃啮过的痕迹。

一群羊走过草地，河滩上依旧是绿茵茵的茅草。

又一群羊过去，冬天的白草依然遮不住泛滥的绿。

茅草注定是伤痕累累了。隐在草丛中的那些谷荻，有一些注定是在劫难逃了，可一场三月雪依然会如期而至。

其实，在整个春天和夏天里，它们都是这样的；在秋天和冬天，它们都是这样的。散放的羊群滚过草地。不是牧羊人的鞭子压着头羊，它们就总是步履匆匆地往前赶着。是野地里的羊群太激动了，还是最好的绿草总在前面呢？羊天生是满怀希望的动物，天生是乐天派。它们总是觉得，前面的那一棵草更绿更鲜更甜；它们永远相信，前面的那一棵草才是天底下最美好的。它们就总是一路向前，也总是这样蜻蜓点水。也许，这正是羊群与茅草在千百年里形成的默契。

它们就这样每天走过河坡，每天挑拣着草地上最嫩的那一棵草。它们的蹄足和嘴唇儿一起，给茅草以摧折，又给茅草以生机。在这样的梳理中，河坡上的茅草就始终在一个高度上。一群一群的羊，一遍一遍地梳理，茅草依旧在，依旧长，依旧绿。马颊河的河坡上，常年覆着这一床绵密的绿毯。

这张毯，在四季里不停地变换着颜色。鹅黄，嫩绿，浓绿，土黄，灰白，洁白。如果你是一个细心的人，你就会发现，其实，这张毯的颜色，每天都会变，每夜都在变。只是，那中间的细微的差别，也许只有羊群更加清楚。羊群不但观察，而且裁剪。它们打开，晾晒，梳理，也养护，是马颊河上毁誉参半的形象设计师。在这面河坡上，羊群是参与者，又是观赏者；是一种有着高尚审美情趣的动物，同时又是审美的对象。

在整个冬季，直到初春的河坡上，有一个奇怪的现象，就是极少有山羊出现。更多的是羊毛绵密厚实的小尾寒羊。它们的一身棉大衣真是又豪华又高贵。

是那些个羊毫如针又稀薄的山羊害冷，害怕冻死吗？父亲说，山羊长着又尖又贱的蹄子，这些个贱蹄子们，不像绵羊那样，用嘴唇儿挑拣，非要用坚硬的蹄尖，刨开黄土，刨出草根，去嚼草根上那一抹嫩芽。它们不但吃草叶，还要把草根刨出来，这就成了祸害。一只山羊不算什么，一群又一群的山羊这样胡作非为，就弄得一片河坡像害了秃疮一样，头皮儿上再也生不出毛发来。那样，一场大雨就可能冲塌河坡，填塞了河道。绵羊好啊，一年一茬上等的羊毛，也是对养羊人优厚的回报。

可是，山羊那样漂亮，山羊的眼睛那样真诚，它那柔弱的咩叫声让人心动。

二

父亲半卧在河滩上，眯着一双眼睛，一会儿看看我，一会儿又去看远处的羊群。我就成了父亲放牧在河滩里的另一只羊羔儿。在初春的这一片茅草地上，我的任务，与其说是放羊，倒不如说是跟羊群比赛着，去寻找那一星星白草中的绿意。我剥开茅草粗糙干燥的外壳，一枚鹅黄水绿的荻穗儿，泛着莹莹绿意，跃然而出。荻穗儿像极了打苞的谷穗儿，父亲干脆就喊它谷荻，村里的小伙伴们也都称它谷荻。这样娇嫩的谷穗儿送进嘴里，饱满的汁水立即溅满口腔。在这个春天，它成为羊与人共同享用的美味。

父亲也加入进来，两个人盘桓在草地上，弯腰弓腿，半爬半跪，手里的谷荻越来越多，一枚一枚，娇媚碧绿。只有河滩的牧羊人，见到这开年最早的春色，也尝到这开春最好的美味。

瑟瑟的白茅颤抖在早春的北风里，可我早就知道，干枯并不意味着死亡，茅草不同凡响。

它们不像遍地的野草，不像那些香香草、狗尾巴草、猪芽子草，也不像苍耳、秋葵、蓖麻之类，每年冬天，都经历一次根腐叶枯。茅草则不同，冬天来了，它们跟其他野草一起干枯了叶子，那其实是一场遮人眼目的假寐，是冬眠。那根本就是伪装。它们只是收缩了汁水，干枯了茎叶，藏进泥土，躲在冻土以下。它们就像小蛇小蛙，藏入巢穴，安然入眠。这也是它们最先感知地气上升的原因。还没等各种野草的种子苏醒，它们早就醒了。在一年又一年的严寒之中，在一次又一次的凋零败落之中，它们战胜滚滚寒流，留下残破的生命，用一截根须重生。

说重生也错了。这种小草，从来就没有死过，也永远不会死去。祖先放牧过、咬嚼过、刨挖过，也爱抚过、歌咏过的这种茅草，一直活着，活到今天，活在父亲的眼里，活在我的眼里，活在一代又一代牛羊们的眼里。可以想象的未来，一千年，一万年，它们依然会活着，活得葱茏，活得茂盛，活成一片子孙万代眼里的春色和秋色。

这种河滩里的野茅草，繁衍生息的力量，甚至超越了代际更替的轮回。它们最终进化到可以凭借一段根须就能保留足够的生命之源，在一个又一个春天里重生。

它们干枯的叶鞘里，一直藏着，永远藏着一脉绿意。这一点生机，在冬天里，隐藏得极深。在春天里，它们最早醒转过来。在野地一片肃杀的时候，放眼河坡上，白茅森森，却漫起幽幽绿意。一切都还睡着呢，那绿意不是幻觉吧。你弯下腰来，看着那些白灿灿的枯草，有点儿不相信自己的眼睛，揉一揉，再仔细地凝视，这就是茅草，也只有茅草，那一点儿绿色的芽苞，悄悄地冒出来了。

谁都知道，每一只羊，每一只野兔都知道，只有茅草不会死去。它们是不死的草。

茅草喜水，选在潮湿低洼之地，河坡，浅滩。一遇水泽，就顿时改变了形容，可以抽出长而阔的叶片，变成荻草。在河坡上放羊的人，称它们为茅。

茅草抽穗的时候，父亲常自感叹。这些茅草，它们如得神助，任锨镤镐锄如何刨挖，也休想将它们消灭。植物与泥土，它们所结成的那一种相依相存的关系，在茅草身上体现得淋漓尽致。所谓斩草除根，根本做不到，谁能将茅草的根除尽呢？一根一截，哪怕只有手指肚儿一样短小的一截儿，依然会生出芽苞，在春天里抽出叶片。刨下的茅草，渔网一般团成团，晒过烧过，牛羊嚼过，剩下的草渣儿扫进垃圾，扔在角落里，一场大雨之后，又会生出碧绿的芽苞。

又一棵谷荻被我请出来。碧绿的苞茎，从叶鞘里缓缓拔出的那一刻，我满怀虔诚。我为这一棵小小的谷荻祷告，念着只有我自己才懂的咒语。我是要它完整，要它饱满，要它不要生我的气，要它甘甜的汁水丰盈。这是我早已藏在春天里的梦。

包裹在绿色叶鞘里的，正在孕育的荻穗儿，羞怯地露出了真容。一枚谷荻托在手里，它鼓鼓的，柔柔的，一尘不染；它从上到下，由翠绿而鹅黄，而洁白，又干净又漂亮。嚼到嘴里甜丝丝的，滑腻腻的，汁水在齿间流淌。那个稚气小儿，眯上眼睛，从齿缝里，从舌尖上，搜索着那一点点儿软糯，那一点点儿香甜。这些谷荻，跟秋冬时节的茅根一样，成为儿时记忆深刻的小点心。

那些年纪稍长的山羊和绵羊，都知道这个秘密。它们常常跟在我的身后，或跑到我的前头，去搜索那些藏在枯草中的谷荻。一根根提出来，连皮带穗儿地吞咽下去。羊的这种掠夺，会把我激怒，我气急败坏地夺过父亲手里的鞭子，对着羊群一顿鞭打。父亲就笑我，说这些草就是为羊而生的，你倒跟它们抢，没有道理。

茅根在地下伸展蔓延，羊群在地上攻城略地。河坡上的茅草长不高，顶多没过脚踝。羊的嘴唇儿始终维护着，修剪着这一张绿毯，让它一年四季都厚墩墩的，软绵绵的。躺在上面，打滚，睡觉，做梦，胡思乱想，比家里土炕舒服。

后来，我也慢慢懂了，这些荻草跟这些山羊，它们真是一对尤物。春天里羊群年年来，河坡上的茅草年年生。草没见少下去，也没见多起来，这的确是一件奇妙的事。

三

对，茅草在春天里生发的第一抹绿，那不是一片叶子。

这些茅草，它们在春天里苏醒过来的第一件事，不是抽枝展叶。它们醒来的第一件事，是孕育。它们不要叶子，不要枝干，它们省略了这一切烦琐的过程，它们直接抽穗儿。那些逃过了羊的嘴唇儿、小儿猎获的茅草，在春天里举起满地雪白的荻穗儿。越想就越觉得这太不可思议了。就连麦子，熬过一个漫长的冬天，也要晃起叶子，挺起秸秆，才能在夏日里秀穗儿扬花。可茅草不，它们孤零零的，一枝独立，举起白色的穗子。我一直怀疑，它被称作白茅，不是因为冬天里衰白的叶子，倒是因为它们这雪白的穗子。

神通广大的根茎，在春天里，这么急匆匆地抽穗儿。它们省略了发芽和抽枝，省略了拔节和发育，直达目的。

手握永生不死的独门绝技，在每一个春天里，却表现出比任何其他生命更急切的心情。它们传承着种群繁衍的基因，遵循着最古老的生命法则。它们年年抽穗儿，早早抽穗儿。成千上万的穗子，成千上万的籽实，浩浩荡荡。雪白的穗子晃起一场三月雪的时候，雪白的羊群身上就更白了。羊群如刮过原野的风，羊群跟一场一场南来北往的风合谋，将茅草的种子带到天涯海角去。茅草就这样，从地下到天上，肆意演绎着生命的壮举。

只要一看到这片雪白的茅草穗子，就不由得感叹生命的神秘，不由得感叹生命的伟大。从它们铺天盖地的气势，就能体会到这一场生命的传奇。

在这样一株小草面前，不能不生发对生命深深的敬意。

四

在地下，雪白的、汁水丰盈的茅根，那是一个更加隐秘的世界。茅根建起庞大繁密的地下王国，所谓盘根错节，茅有这样的本事。根上生根，根根相连，纵横交织，成团成簇。它们结成网，织成毯，聚成幕。那是一个属于它们自己的，秘密的，彼此连通的世界。这一座隐秘的、立体的地下之城，成网，成格，成堡，成垒，与地上绵密的草坡彼此呼应。

大雨如注，雨珠在草叶上弹跳着。茅草与河坡成为最好的同盟。河坡因茅草而牢固，茅草因河坡而更加繁盛。

秋来，父亲选一片向麦田伸展的茅草地，大展拳脚。这片农田与河坡之间的边界，由人划定。这种与茅草的较量，在每年秋天都要集中爆发一次。刨出的茅根，晒干收储，可以做冬天的饲草。这种貌似斩草除根的行动，只不过是稍稍减缓茅草的侵犯。斩断的茅根有着神奇的自愈能力。它们可以断枝再生，横生枝节。它们会更加努力，追求一种快速的补偿。只要稍一松懈，它们就会再一次繁衍茂盛起来。

一镬下去，一块被茅根整个霸住的泥土翻出来。摔掉土块儿，一团茅根显露出来，家族与家族之间的纠葛，让你根本分不清它们之间的边界和分野。牵牵连连，成团成窝，竟如鸟巢。这一团和那一团，这一根和那一根，彼此勾连，你缠我绕。这一张地下之网，可真是太大了，大到不可思议，这是一张隐于泥土的生命之网。

一节茅根，状如藕节，一节又一节，连成长长的形状。搓掉胞衣，露出又白又胖的根茎。真漂亮呀。这些久埋地下的茅根，细腻洁白，如琢如磨，如婴儿胖嘟嘟的手指。每一节都一样粗，一样白。把它们缠到手臂上，戴在脖颈上，当手镯，当项圈，女孩子就有了别样的风致。白茅纯束，有女如玉。

这茅根，就成了柔韧的丝绳，连接着少年甜蜜纯洁的情爱。

真甜啊。

羊眯起眼睛，学着我的样子，咬嚼着一茎茅根。茅根的汁水，甘甜如蜜。草根里面有甘甜的蜜汁，这是茅草深藏不露的又一个秘密。

疲惫奔波、饥渴无着时，嚼一根茅根在嘴里，聊作慰藉，会有绵绵不尽的幸福舒爽。刨下来的茅根，晒在地里，装进筐里，那就是冬天里珍贵的收藏。风雪之夜，羊不能出门，守着一抱茅根，就可高卧南窗下，闲听风打门。羊安闲舒适，不紧不慢地嚼着茅根，这是羊的好日子。秋燥上火，咳嗽气喘，父亲会煮一包茅根当茶饮，就着丝丝甘甜，将心肺的火气全浇下去。谁有了头疼脑热，就洗一把茅根，与萝卜甘草一起煮了，人就又精神起来。

农村少医药。那些遗弃于野岗子上的夭折的婴儿的遗尸，是我少时最凄凉的记忆。

小侄子随母亲下地，随一群小孩子在一条小河沟边捉蝌蚪，捉蚂蚱。小河沟里积了浅浅的雨水。小孩子玩得高兴，渴了，就掬小河沟里的水。不久，小侄子患上一种可怕的病。全身浮肿，皮肤呈透明状，眼睛肿成了一条缝，却排不下尿来。到大医院检查，说是病情凶险，亦无良方。

有人推荐了一位老中医。看病的过程也十分离奇。哥哥嫂子找到马颊河南岸的郭庄村，正碰上一位刨茅根的汉子，秃顶，长脸，面色黝黑，背着一捆白茅根。哥哥见他吃力，就说，这位大哥，把你的草捆放到我的驴车上吧。中年汉子从草捆底下抬起头来，翻着眼白看着我大哥，倒也不客气，唔一下，把一大捆茅根放到车上，压得驾辕的毛驴腰一沉。嫂子抱着孩子坐在车里，小心打问，白瑞华医生住在哪一条胡同？这位汉子望了望嫂子怀里的孩子，朗声说，是孩子病了吧。原来，他就是白医生。

哥哥后来说，那时心里真是凉了半截。一位刨茅根的汉子，能治得了孩子的病？老白说，孩子长得白，我姓白，我再请出一位白毛仙来，孩子的病就好了。嫂子凄凉一笑，泪却下来了。白医生开了药，又让哥哥从那捆茅根中挑出最肥最长的茅根，理顺，用茅根捆了，嘱咐嫂子，回家将茅根去皮洗净，取清晨第一桶井水煮了，按三碗熬成一碗，让孩子当茶饮，病就好了。哥哥嫂子不相信自己的耳朵，睁大了眼睛，再三地问，就是煮白茅根吗？就是喝茅根水吗？白医生笑着说，孩子若是觉得不甜，也可以加一点冰糖。

正是秋季，哥哥回来，扛着一柄镢头就下了地。满头大汗地背回一捆白茅根来，给小侄子连喝了三天茅根水。第一天，小侄子就尿下来了。第二天，眼皮就消肿了。第三天，原本肿得发亮的皮肤也开始消胀了。眼睛睁开了。小孩子也渐渐有了精神。看着小侄子痛快地尿下一泡尿来，嫂子激动得又哭又笑。连喝了半个月的茅根水，小孩子又活蹦乱跳的了。

哥哥嫂子找到白医生，给人家下跪，称其为白老。白医生又开起玩笑说，我有什么本事，你们要拜就拜我的白氏仙草。

这位白医生当时并不算老，只有三十多岁。称其为老，大约一是秃顶，二则是其医术高明，非老不能表达敬意。

《本草纲目》有解，白茅根性寒，味甘。归肺、胃、膀胱经。取其野生者，汤煮或榨汁，能清热生津，利尿通淋，其效甚佳。

白茅随地而生，盐碱不避，喜阴耐旱，又近水不腐，愈卑下愈繁茂。故能离水，利水。水多了，排湿；水少了，润燥。神奇至极。

这已非草木之论，而近于道了。

野草之思

一

我对野草的思念，一定带有先天性。这种思念，在谷子长满原野的那一天就开始了吧。如今，麦穗金黄，摇曳在同一个高度上，整齐划一的玉米铺满田园。一万年的提纯，一万年的筛选，让庄稼从野草中出列，我的土地上才如此丰饶，也如此单调。

被我放逐的野草远走天涯。偶尔潜回田园，这样一株野草，倒唤醒我的思念。

想起患难与共的岁月。那不是偶遇，那是共同的远方和度过，是漫长的守望和陪伴。采百草，居有巢。人与草共生于草野，长于草野，繁衍生息于草野。生死与共，之死靡它。我的额头上，刻下一个抹不去的名字，草民。草民之草，在草，亦在野；在生，亦在繁。如韭如葱，割复生，除复萌。原野里，野草茂盛，生生不息。

在种下稻黍稷麦菽的时候，我满怀歉意，对那些离家出走的野草。我清楚地知道，我脚下的每一寸土地，都曾经是它们的家园。野草之野，乃原野之野，原始之野，勃发与奔放之野。纵使我早已筑土为墙，苫草为屋，聚落成群，我依然有藏不住的胎记，有与一株野草共同的记忆。

　　我十分清楚，我对一株野草的思念，不是对一株野草的怜悯，也不是衣食无忧之后的造作与虚伪。那是身世，是血统，是传承。冥冥中，有叮嘱，有一双眼睛，遥远而深情地，悬在我的头顶上。我的眼眸里，流盼着百草之色；我的舌尖上，浸润着百草之味。土地说，记住它们，就是记住自己的过去。我得保有最本真的记忆。被野草拥戴，被野草托举，我心中的神仙，乃诞于草野，隐于草野。有巢氏、燧人氏、伏羲氏、神农氏、轩辕氏，我的祖先们，我头顶上的神灵，他们的脚下有树，手上有草，心中眼中是无际的原野。他们都是我的原野之神，也是草民之神。

　　我从原野深处，从草野深处一步步走来。原之深，草之野，识草木，嚼菜根，顺野草之性。神农本草，本草神农，是原野之训，也是神灵之训。自始至终，我都清清楚楚。原野里，每一株野草，都曾是，如今依然是，我的生命之本，神灵之本。我才恭谨地、虔诚地传递，传承，对一株野草的敬重与礼拜。

　　不仅从野草里育出了五谷，也从野草里拣出了通灵通窍的神草。

　　庄稼与野草似乎就有了分野，田园与原野似乎就有了分野。

　　可有一个声音告诉我，不是这样的。所有的野草，每一株野草，都是原野里的神仙。天地洪荒，我步履艰难。赖以活命，延续族群，到最后，就只有一株野草，只剩下一株野草。救命救荒，天下族类，一虫一兽，各取所需。我与草正是在这片原野之上最初结盟。与草为邻，以草为亲，草之德，之根，便深深植入我的骨髓。

　　点点草籽沾在我的裤脚上、衣袖上、发丝上，共同远行。去更深的原野，避开驱逐和杀戮。我突然为一株野草感到难过，感到不平。戈壁瀚海，酷暑严寒，载饥载渴，野草让出了川原，让出了沃土，让出了风调雨顺，为我。野草必须有更坚忍的意志，必须有更泼辣的性情，必须有更广漠的选择。这是一株野草的品质，不仅忍耐，不仅仁慈，野草随处而生，没有他乡。野草可以熬过千年万年的等待，可以承载千载万载的埋没。一旦萌发，便又一次铺展生聚。野草不奢求，不企望，不强加，不强求，不择地而生。为万物生，佑万物活，而匍匐于野，甘于万物之下。

对一株野草的思念，正是我的人之初，世之初，是我的家园之思，原野之恋。事实上，一株野草也从未走远，它一直在我的心尖上，在我的视线里。草木之魂生于本心，长于本心。这让我表达思念的时候，不再勉强和恐慌，也不再尴尬和羞愧。

二

让我试着记下它们的名字。

萱草、艾草、茜草、苎草、葎草、蓍草、白茅草、灯芯草、三棱草、节节草、紫露草、牛筋草、顺筋草、麦瓶草、苜蓿草、车前草、益母草、旱莲草、灯笼草、地锦草、狗尾草、虱子草、画眉草、金盏草、虎尾草、狼尾草、猫眼草、鸭跖草、红蓼草、野老鹳草、猪殃子草。

让我小心寻觅它们的踪迹。

紫荆、紫藤、瓜蒌、马唐、牛蒡、蒌蒿、枸杞、菊芋、苘麻、野杏、青藤、飞蓬、小飞蓬、拉拉藤、蒲公英、夫子苗、米布袋、蒺藜、半夏、决明子、曼陀罗、丹参、地黄、水稗子、马兰头、远志、虎杖、薄荷、萹蓄、狗牙根、羊角棵、芦苇、黄花蒿、龙葵、萝藦、马齿苋、地梢瓜、蓖麻、菟丝子、婆婆纳、苍耳、麦蒿、茵陈蒿、碱蓬棵、鸡矢藤、丁香、野芥、鹅绒藤、点地梅、白毛藤、蝙蝠葛、紫薇、芙蓉葵、狐尾藻、野茴香、莳

萝、连翘、酴醾、菰蒲、野牡丹、胡枝子、马莲墩、紫茉莉、牡
荆、忍冬、紫花地丁、垂序商陆、王不留行。

我掰着指头点数我的所思所记所遇。

野苋菜、苣苣菜、苦苦菜、荠菜、花地菜、扫帚菜、灰灰
菜、铁苋菜、风花菜、独行菜、猪毛菜、堇菜、荇菜、金钟花、
野韭花、金银花……

这样的啰唆和罗列，不厌其烦地絮叨，已然不能再说下去了。

上苍有鉴，我之愚钝与不肖，无所遁形。

我跪在草野之中，在百草注目之下，认真回忆我们曾经的相
遇相识，或虽相遇相识，后来却忘记了，抑或根本叫不出它们的
名字。我真心感到惭愧，为我的无知。身边的绿草却宽容地朝我
点头示意，我知道野草的宽容与厚道。

在无际的原野里，在千姿百态和万紫千红之中，我之所知所
识，所能数得上来的，不过区区。祖宗留传下来的，那些尊贵的
名字，我则大多见所未见，闻所未闻，感到陌生。睡菜是什么
菜？藏菜又藏在哪里？翻白草、蕺菜、水蕨、茅膏菜、孟娘菜、
醍醐菜、舵菜、竹蓐、庵罗果，据说都曾是沟壑涧边、房前屋后
地长着。可它们如今都被放逐到了哪里？即使有细致的图谱、清
楚的解说，依然不能想象出它们或虬曲或繁复，或简至或明朗的
真实样貌。这让我面对一株野草之时，有深深的自责。就像是它
们拒绝着我，躲避着我，其实，就是我，狠心地驱逐了它们，发
配了它们。

我在思念中抚摸它们，那些陌生而亲切，又一定是葱翠而繁
茂的，一个个名字，我的内心充满着敬意与歉意。我也清楚，这
是一件不可穷尽的事。以我之闭塞狭隘的目光，要识得遍地野
草，本就是一件不自量力的事。但这绝不是我忘记它们、抛弃它

们的借口。我必要努力，必要与更多的野草见面。它们都曾是，如今依然是我的亲人，我的养育者乃至监护者。我相信它们都在，相信它们在经历沧桑、磨难之后，它们在刀耕火种，以及如今更加可怕的除草剂之类的农药摧残之后，依然健在。我相信它们就生长在某一片荒原、某一个角落。不管我知与不知，见与不见，它们注定在。我盼望着每一次不期而遇，盼望着在我一转身、一回眸的时候，有一株思念至极的野草，它就在我的旁侧、我的手边，甚至就藏在我的房前屋后，是我日夜相守的邻居。

芳草自咫尺到天涯。芳草在无边的原野上。花开草碧，野草就永远是原野之魂，之神。这是我为我的无知寻到的一丝安慰，也是我为天下野草许下的最美好的心愿。

野草之惑

一

奔腾的马鬃草一日千里。雨季到来，它们在一个早上长得密不透风。河坡、沟谷、阡陌上的马鬃草野性十足，漂亮得一塌糊涂。马鬃草的叶片又长又柔，汪着油油的光彩。风如梳，将马鬃草梳成弹性满满的波浪，又飘逸又水灵。

风来了，风绿；雨来了，雨翠；鸟来了，鸟唱；蝶来了，蝶舞。虫蠓狐兔，皆得其乐。

马鬃草就有了许多别称，莎草、地毛、野韭菜、隔夜抽、地沟草、三棱草、猪毛草。可我钟情于马鬃，茂盛茁壮，迎风飘扬。野啊，马鬃草如一匹野马，蹽开四蹄，纵情狂奔。

马鬃草在一个雨季漫过了野地，汇成了河，聚成了海。绿色的草海里，一波又一波，起伏荡漾，热烈奔放。没人浇水，没人施肥，当然，更没有人去修剪删芟。野马鬃啊，它们飘逸洒脱，释放着天性。

踏莎行，草如绵。人走在上面，犹如划船坐轿一般，身体被推动着，跟野草一起俯仰着。你的后脚刚抬起来，野草铆足了劲，立即弹跳而起。矜持木讷的人，被草带入，被草感染，踏莎而行，拥有了从未体验过的幸福。

一不小心，被碧绿的马鬃草绊倒，又被柔情的马鬃草接住。就放弃矜持，跟惊起的野兔一起，在马鬃草上打一个滚儿吧。躺着卧着，被马鬃草抚摸抚慰着，就一下子被野草抱在怀里了。就像一条鱼划过绿色的波浪，一波又一波地涌上来，淹没你。

天蓝草绿，空气被绿草无数次地过滤，柔软得托不住阳光，也载不动轻风。阳光和风都变得润滑，且透明，且弥漫，四处流淌。这样的季节，青草的香气会让原野顿时变得高贵。掉进这一片草的海里，享受着拥抱和挽留。其实是不想走，只想留。

当然，当然不仅仅是马鬃草。白茅、虎尾、小飞蓬……天下之草，哪一种不是蓬勃澎湃的呢。夏日的野草，肆意铺张，绿遍天涯。一条马颊河，柔美且奔放着，尽情生长且碧绿着。也只有在开阔的天空下，才可以自由地舞蹈。水与草彼此呼应，挤挤挨挨，簇拥着，依靠着，那么纤细柔弱的叶片，一旦汇聚在一起，竟掀起汹涌的波涛。这是野草的雄心，野草的理想，也是野草与天地的呼应。野草的色彩染绿川原，野草的身姿洒脱矫健。野草在这个季节改天换地，这是由一株株小草创造的奇迹。

野草自我放逐，适彼乐土。野草之野，与野地、野河、野马、野兽一样，放纵着，自由着，奔腾着。

二

河坡上突然蹿升起蓝色的火焰。

这是冬天，夜晚。野河凝结，白草如眠。火焰如鬼火一般，突然跳跃起来。初如传说中的灯笼鬼，伏地而起，冉冉飘游，牵出一串长长的火线。火焰把北风喊醒了。很安静的夜，骤然响起怪声，幽咽，悲凉，如呼如唤。火焰展开了翅膀，像一只大鸟，妖艳的大鸟。它想飞。野火把夜空照亮了。白烟袅袅，火星迸溅。火就成了气候。火苗子在夜风里疯狂舞蹈着，蜃景般绚丽。

神秘的野火，让人紧张，也带来强烈的诱惑，燃烧的诱惑。遍地的野草一起呼应着。一株株早已枯干的野草，一瞬间燃起通红的理想，演绎出另一种蓬勃。

非常可疑。会不会在哪一片野草里，埋伏着一个或一群坏孩子，故意把这片野草给点燃了？或者，一个恶作剧的男人，夜半无着，闯到这片野地里来，非要放一把野火？又或者真的有鬼火出没？

野地里，暗影憧憧，不知是人是鬼。

野火就这样烧起来，在一个寂静的夜里，在一个寒冷的夜里。

是，寂静，寒冷。也没有风，也没有人。也没发现什么灵物。可野火一起，风也来了，鬼也来了。风吼鬼笑，野火妖魅。

这是野草的命数，或者野草的另一种样貌。

就像一粒儿冰，在春天里会化成一滴露，在夏天里化成一滴雨，汇成一条河。野草在冬天里燃成一场火，这是草在不同时空里不同的形态吗？在这个夜里，它们以另一种生存和另一种生长，呈现出生命的方式。

正像春天里的萌发与夏天里的盎然，那是另一种燃烧。绿色的火焰，在一个早晨燃遍原野。燃烧和葱茏，是野草生命的自觉。这一场冬天的野火，焕发它们又一场激情。生命的轮回，本来就是自然赋予。

火种之谜没有答案，也许遍野的白草无不为一场偶然蓄谋已久。

它们在夏天里长高了身体，在秋天里衰飒了叶子，在冬天里耗尽了最后一点汁水。它们为此预备了一个冬天。它们脱水的身躯，历经一秋一冬的淘洗，现在愈加纯粹，愈加干净。它们枝枝独立，枯瘦成柴，成为草的标本。它们干透之后的样子让人心疼，也让人感佩。

它们更为宁静。一株一株进入冥想，参悟禅意。它们与这个世界的关系，一下子变得玄妙起来。似乎是，就因为它们的存在，野地一下子变得辽阔，天空一下子变得高远，世界为之更加宁静，且孤独。在这个冬天里，它们到底是一株小草还是整个世界，一时变得玄幻不可知。

如果有一种法术，能打通人与草的界限，能让人洞晓一株白草的心事和理想，一定会令人不安。

看上去，满野的白草心如止水。瘦瘠的骨骼静立于深远的旷野。满耳的北风，如一首无字的歌。不是忧伤，不是悲壮，却又寓意深远，韵味无穷。它们真的死了吗？

宁静的，安详的，死亡，可能真是另一种等待。

旷日持久，或者，也近在眼前。

它们等来一场燃烧。

没有人去认真地追踪一场野火，在这个冬天的夜里。可是野草知晓。

直到一场野火燃烧起来，才能真切地看到，它们深藏于心的那个梦。

不管是谁点燃谁，谁唤醒谁，不管是从哪里开始，它们都欣然领受。不躲不避，何止不避，它们对燃烧一直抱有一种执着，正如夏日的葱茏和热烈。

没有宣告，没有宣誓，一切都在暗处，一切都悄然发生。一缕淡淡的白烟，如一次深深的呼吸。也许在白天就已经在酝酿了，也许在很久前就已经酝酿了。一粒儿贮存已久的火种悄然迸发。白烟先是匍匐着，贴地而行。它在早晨，跟河面上的雾气交融在一起，继而直上。没有人去注意这样一场蓄意的野火。白烟越来越浓，扰动了粒粒寒星。它也许掀动过一柱小小的龙卷风，在野地里扭动着身子。可是野草一如既往，俯伏于地。只有一对惊慌失措的鹌鹑，从白天就一再告诫那些同伴和一群愣头愣脑的野雀。可野草一片宁静。

野火腾然而起。野草株株抖擞，又倔强直立，发出共同的低吼。也正是在野火里，一条河被点燃了。一场野火，让一条河起伏，滚动，忽然就有了夏的奔腾。在这个冬天的夜晚，燃烧，撕扯，炙烤，一条河在翻滚，痛苦地扭动，进而怒吼。大河上下，腾跃，翻卷，正像一幕浩荡的正剧。那些干透的野草，显出惊人的天赋，既是导演，又是演员。再没有比一场野火更美丽、更惊心的演出了。它的观众，遍布人间天上。

一场野火，像一场无缘无故的战事。

野火发生了，又走远了。

这是野草的伦理，也是一条古老河流信奉的法则。

一株野草的选择和是非，一场野火的选择和是非，只有草明白。它是自己生命的主宰。河岸上的树，所有的鸟兽虫鱼，还有我，面对一场野火，一片燃烧的白草，要么参与，要么，就保有一份默默的尊重。

三

人在很多时候，很多地方，都不如一株野草。人从来都不如一株野草那么单纯，那么专心于生命本身的体验，那么一心一意。相处得越久，就体会得越深，就越会感到惭愧。

它们那么铺张，那么恣肆，那么无所顾忌，无所不至。即使在茫茫戈壁，在漫漫黄沙之中，只要有一点机会，只要有一丝潮湿，它们就会扎下根须。

可是，每一株野草，每一粒儿小小种子，它们又总是那么谦卑，那么自制。它们密匝匝地，你挤着我，我挨着你，好像在说，你看，我占不了多少地方，我在一个角落，甚至吊在断崖上，也能生长。它们将自己的繁衍生息压缩在最小的、最不碍眼的空间里。即使在最后，将自己交付于一场野火的时候，它们依然谦卑，依然自律，常常在夜晚，甚至在冬天。那是它们生命的火焰啊，可等到白天，等到太阳出来的时候，它们已经完成了生命最后的升华，只留下满地的灰烬。在一场大雪之后，它们就彻底地渗入泥土，混同泥土，再也分辨不出来了。

不管在什么时候，一株野草都清楚自己的身份。

被一株野草接纳和认可，无疑是一件幸福的事。这让我们不管在什么地方相遇，不管在什么时候相识，一株野草，一朵野花，它都那么安静着，又热烈着，好像是在专门等着我；好像只是在我到来的时候，才一下子展开了满枝的绿意，绽开了五彩的花朵；好像只是为了迎接我，才那么烂漫地笑。

与一株草交往，让人在不知不觉中发生着变化。会越来越虔诚，越来越谦卑，也越来越温和，或者，温柔。对眼前的一草一叶，一滴露，一朵花，就都有了特殊的感情。它们所展示的自然肌理，自然呼吸，都让人满怀亲切。相处得越久，就越有一种相知，一种亲近。

野草野花摇摆着身姿，跳起欢快的舞蹈，欢迎我。在一群新老朋友的簇拥里，心就总是纯净的，坦诚的，舒展的。

风中的金银花

我一砖一瓦地建设，正如我身边的野草，不断伸出根须，正如这片原野里遗落的每一颗种子，当初莽撞地闯入这片荒原。

来了，就不再离开。来了，就守住一条河流，守上一万年，守成这一片原野里的土著。

到现在，一点一点融进这片荒原，成为这片荒野上不可缺少的角色。不是装饰，不是搭配，而是活成一位主人，活成一条河的眼睛，也活成它的灵魂和脉搏。这条河呢，也影响和改造着我，我的小房子、小院子，我的肤色、血液和骨骼。我和这片土地，是越来越相似了。

绵密深厚的野草收纳了无数的岁月，也隐藏了无数的故事。发生在河边的故事，跟长在旷野里的草木一样，每年都有新的面孔，每天都有新的情节。这让我无端生出妄想，人要是活得足够长，活得跟一条河一样长久，该有多好。那就可以一直陪着这条河，一直目睹或聆听，那些新生或死亡。

其实，许多生命，真的不寻常啊。

它们真的能活过一万年，活得跟一条河一样。

一株金银花，藤蔓铺张，肆意攀扯，涩涩的手臂抓住所有能攀到的土石、枝杈、枯木。在它眼里，万物无不可亲可赖，它们在一万年前就已经认识了，根本不用商量，不必客气。是，它的热情真的很感人。它爬到哪里，就把花开到哪里，爬到哪里，就把浓郁的香气播撒到哪里。那每一朵洁白粉嫩的小花，它们长长的花瓣就像一张故意嘟起的小嘴，喷香喷香地前伸着，要亲吻你的手掌，你的脸蛋，你的睫毛和嘴唇。它氤氲的芳香如风如雾，日夜不停地弥漫着。

它向所有的同类和异类问好，向所有认识和不认识的生灵送去同情。是同情。它的粗壮的长藤那么狂野，它的纯洁的小花又满是羞涩，就像它散发的芳香一样，那么缠绵而柔弱。它的慰问无差别，无等级。上自乔木，下至野草，甚至破败的野坟与沟壑。就像所有的生灵、野河与坎坷，都是新来的居民，所有的野风和雨露，都是第一次洒在它的身上。世界是它的，土地是它的，所有的日子，所有的早晨，每一时每一刻，都是第一时间来到它的面前。它一一问候，送上芬芳，送上最美好的祝福。

一株苍耳，枝杈上挂满带刺的铜锤。苍耳对世界充满敌意。它独立崖畔、沟壑，青涩的花蕾散布着刺鼻的毒气，让荒凉的野地更加荒凉。它朝着金银花伸来的藤蔓怒目，摆手，一次一次强硬地推开那只友好的手。

别过来！

它在风中发出怒吼。

小心我带刺的铜锤，砸扁你的胳膊，扎破你的花衣裳。

金银花举着芳香的花枝，摇曳着，热情且宽容，执拗且坚持。

金银花最终攀上苍耳的高枝，且从根本上改变了一株苍耳的形象。

金银花在苍耳的每一个枝杈乃至叶片上，攀啊，缠啊，把一株苍耳包裹成一棵饱满的花树。弥漫的芳香，压过了苍耳的青涩气味，一串一串粉嘟嘟的小花，绕着抱着这一株圆形的大鼓一样的苍耳子。

金银花粗涩的青藤，在我的手指肚上划了一下，如一把锐利的锉刀锉过。这个小东西，真是太自以为是了。我相信，只要我愿意，它一定会像缠绕那株苍耳一样，把我严严实实地包裹起来，一定会在我的手臂上、肩膀上、额头上、鼻尖上、双耳上和头顶上，挂满花朵，一定会把我的全身变成一个硕大的花球。

冬天，金银花留下一丛老根，如枯如朽。

它还是走了。

却不。这种假象，实在是骗人的。

它是进入一场深睡。

这一场深睡真长啊。

昏天黑地，地老天荒。

北风如鼓一般敲门，依然喊不醒它。

它这一觉，也许会睡上一万年。

海枯了，石烂了。

沧海桑田。

它的呼吸沉酣。

是它太过自信，太过从容了。

这是一个土著面对家园才有的自信，这是一个主人睡在自己小窝里才有的踏实。

等到它打一个呵欠，在春天里伸一个懒腰，睁开惺忪的睡眼时，大地回暖，于是它很快又是遍地繁花，很快又是漫野芳香了。

这片土地上，像金银花这样从容自信的生灵，可是太多了。

问问所有的青藤，所有的喇叭花，问问所有的乔木，所有的荆棘，问问所有的香香草、节节草，没有谁会在你面前惭愧地低下头来，承认自己外来户的身份。

　　一株枸杞，长在河堤外一处高耸的崖壁上。它的苍老的枝干虬曲盘旋然而坚韧不拔。它总是这样被逼迫，被挤压，被驱赶到野坟、沟崖、乱石中去。大大小小的瘤，挂在它的枝枝节节上。是有太坎坷的身世吗？是有太沧桑的心事吗？枸杞似乎一出生就老了，就枝杈苍劲，就腰身弯曲。可就在它百折不挠的躯体上，长出茂密的绿枝，结出通红的籽粒。通红的枸杞籽成串成簇，密密匝匝，如涌如怒。可要真想摘取一粒儿，却不容易。就在这些勒紧的籽粒的红穗子上，一枚一枚细针隐藏其间。有冒失者，要撸一把枸杞下来，一定会被扎得血肉模糊的。

　　老枸杞凛然正气，不可小觑，不可侵犯。它立定这片瘠薄荒野之地，也该有一万年了吧。它将自己隐秘悲苦的身世抛在脑后，匍匐着身子，该发芽发芽，该展叶展叶。一万年之后，它还会抽出一丛蓬勃的绿枝来。越是沧桑就越是平静，它有这个底气。

　　紧挨着院子，菜园里的青菜，正铺开肥厚的叶片。这是我开春刚种下的。菜园旁边，还有一池荷花，也开得正旺。它们都是我刚刚带到这片河坡地上来的。可它们都显出主人的姿态来，就好像一直长在这里，就好像在这里活了一万年一样。这让我明白，每一粒儿种子，都有不凡的身世；每一株青菜，都带有远祖的信息。我在它们身上所感受到的，本就不是一次简单的萌发，或一次简单的生长。

　　金银花的香气随风弥漫，将一片原野笼罩在馥郁中，将我的一座小院子氤氲在芳香里。小院日渐从一片荒野的滩涂中洇出。院里有马颊河的胶泥铺出的田塍，有随时萌发的籽粒，有铺展的秧蔓花朵……我的田园，气象万千。

长吧，麦子

一

凛冬将至，所有的草木都黄瘦了枝叶，所有的庄稼都匆匆回家。霜落草枯，一垄一垄的麦子，就在这个时候出发了。

真是一次意味深长的出发。

马颊河像一只长号。能吹响这支长号的，也只有北风。天地肃杀。原野深处，麦垄排成一个个方阵，接受北风的检阅。麦子的队伍，肃穆严整，风雪载途，一步一步，走进漫长的冬天。

高粱玉米，那样伟岸健壮的庄稼，都逃了。铁马冰河，野风大漠，原本是它们才能抵御的啊。那些貌似威风凛凛的家伙，望冬先殒。

那么娇嫩，那么柔弱的麦苗，何以又那么泼辣，那么强悍。柔弱的麦子，一身青绿，走得山长水远。在这个冬天里，每一时，每一刻，都是考验。碧绿飒爽的麦苗，队伍不乱，身姿不怯。一垄一垄绿色，与大雪结伴，成为严冬酷寒里最动人的对比色。

小小的麦子，绿油油的麦子，让马颊河两岸那些高大的乔木和一向骄横的荆棘，让所有早早回家的庄稼，也让蛰伏的蛇鼠虫蠓，无不瑟缩愧怍，不敢直视。

二

这件事不想则已，越想就越觉得讶异。哪有这样的庄稼，明明就要过冬了，明明就要下雪了，所有的庄稼都回家了，偏偏要在这个时节出门，非要抢在一场大雪之前下地，非要顶着霜露出发，非要让刚刚伸展的青枝绿叶去迎接一场又一场凛冽的风寒。

还有那些送麦子下地的人。我爹，我娘，我们全家，各家各户的男人和女人，一个个神情严肃，犁耙耢耧。干不动或干不了的人，老人和孩子，也来到田头，坐在田埂上，看着、陪着那些送麦子下地的人。

做这样一件事，他们尽心尽力。没有一个人觉得这样做有什么不妥。从大人到孩子，没有一个人觉得，在这个季节送麦子下地是一种罪过。去年是这个样子，今年还是这个样子。这样一件不可思议的事，却在这片平原上，年复一年，轮番上演。

北风也被冻硬了，尖叫着，带着冰凌般的尖刺，敲打着我的额头，让我的一张脸，让我裸露的手脚，在片刻之间变得麻木。

麦子没有铜枝铁干，它的根茎和叶片，也绝不比我的前额更坚硬。在无际的沃野里，麦子摇动柔软的腰肢。它凭什么，去迎迓一场又一场凌厉的北风呢。

就像是一种自带原罪的庄稼，非要用这种方式去接受上苍的处罚。

让我替春天的野草，替夏天的谷子高粱想一想。它们一定是一遍又一遍地接受过祖先的叮咛，严冬来了，可别暴露了形迹，不到春天，决不可回来呵。落光了叶子的树木，每一株都像一只傻傻的熊，进入漫长的冬眠。它们可一点儿也不傻。秋天的飞蓬，在临终之前，送走它的最后一个孩子，它一定也在心里无数次地祝福，飞吧，飞得远远的，不到春暖冰融，可别轻易地睁开眼睛。

只有麦子，做着不一样的梦。

一片一片绿油油的叶子，在雪地里，跳一场麦苗舞。天和地都是看客。误撞进冰碴儿里雪缝儿里的麦苗，真是冻僵了。可它依然绿着，像一片被冰雪封存起来的标本。

有一年初冬，大雪来得早，把一地的白菜捂在地里。真漂亮啊，一棵一棵的大白菜，像一个一个从雪里拱出来的大蘑菇。那么白那么胖的大蘑菇，它们拱动在厚厚的雪被下。我兴高采烈地去拥抱一棵雪中的白菜，我爹愁眉苦脸地在地头上发呆。

小雪收白菜。

白菜一向是很骄傲的。它可以熬过寒露，熬过霜降，熬过立冬，一直坚持到小雪。只要大雪不来，它还想在地里多住些日子。愈是料峭秋寒，愈是蓬勃茂盛。它碧绿的叶片愈来愈肥，愈来愈厚。霜雪落在它肥厚皱褶的叶片上，正像一种装饰。如此青绿，如此娇媚。可它看见柔弱的麦子，舞动纤细的叶片，还是忍不住心疼；看见麦子下地，发芽，抽叶，在冷风里满垄满野地铺开，还是担心。它告诉麦子，别跟雪较劲。我也要走了，我要赶在一场大雪之前回家。地要封了，河也要封了，雪就要来了。麦苗默默地弯下腰身，不知道它是感谢还是任性。

一棵误过了行期的白菜，一片误入风雪的白菜，惨遭横祸。一棵棵白菜，呈淡淡的黄色，被冰雪捉住。我爹将一棵一棵冻僵的白菜救回来。很快，我就懂了我爹在一棵冻白菜面前的心疼和自责。救回来的白菜垛在灶屋里，全家人都怀着侥幸，试图让它缓过来。其实，也都明白，这件事怕要白费了功夫，可还是心存着侥幸。白菜在灶屋里融化了一天又一夜。你再看吧，那原本挺脱碧绿的菜叶，全软了，全瘫了，软成泥，软成浆，再也拿不起来啦。

要是麦子必须迎着一场北风下地，要是冬天就是麦子绕不过去的坎儿，那它一定隐瞒着什么，一定有一个秘密。即使命中注定该有此劫，那也不能只落在麦子这一种庄稼的头上。

三

一场大雪之后，万物肃杀。我偷偷地扛着铁锹下地。我心虚地避开人迹，一直走，一直走。就在这无边的大雪之下，碧绿的麦苗，正从我的脚下一直向外伸展。在这片平原上，在这个冰封雪裹的季节，麦子像一个幽灵，笼罩原野。我深长地呼吸，冰凉的空气刺激着我的肺叶和灵魂。

我伪装成一个挖掘鼠洞的人。在雪覆冰封的天底下，我挥起铁锹，扒开厚厚的雪层。藏在雪下的绿油油的麦苗，悄悄地冲着我笑呢。我费力地錾开冻土，掀开冰块一样的冻土层。我从一棵麦子的一侧破土，试图给麦子做一个切片，我要看看它，这一株麦子，在这个冬天里，到底隐藏着什么样的秘密。

我也知道，土地跟麦子一定有一场密约。我不知道的是，土地和麦子之间，到底谈了什么。

固执敲开的这一扇窗口，真就暴露了泥土深处的大秘密。

大雪之下，冻硬的泥土下面，竟然是暖的。越往下挖，黄土里竟透出丝丝缕缕的热气。滴水成冰的季节，泥土深处竟是热气腾腾的新天地。

来自地心的热量，源源不断，滋养，温暖，拥抱着每一条根须，给它们足够的呵护。在这样的呵护中，一棵小小的麦子便成了精了，成了妖了。它在表面的谦卑与忍耐之下，在以柔弱的身体抵御酷寒的同时，却在暗中做着一件大事。在这个冬天里，它一刻也不停歇地，经营出一片黑暗中的繁华。

麦子的根须并不强壮，更不像梦中那样莹洁如玉。一条一条黑色的麦根，如线如须。一不小心，一条根须就被扯断了。提起那一截断根，竟如一枝细细的藤蔓。藤蔓上缀接着一粒粒小小的土粒儿。展眼细看，这一条根须上，伸出无数的绒毛，实是无数的触须，它们帮助一条根须深入泥土，抓住泥土，又浑如泥土。此刻，根之于土，如同筋脉之于血肉，它们早已长在一起，无法分开。想要把它从土里拽出来，要么，就把它扯断，要么，就连那些土粒儿，一起扯起来。

一条根的尖端，顶着白嫩的芽尖。那一点根芽，正如一条根须的眼睛，又如它的牙齿和嘴巴，更如一枚银针。它带动着一条根须，如蚯蚓一般，恣意游向泥土的深处。它连一秒钟也不愿意耽搁，游动着身子，朝着一个方向，向下，向下。只要不被打扰，它的方向和游走就绝不会停止。可这一枚尖芽，多脆弱多娇嫩啊。只要稍稍触碰，它就要断了，就要碎了，就要洇出汁水来。可正是这一枚娇弱的针尖一般的尖芽，爆发出钻头一样的活力。

庞大的根系，由一条一条柔若无骨的细根组成。这样细微的根，在泥土中却又表现得箭镞般坚定，剑刃般锋利。它们在泥土中展开着，一盘，一墩，一簇。它们朝着所能达到的深度，不懈地、不停地钻探，伸展。

每一条根，都柔弱而稚嫩。确实，真的很脆弱。一条蚯蚓，就能截断它们的探索。砖石、瓦片、坚硬的胶泥，杂草、秸禾、树枝，都对它构成威胁。这时候，它们就显出能耐。它们可以绕过阻碍，循着缝隙，继续下探。碰巧了，一棵麦子，正生在一块小小的砖石之上。麦子细弱然而坚韧的根须，竟拥抱着砖石，如织网一般，将砖石密密包裹起来，形成一个网状的饱满的根瘤，如麦子在地下结出的一枚奇异的果实。

麦子不像树木，没有一条支撑枝干的主根。每一条根，它的粗细、长短、方向，在泥土中的姿态与意志，都显出孪生一般的雷同。这样的雷同，倒让它们共生共荣，共担职责。没有退缩，没有讨巧，没有逃避。在这个根的部落里，每一条根都主动，每一条根都努力，每一条根都自觉，每一条根都把自己当作主根。它们不攀比，不依附，不偷懒。它们当仁不让，各当大任。它们要不息地吸取，不竭地供养一棵麦子的养分和水分。

每一条根的诞生，都是庞大根系的繁荣；每一条根须患病或死亡，其他的根须会毫不犹豫地替代。这种替代，让这个根的家族生生不息，永远兴旺。即使在黑暗中，每一条根都清楚自己的担承，每一条根都清楚自己的价值。

四

地层深处的温暖让我不愿意把手拿上来。

对于一条柔弱的根来说，泥土是它的渊薮，也是它的宿命。它没有白天和黑夜的概念，当然没有。在黑暗的泥土深处，昼与夜是相同的。所有关于光明，关于阳光的信息，都是寒风之中，那一株娇嫩的麦叶转述给它的；所有关于雪白血红，关于赤橙黄绿，关于春天的梦，都是大雪中那一片柔弱的叶片传递给它的。这让每一条细弱的根须得到鼓励。

　　只要生长，只要伸展。它们清楚，这地层之深之黑，于它们正是一件隐身的衣裳。水分、养分、温度，让一条根须，在这个冬天里无中生有，在泥土里创造着奇迹。它们习惯了黑暗，就把黑暗当作生命的底色，就在黑暗中一刻不停地钻探。这是根的勇气，根的担当，也是一条根须对土地的信任，对一粒儿麦子的承诺。

　　麦子与树的不同在于，它没有第二个冬天。或者说，没有第二个春天。它一旦出发，就无法回头。它必须抓住这个被其他种子嫌弃的、于它又是生命中唯一的季节养精蓄锐。

　　表面上，麦子在整个冬天里无所作为。它谦卑地告诉冬天，我不会拔节，不会秀穗，我只是好奇，只是想见识一下冻死的鼻涕虫，冻死的树，只是想见识一下从雨滴到雪花的华丽蜕变。这是我此生唯一的机会，唯一的选择，也不枉来冬天里转一遭。它悄悄地经营着泥土中的事情，把一个秘密遮掩得如此完美，天衣无缝，如永远沉默的荒野，如荒野中摇曳的小苗，如一场无边无际的雪。

　　极秘密，极艰辛而危险。土地和麦子都秘而不宣。

　　你得承认，这每一条细若游丝的根须，极其坚强，有着极其强烈的使命感。

　　一条又细又长的根茎，如鳅如鳝，如穿针走线。它在泥土里从容游走，深深下探。在地上漫天风雪里，一粒儿麦子的梦，就这样深入地下，顽强生发。

　　根与土，这是一种什么样的缘分，什么样的忠诚，让它们一旦相遇，便之死靡它，血脉交融，浑然一体，再也不能分开。

　　一条根须，活在黑暗里，死在黑暗里。默默地生，又默默地去，支撑着地层之上、严冬之中、原野之上的那一片执着的葱茏，青绿。

这些泥土中的精灵啊。

<h1 style="text-align:center">五</h1>

漫天皆白。一株小小的麦苗在我的眼前慢慢挺拔起来。

我最终败在这一蓬深根上，无奈地放弃了最后的跟踪。我不知道它们在整个冬天里要跑多远，能跑多远；要钻多深，能钻多深。

一粒儿麦子，它萌发时蜕下的空壳还在，还挂在它的根茎上。就在那条根茎上，变戏法儿一样，分生出一株又一株麦苗来。小心地掰开那一枚根芽，就可以清楚地看见，这一粒儿麦子枝上分枝的秘密。看样子，如果水肥足够，它可以像芝麻开花一样，无限制地分化出去。这种分身之术，让一粒儿麦子在地上和地下都显出神威。一株新苗，必对应着一丛新根；或者，只有繁衍出一簇新根，才能孕育出一株新苗来。新苗的诞生，首先意味着一条根系的诞生。它们在这个严寒的冬季互相鼓励，互通信息。

雪是这样一种浑然天成的尤物。任何干扰必有痕迹，任何遮掩都是徒劳。作案者的魅影憧憧，必定在雪地上昭彰，甚至放大。能消弭痕迹的，也只有雪花自己。所谓天成，所谓天工，所谓天意，永远是人类不可企及的梦幻。

周遭的雪地，让我作践得一片狼藉。一个深深的土坑，在雪地里如一只眼睛，凝视着天空，又似乎在凝视着我，又似乎在警告，或谴责。你这个愚蠢的莽汉，终究要干什么。

我填平了土坑，又用脚踩实，免得再灌进更多的寒气。从远处看，这一片新鲜的黄土，在周遭洁白无瑕的世界里，像一个阴谋，一个破绽，更像这个冬天的又一个谜。它的谜底，却只有我一个人知道。

我是一个多么愚蠢的人啊。在一株小小的麦子面前，我无法掩藏我的无知，还有歉意。这让我对一粒儿在寒风中匆匆下地的麦子愈加充满敬意。

一棵让河流拐弯的树

一

在大河的大拐弯处，深藏着一个秘密。

一片土丘上，有一片烟黄色的泥土，显出与周边的土壤明显不同。在风化中，它依然保持着某种层次，形成一个模糊然而固执的同心圆，一圈一圈地晕染开去。用脚步丈量这个同心圆，它的直径有十米开外。在黄土之中，隐约可见某种似有还无的纹理，荡漾着不经意的波纹，越往外就越淡，执拗而又不甘地泯灭于周遭的黄土里。有的纹理细如发丝，有的纹理又粗如砺石。蹲下身来，小心地掰下一瓣黄土来，轻轻一捻，便碎成一粒一粒麦粒一样的土渣。电光石火一般，闪过一个念头。这是一棵大树。

一棵大树的踪迹和遗迹。

这不由得让人深吸一口气。曾见识过原始森林里，如巨大的石柱一般倒卧着的古木，虽则依然保持着树形，那木质却已如糠麸一般，触之柔软，一捏即碎。那样一具古树的尸骸，如从远古的荒凉里发出的一声巨大的叹息，凝固在那里。

眼前这一株古树，确切地说，应该是树墩，树桩，一株大树的影子。它已化身泥土，混同泥土，静默着守护一条河，更引人深思。

　　一棵大树，它的成长和衰朽，浓缩在这一片荒野里。它的残破的骨骼，变成了现在的一堆土丘。它的曾经无比坚实的树干，在某一个特殊的日子，衰竭了，干枯了。不同于那种倒卧或矗立的、干枯的老树，它那日渐风化的躯体，早已委身于泥土，陪着一条大河，走过苍凉漫长的岁月。

　　扑面而来的河水，正如扑面而来的日子。天空深邃，云烟似远似近。河水流经这棵巨树，总是免不了激动，呜咽缠绕，缓缓远去，就像这棵曾经的大树，穿行于幽深的迷雾与天空里。

　　将这棵树的任何一段经历，还原，伸展开来，都是一件考验人耐心的事情。它的一圈一圈的晕圈儿，无不刻录着它年轻时的风骨和风华。它的年轮有多丰富，它的风化就有多漫长。一枚石子，在水面上画出无数的晕圈儿。在越推越远的水波中，一棵大树，它蓬勃的枝叶，渐渐丰满碧绿起来。

二

　　这条河流的大拐弯，不知是否跟这棵曾经巍然屹立的大树有关。如今，这棵大树残破的躯体，伸入泥土，早已成为岸的一部分，这是树的坚韧，也是树的坚守。

　　混沌之初，大雨滂沱，河的两岸模糊。河藏在一片沼泽之中，或者一片汪洋之中。这里那里的，水泊和湿地，一片片的水泊，一片片的湿地，慢慢携手。水漫溢，淹没；水寻找，冲撞。水不时被阻止，被一座山，一道岭，一片森林，一棵山一样矗立的树所阻止。水重新积聚，重新寻找。

　　在这样的寻找和探索中，岸出现了。岸慢慢清晰，岸的两边，泥土沉淀，淤积，堆积。水有了出路，水随河去，水落石出。河流一路铺展出平原和关隘。遥远又遥远的洪荒，万物混沌；遥远又遥远的苍穹，高悬在头顶上。想到河的来处，又想到树的来处，又想到人的来处，想到眼前的繁华与旷古的寂寞，顿感渺小，也瞬间安静。

望着不远处人声鼎沸的村庄、市镇，忽然想到一件有趣的事。在马颊河两岸，至今仍有许多很有意思的村名，白洼、夏洼、王家洼，周淀、杨淀、河洼淀。即在不远的历史中，河与洼与淀的演变，河与土地与家园的演变，也还在进行中。就如眼前的马颊河，若不是一次次大规模的河流疏浚，河面越来越宽，大堤越来越高，它也许还在与一片又一片水泊交融着。

那些原本为洼为泊为淀的地方，如滑过水面的石片，如石片激起的水花，还不时提醒着人们，那是一片水的见证。这一片一片的田园，一座一座的村庄，作为河的同谋，河的故乡，也作为对一条河的纪念，诉说着河的功德与罪愆。

人的强横，人的专制，人对一条河流的影响，终于让一条河流感到吃惊，乃至惶恐。越到后来，大规模的人为干预，一条一条裁弯取直的河流，高耸宽厚的堤岸，把那些洼啊，淀啊，泊啊，乃至湿地和草甸啊，或抽干，或填平。水淀成了村庄，水泊成了市镇。大雨来了，水直接淹没了田园，摧毁了村镇。失去了两岸湖泊水淀的储存吸纳，水成为无处可去的猛兽。而一旦洪水退去，大地失血，土地干涸。那沿河而下，咆哮入海的洪水，则再也唤不回来。涝与旱，就这样在这片土地上周而复始起来。

人的优越感越来越浮到了水面上，甚至高扬在天空中。人对一条河的改造，填湖造村造镇造地，与一条河的孕育成长比起来，功也，抑或过也？

又想到眼前这棵树。这棵超乎我的认知，突破我的想象的大树，应该在这条大河的童年里就有了吧。它看惯了周边的水泊和漫漶的大水，也见证过连年的干旱和焦渴的大地。没有人能说清楚，它的生命是终结在一场连年的亢旱之中，还是没顶于一场大水。这些，真的都太久远了。

它至少能记录着，在漫长的生命周期里，一棵树与一条河的交往，一条河对堤岸曾经的蔑视以及尊重。河水发怒，洪水滔天，树巍然而立。树挡住了河，拯救了一片原野，树也指引了河，让河找到了方向。

河流迂曲，盘桓于野，却在一棵树面前最终低下了头颅。这件事，暂且交给通晓河流史、植物史，乃至人类史的专家们去探察和考证吧。也许，对一棵大树的解读，这棵大树留存在基因里的记忆，倒能唤起人对于一条河流最初的记忆。

我弯下腰身，久久地凝神于这棵渐行渐远的古树，莫名地升起崇高和敬意。正像一次拜访，一个仪式。是为记，为祭。

枣树　杨花　钟声

一

枣树苍劲瘦硬，一根根枝条画在北风里。枣树，让冬天的马颊河平原愈加苍凉。它们切割了天空，也刺破了天空，它们让远处压低的空间变得零乱，让霜雪、让蓝色的雾霭有了隔断。冷风吹裂了枣树的皮肤，无论老少，一律苍老着容颜。好像它们一路走来都是冬天，好像它们的心里装满了冬天。这些枣树啊，好像一出生就遍历沧桑，就早已在冬天里活过了一百年。

北风起了，枣树在风中发出凛冽的吼声，像是一种示威，是对北风吗，还是一场越来越大的雪？风停了，洁白的雪花，依旧执拗地，然而温柔地，在黑色的枝条上，随形造势。大雪改变了那些黑色的粗糙的枝条，让原本朴质憨厚的枣树，立即高贵起来。黑白分明的装束，更显肃穆。只有枣树明白，这丝毫改变不了它们的身份和本质。它们依旧粗犷，呆笨；依旧迟钝，固执。在漫长的冬季，在裸露、寒碜的黄土地上，倔强的枣树林，陪伴着马颊河，它们苍凉的声音写在北风里。本来，枣树的存在，该让马颊河的冬天显出一些热闹。不想，却让这片土地，让整整一个冬天愈加荒凉。没有谁了解这些枣树，没有谁去真正关心这些枣树的身世，它们的前世今生，它们历经的岁月。

枣树的迟钝让人气愤。河水化冻了，麦苗返青了，它们无动于衷。桃红柳绿的时候，枣树依旧铁黑着脸色。这些枣树，都死了吗？都被冻死了吗？没有逃过这个冬天吗？

杨柳迎春，麦子起垄了，枣树黑色的枝条慢慢活泛起来。点点芽苞幽幽冒出，枣树终于松弛了坚硬冷漠的面孔。枣树的脉搏应和着一条古老的河流，一座古老的村子，渐渐复苏。柔软的南风显出力量，它吹了一天，又吹了一天，春日的暖阳温暖着枣树黑色的枝条，那些油亮亮的叶片缓缓伸出。所有铁黑着的树冠，终于抖开绿色的斗篷。枣树绿了，村庄绿了。枣树是与冬天对垒的最后的士兵。只有枣树的枝头绿了，春天才算真正地落地，它不再走了。

枣树的脚步是慢的，似乎，它总是跟不上时令。殊不知，整个村子里的人，从大人到孩子，都紧紧盯着枣树，都相信，是枣树，手握着时令。枣芽发，种棉花，这是节令。枣花香，燕来到，这也是节令。枣树将耐心包裹在年轮里，枣树的节奏，是土地的节奏，也正是春天的节奏。枣树的冷静，是土地的冷静，枣树的激情，也正是春天的激情——坚定，从容，不逃避，不轻信，也绝不放弃。

一株古老的枣树，两个人三个人也抱不过来，那么粗壮虬曲着，如一条巨龙。又一棵古老的枣树，已经中空了树干，依旧持重，枝繁叶茂。树身上，遍布节瘤，却照样耸起满树葱茏。那些身形单薄的新生林，远远地，在枣树林的边缘注目，表达着对前辈的敬畏。它们枝干上挂满白粉，顶着满身柔嫩却不失锋芒的棘刺，扩展着枣林的边界。村子里已经没有人说清楚，是先有了枣树，才有了村子，还是先有了村子，人们才一棵一棵栽下了它们。马颊河边的枣树林，与一座座村庄携手，走过漫长的路程。

其他树种躲避的地方，枣树来了。或者说，有枣树的地方，其他树种一律逃遁。是因为，枣树总是选择崖畔、贫瘠盐碱的角落，那些高亢干旱的地方。其他树种难于生长之地，正是枣树显出英雄气概之处。一片枣树林在村前村后，在那些被脚步踩得板结、坚硬的土地上，长得气势磅礴。它们隆起深厚的屏障，将村庄层层包裹，是护佑，也是昭示，有枣树在，就能繁衍生命。

春分时节，枣树的每一片叶子都不同凡响。它的鹊蛋形状的叶片上，都像涂了明油一般，新鲜，光亮，肆意招摇着那一树鲜翠。太阳一出来，每一片叶子便像是烟花一样燃放，满树的叶子光芒夺目，火花四射，耀人的眼睛。

麦子扬花，枣花儿也开了。细琐的、米粒似的枣花儿，一如枣树的性格，宁静谦和，绝没有一丝一毫的张扬。这些金黄色的小花，一律悄悄地藏在叶底，如果不细心，你就不知道它们的存在。可它们微小的花壳里，却盛满一瓯一瓯清澈透明的蜜汁。整座村子，一条河流，无际原野，白天黑夜地散发着枣花的芬芳。蜜蜂们最懂得枣花的隐忍和品质，在这个季节里早出晚归，神魂颠倒。繁花枝头，蜜蜂们不息忙碌。它们小小的嘴巴，一刻不停地张合着，酝酿着。它们的两条毛茸茸的后腿，在这个季节里肿胀发胖，每一条腿上都缀结着一颗饱满圆润的蜜露。它们不辞辛劳，仄歪着翅膀，把酝酿好的枣花蜜，无数次地送回到蜂巢里去。春天的蜂巢，就像发酵的面团，一团一团、一圈一圈疯长着。这些蜜蜂，天天在浓郁的花香里沉醉，天天痛饮着枣花奉献的玉液琼浆，天天在枝头绕着圈子，转着弯子，在枝头招摇着，一个个醉意蒙眬，晕头转向。它们的身子太笨，它们的奔波太久。有时候，它们会笨拙地绊倒在花叶上，艰难扭动，半天爬不起来。有时候，它们会从树叶里跌落下来，重重地，然而又无声地，摔在地上。蹬一蹬腿，不动了，不知道是累死了，还是醉死了。

秋天的马颊河是沉迷的，秋天的村庄是摇晃的，秋天的枣树林是旋转的。秋天来了，枣子堆满了院子，铺满了屋顶。枣子在秋天干爽的阳光下晒出枣红。这还不够，远远不够。马颊河的枣子太多。院子也盛不下，屋顶也铺不下。它们被推进巨大的枣窖，焐成焦枣。烤熟的焦枣，颜色变紫，瓤肉变细变韧。秋天的空气里，被浓得化不开的焦枣的异香灌满。收枣炕枣的乡亲，男人和女人，大人和孩子，迷失在焦枣的香气里，颠倒了白天和黑夜。

枣树缓慢而坚硬地将生命压缩成薄薄的年轮。它枯落，绽放；守护，等待；坚定，忠诚。它陪着一条大河跟两岸的平原，坚守在苍茫的天底下。它让一座一座村庄和活动在其中的人物，都在不知不觉中模仿着它的模样，活出了它的性格。

二

在马颊河，有两样东西容易让人产生幻想，冬天的大雪，以及春天的杨花。

杨花飞呀，马颊河迷迷蒙蒙的。起风了，杨花飞舞。杨花在飞舞中呼朋引伴，你牵我连。一朵一片，团团簇簇。大人不时眯起眼睛，讨厌地摇一摇脑袋。小孩子倒有兴致，不时地跳起来，捉住一朵，又鼓起嘴来吹跑。乡人们不细辨杨花和柳絮，一律说成是柳絮，这样说马颊河的人便感到亲切。柳絮让马颊河失了季节。是一场大雪吗？你把手伸出去，想接住它们，像接住一朵雪花。不，它们可不像雪花一样，它们不是飘下来的，它们是飘上去的，它们是飘上去又飘下来，上下翻飞，在半空里翩翩起舞的。它们调皮地从你的手指缝儿里飘过，倏然幻化。它们常常随风而起，直上重霄。这是一场大地洒向天空的大雪。它们飞得累了，飞得远了，最终，也会落下来，落在某个角落，可在没有落下之前，它们才不甘心哪。它们落下之后，只要稍有鼓舞，就又飞起来啦。它们加入一场又一场的轻歌曼舞，融进一曲连绵不断的大合唱中去。孩子们大呼小叫，追逐着，随手抓住一朵，一松手，又飞了。他们跟漫天的柳絮玩一场游戏。他们追赶着，引逗着；他们停下，柳絮在眼前也就慢悠悠地停下了；他们扭头往回跑，那一团柳絮，竟又跟着追回来了。微风起，柳絮飞；大风起来，柳絮就更加昂扬。柳絮跟孩子相互逗弄着，也招惹着行色匆匆荷锄使犁的人。它们不时地粘在人的头发上、睫毛上，吸进鼻孔里，也钻进眼睛里、喉咙里，让人恼，让人烦。

看看沿河，一棵一棵合抱粗的柳树，被春风鼓荡着，就像着了魔一样地吞云吐雾，丝丝缕缕的柳絮从树冠上吐出来，没完没了，无穷无尽。长久地盯着树冠，有说不出的疑惑。明晃晃的阳光，照着这些飘飘洒洒的雪花，让它们纤毫毕现。你会惊讶地发现，这些毛茸茸的小家伙，在每一朵蓬松的绒毛里面，都藏着一只黑色的眼睛，那只眼睛那么小那么小，比米粒儿还要小，小得像针尖儿一样，却都眨呀眨的，诡秘地闪烁着。柳絮越聚越多，小小的眼睛们越藏越深。这些软绵绵轻飘飘的柳絮，都是精灵，能上天入地，穿梭于天上人间，来去那么轻松。柳絮迷乱了人的眼睛，惹出了泪水，打乱了人的脚步和心绪，让人磕磕绊绊，像喝醉了一样。看着风中摇摇晃晃的柳树，觉得它们如仙如幻，都失了往常的模样。

但柳絮终究要落下来。它不动声色地堆积，堆积得极有耐心，又有点儿处心积虑。今天的柳絮悄悄地落在昨天的柳絮上，明天的柳絮又会攀住今天柳絮的发梢。柳絮落在河面上，跳跃着。这时候，马颊河里的浪花是热的，冒着幽蓝色的热气。浪花活泼，莽撞，试试探探，要去拥抱那些柳絮，就像拥抱漫天而降的雪花。每一次拥抱，却都像被烫着似的，又迅速地放弃。柳絮有这样的本事，它悬空，却决不沉没。浪花有多高，它就有多高；它跟浪花一起涌动着，起伏着。柳絮在河面上虚张声势，似乎要堆起一座雪白的山来。有几万只眼睛的蜻蜓也不免上当。它们想降落在这座雪白的山峰上，却发现脚下根本空无一物。蜻蜓在泡沫般的柳絮里陷落下去，但它的灵巧敏捷拯救了它，它的透明的大翅膀拯救了它，让它在一瞬间的狼狈中迅速平衡了身体。蜻蜓顶着一朵毛茸茸的柳絮，凌空而起，一直飞进漫天飞舞的柳絮里去。燕子和浪花一样充满好奇，它们一直怀疑：这些堆积的柳絮，怎么就那么一直雪白着，生长着，在水面上飘舞着。它们就不融化吗？

　　燕子来了，燕子早就来了。燕子每天用它纯洁的翅膀，敏捷地沾一点儿清凉的河水，朝着浪花一惊一乍地呼喊，嬉闹，燕子也太娇情了。在柳絮没来之前，它们跟那些依依的杨柳一起在水中弄影，照出它们优雅俊美的样子。现在，柳絮来了。燕子的影子，在水中变得影影绰绰的。燕翅在柳絮中穿梭，有时候也被柳絮沾惹，它们吓得仄歪了翅膀，跟醉了似的。

　　柳絮来了。它们错乱了季节，非要下一场四月雪。白花花的，铺了一地。也只有这些柳絮，显示着马颊河虚幻的富足。看着这些柳絮，人心里会无端地气愤，这也太铺张了，太靡费了。柳絮打乱了人的思绪，让人疑惑，似梦似醒，似真似幻。恍惚中，柳絮是新嫁娘的二十四床铺盖，表里全新，情意绵绵，从炕头直摞到屋顶上去。被面上绣鸳鸯，绣并蒂莲。雪白的棉花淹没了马颊河。棉絮撕扯着，铺了一层又一层，铺了一丈厚。人滚在里面，就像滚在雪白的云彩里。人被香喷喷暖烘烘的棉絮淹没了。马颊河什么时候这么富丽堂皇过，什么时候这么高贵豪气过？新娘子在梦里笑醒了，老婆老汉们在这样的梦境里热泪长流。

三

钟声穿越时光，在每一个早晨响起，在每一个孩子的心头响起。小学校的钟声被早晨的露水洗过，被枣树林和满野的麦苗滤过，变得清澈、悠远。钟声悠扬，送走一茬又一茬庄稼，又迎来一拨又一拨新苗。回响在小小村庄的上空，跟炊烟一起缠绕着，跟朝霞一起飞扬着。钟声跟应声而来的孩子们携手，去寻访满野的露珠，去编织一年又一年的好梦。

小学校孤零零地悬在村外。这里的学校遵循着古老的法则。上学的孩子，跟一早下地的男人一样，顶着晨星出门。村子里的人们，早已习惯了晨起而作。小学校的钟声，倒像是整个村子的某种号令，人们踩着钟声出门。等到艳阳高挂，树梢和房顶都在阳光里明亮起来，小学校的钟声又响了。大人孩子，在拉长的树影和人影里，红彤彤地回家。女主人早已喂饱了鸡鸭，做好了早饭，在灶台上摆好了碗筷。也会有那么一两家，房顶上还缭绕着炊烟。

晨光里，一地的露水，顶在路边的草叶子上、麦叶子上，挂在头顶的枣叶子上。这些露珠在早晨布置一个烂漫世界，在孩子们上学和放学的路上，布下满满诱惑。大人们见怪不怪，孩子们却日日惊讶。孩子们知道，这些闪烁幽微光芒的宝贝都是假的，但是他们依然感到惊讶，依然欣喜。他们有时候会静静地蹲下来，凝视着这些露珠儿。他们幻想着这些透明的珠子可以一串一串地撸下来，可以装满书包和背筐，可以收藏和贮存。有一只小小的手指，小心地去抚摸它。这颗露珠儿，一下子被戳破，小小的手指被露珠儿咬住，冰凉，小孩子惊得甩动手指。在朝霞里，露珠变幻莫测。孩子们激动地发现，在一颗颗硕大的露珠儿里，都有一张张稚嫩的、夸张变形的脸，便又惊得大呼小叫。这些露珠儿，也常常会惹得孩子们野性大发。他们会故意地踢一脚，会从野地里拔下一棵青麻，用细长的麻秆子野蛮地扫去。野草上、禾苗上，被青麻秆扫到的地方，露珠儿哗然坠落，碎了一地，惹来一场肆虐的欢笑。青麻秆扫过麦苗，原本被露珠儿压弯的麦叶，跃然翘起，晃动着，绽放出逼人的新绿。穿行枣树林的时候，孩子们张开嘴巴，从一枝低矮的枣枝上，接住一颗摇摇欲坠的硕大的露滴，冰凉的露珠儿会让他们发出一声惊叫。这些着魔的孩子，在雨露丰沛的清晨，尽情释放着他们的激情和才华。他们会编造出很多口诀，会在幻想中发下许多誓愿。有一种传言是这样的：谁从枣叶子上吸吮的露珠儿最多，谁的嗓音就最嘹亮。有一段时间，他们迷恋于这种游戏，以至于弄湿了头发和红通通的脸，也弄湿了裤脚和鞋子；露珠儿有时候会洒进他们眼睛里，让他们流出晶亮的眼泪。他们日日上演玩露珠的游戏，因此耽搁了学业，或忘记了吃饭，被责骂，被罚站，他们却依然日日不辍，偷偷坚持。在整个秋季里，孩子们被这些天上地下的露珠儿引逗着，笑闹着，滋润着，也成长着。

钟声响了。这些餐风饮露的孩子跑进教室。他们坐在泥坯垒成的课桌前，亮起喉咙。他们的声音在原野上飘荡，他们的嗓音似乎真的就更加嘹亮，他们吃惊地发现，记忆力似乎真的比之前更好了。早饭之前的学堂里，他们只做一件事，朗读。这一场朗读，像一场特有的仪式，迎接新一天的到来。一大群孩子，嗓音高高低低，又浑然一体，构成一曲大合唱。说是合唱，一点儿也不假。这些个孩子读起书来，完全像唱一首歌。是因为露水的缘故吗？孩子们的嗓音清澈得很，圆润得很。有人读着读着，突然发一声尖锐的高音，在原野里颤抖着，传出很远。他们集体发出同一的音调，抑扬顿挫，是一首整齐的合唱。听着这些童稚却激越的读书声，在田野里劳作的人，发出会心的微笑。他们抡动锄头的手臂更加有力，不自觉地应和着孩子们读书的节拍。满野的禾苗，满耳的书声，让早晨的阳光也像一曲嘹亮又动听的歌曲，满地满坡，到处泛滥。在晨阳里，各家屋顶上，一柱一柱的白烟，高高低低，在朝霞里却都姹紫嫣红起来。太阳蹿上了树梢，太阳溜进了教室，太阳爬到这一群泥孩子的脸蛋儿上了。

　　直到钟声再次响起，直到余音袅袅的钟声越过校园，穿过枣林，在碧绿的田野上飘荡，锄禾的人才荷起了锄头，孩子们才恋恋不舍地收起了书包。直到这时，孩子们才感觉到，肚子开始发出咕噜咕噜的鸣叫。他们跟随被露水打湿了裤脚的大人一起回家。孩子们知道，母亲正在掀开热气腾腾的锅盖。锅台上，一碗滚烫的玉米面地瓜粥，一盘子盐腌白萝卜条，早已经在等着他们了。

第二辑

芸芸众虫

芒　种

　　芒种，正是播种玉米的时节。爹扶着一架独腿儿耧，趔趄着步子，蹾起白色的尘土。哥哥在前面，肩膀上套着一根麻绳，麻绳拴在木柄耧上，整个身子一拱一拱地往前走。哥哥和那根麻绳，和那架精干的独腿儿耧，较着劲。哥哥肩膀上的麻绳，就像长长的引信，它的一端，缠在哥哥的手掌上。哥哥肩膀上鼓起一拳一拳的肉，黑黑的，就像埋伏着的一枚一枚炸弹。在火辣辣的阳光下，引信哧哧地响着，似乎正在冒出四溅的火花。不知道什么时候，那一枚一枚炸弹就会把他，把他身后那架小楼，炸得粉碎。可绳头的引信，捏在哥哥的手里，火花越不过哥哥宽厚的手掌。那些炸弹，没法儿爆炸，它们的能量，只能通过一根麻绳源源不断地释放出来。哥哥的大脚板嗵一声，嗵一声，踩在地上，踩在那些晒得白花花的土坷垃上，那些土坷垃立即坍塌，化为齑粉。土坷垃原本支棱着硬邦邦的脑壳儿，像跟谁在较劲，如今却一律没了脾气。脚掌过处，鞋印便深深地印在黄土上。

　　我学着哥哥的样子，迈开步子，低着头颅，在土路上走。一只一只小小的蚂蚁，匆匆地忙碌着。我原本看不见它们，原本不看它们。就在刚才，我的肩膀上也有一根麻绳，我走在哥哥旁边，可我迈不匀步子，使不匀劲儿，像一头刚上笼头的牛犊，东一头西一头地乱撞。撒下的种子错落无序，不是稀了就是稠了。

爹和哥哥都嫌我碍事，把我撵出了麦茬地。我漫无目标地迈动着步子，低着头数我走过的脚印。蚂蚁，它们便在这时爬进我的眼仁。蚂蚁在我的眼前晃来晃去，忽远忽近，忽大忽小。一时像一匹扬鬃的马驹子，吓了我一跳；一时又缩成一粒儿黑色的、滚动的芝麻，或是绿豆。这些蚂蚁，它们没有方向，也没有规矩，各自迈动着发丝一样的细腿，匆匆赶路，完全是一个纷纭杂乱的世界。蚂蚁的腿真细啊，触须真细啊，又那么灵活；这个世界上的蚂蚁真多啊，又那么小。它们原来在哪里？我怎么好像一直都没见过它们，这些蚂蚁！我迈开步子，只要我不去有意躲闪，我的每一步几乎都会落在一只或者两只蚂蚁上。我的双脚像两只榔头，嘭嘭砸过去。我能感觉到每一只蚂蚁肥胖的头颅，巧妙搭就的黑色骨架，在我脚下轰然碎裂，发出噼噼啪啪的声响，它们就这样粉身碎骨。我一路趔趔地走去，脑子里闪过一枚鸟蛋或者一朵喇叭花爆炸时汁水四溅的场面，我沉浸在屠杀的快感里。

我还不懂，头顶上那一双能洞穿一切的眼睛，正痛心疾首地怒视着我，怒视我的残忍、任性，以及种种劣行。这些劣行，它们正如一颗一颗潜伏的炸弹，藏在我之后的路途上，一次一次地点燃引信，一次一次地将我抛向风口浪尖，或推向悬崖峭壁。在我蹒跚跟跄的岁月之途里，埋下多少报应，如今还不清楚。

直到某一个黄昏，在一轮通红的夕照里，我大悟似的，忽然发现了天空那一双悲悯的眼睛，它忧心忡忡地盯着我，呼唤我。就像所有的谜底在我眼前哗一下抖开，令我不禁浑身战栗。

回头看看，那些不期而遇的灾难，惩戒，那些猝不及防的塌陷和绝望，原来，它们的种子，早在十几年、几十年前，都已经悄悄种下，被我亲手一颗一颗种下。这些不定时的炸弹，它们不会因为年深日久而失效，不会因为我的懵懂就饶恕，就放弃。它们那么耐心地藏在未来的某一个拐角处，嘴角上挂着谁也读不懂的笑意，气定神闲地等我。

如今，我看着那个懵懂少年，不管不顾地走在那个炎热的初夏，走在白花花的土路上，走向芒种。我看得胆战心惊。在他来日的坎坷和奔波中，像这种冥顽和愚劣，还会发生多少，在什么时候发生和怎么发生，他一直颟顸无知。其实，因为愚钝，即使在他幡然悔悟之后，他依然无法预知，在来日无多的道路上，还要留下多少罪过。唯有付出足够的汗和血，历尽足够的苦难和挣扎，慢慢地，一点一点，一丝一丝地偿还。迷茫，醒悟，铭记，出发，跨越愚蠢，又走向愚蠢，一路磕绊。这是我的宿命，也是我的救赎之路。

眼下，我还只是一个不谙世事的顽童。我心血来潮，忽发奇想，要参悟一只蚂蚁的生息以及理想。这又谈何容易。在我的凝视中，有一只蚂蚁，两根触须在阳光下放大，变长，颤动着，四处打探。它要爬过一粒儿粪球，粪球滑溜溜的，在蚂蚁面前立起陡峭的悬崖。它费了翻山越岭的力气，攀了上去。它愣一愣神，却又一掉头，重新爬了回来。让人很替它着急，以为是它晕了头。更多的蚂蚁，它们总是这样，没来由地爬上一根树权，又没来由地爬下来。刚刚费了半天的工夫，攀上一段崖壁，又一个转身，沿着来路，爬回来。它们似有所求，似无所求。它们常常心事重重，若有所失，它们又常常兴奋不已，一往无前。这些蚂蚁，它们总是这样，一路匆匆，又一路莽撞。

我沉思良久，恍然明白，也许，它们是在寻找一种宝贝，一个秘密，或是一扇门，一条路，一个理想国。也许，它们是一路埋伏，一路迂回，走走停停，布置疑阵；它们害怕被人追踪，被人发现那个天大的秘密呢。

　　我猜测着，在蚂蚁的国度里，一定有一个传说。传说有一件最宝贵的东西，就藏在某一粒儿粪球里，或者某一根树枝上，或者一茬一茬的庄稼里，一岁一岁的野草里，或者，就藏在这条干燥滚烫的土路上。蚂蚁们坚信，只要找到它，蚂蚁们就可以升天，就可以安享荣华。这是蚂蚁的使命，这是蚂蚁的天命。它们既然承载了这样一件大事，它们就不再放弃，它们一天一天地这样找下去。它们来来去去，细致周详；它们一寸一寸地丈量，不放过一丝丝空隙。它们不惜重复，不惜工夫，就这样找遍了每一个角落。即便如此，仍不放弃，重新找一遍，再找一遍。只要能攀上去的地方，不管多高，不管要爬多长时间，多少岁月。它们也不惜成本，不计代价，哪怕靡费时光，抛却生命。蚂蚁们找啊找，一个接一个，一代接一代地找下去。

　　有遗嘱吗？老蚂蚁们会嘱咐子孙，牢记某一个秘诀或咒语。小蚂蚁们就信了。

　　我为这样一个荒诞的想法所激动，跟蚂蚁一起兴奋起来，跟一群背负着神圣使命的蚂蚁较上了劲。

　　你看吧，每一只蚂蚁都是这样低着头，紧紧盯着地面，又专注又匆忙，痴迷地找，从早晨找到中午，还要从中午找到晚上。如此日复一日，一天天地坚持着。它们找得漫无边际，却又意志坚定。它们似乎坚信，在它们漫长的寻找中，不知道什么时候，就会触碰按钮，就会芝麻开门，一个奇迹便终于诞生。

　　一支长长的蚂蚁的队伍，在一株大树下铺开，这就有了气势，就像一次壮丽的行军，一次远征，一场等在前面的厮杀，或者，就是一次淘宝。这支队伍的侧旁，或者就在队伍之中，有路毙的蚂蚁，或是爬不动了，还团了身子，在那里挣扎。一只在队伍中痛苦扭动的蚂蚁，竟首尾相接，又奋力张开，滚动，似要爬动，要追赶，可终于不支，渐渐无力。有慰问者爬过来，用触须碰一碰它痛苦的身体，围着它转了一个圈子。随后，就倒退着步子，像是留恋，像是告别。接着便转过身来，掉头前去。在车水马龙的队伍里，这只死去的蚁，就成为一座孤岛。像这样随时随地，倒在路上再也醒不过来的蚂蚁，随处可见。它们像路标一样，在一条路上，不时耸动着。

这支队伍，是终于发现了要寻找的目标了吗？

那个懵头懵脑的少年，被一个巨大的秘密所诱惑，开启一场执着的寻幽探秘。他蹑手蹑脚，生怕再踩到一只蚂蚁。在一棵巨大的槐树下，蚂蚁们像是接到了某种指令，组成一支庞大的队伍，踩出一条光滑又结实的蚁路，直通一个洞穴。洞口前密密麻麻的蚁，进进出出。看似杂乱无章，又似井然有序。进与出好像都遵从着某种规律。

每一只蚂蚁都严肃，又匆忙；都沉默，又默契。好像它们都清楚，心里都明镜似的，亮堂堂的。那个原本遥远，似乎模糊的目标，好像就在眼前，好像只剩下一步之遥，好像就要将窗户纸捅破了。这是蚁族的使命，也是它们深藏心底的秘密。它们彼此心照不宣，收起锣鼓，只是一味奔赴。

不知道有没有一只蚁，发现了这个俯身偷窥它们的怪物。在蚁那里，他摇晃的头颅，就是一座山峰，他的阴影，如一片乌云，笼罩在蚁穴的上面。只是，眼下，一切都还静悄悄的，什么都没发生。蚁们很忙，无心去猜测这只怪物的来历与心思。

千军万马的队伍，从树下，从地下，从某一个神秘的基地出发，队伍浩浩荡荡，却如此神秘莫测。隐没在草丛里、泥土中的那一个深深的洞口，又一次让我感到，这些小小蚂蚁的不同寻常。那件稀世珍宝，既可以藏到树梢，也可能会埋在地下。我怀疑，就在这棵大槐树下，可能会有重大发现。一个惊天的秘密，今天它就要大白于天下了吗？

我有点按捺不住，不再仅止于等待。在一种强烈的、注定是邪恶的欲念指使下，我激动地、悄悄地揭开了一块草皮，又揭开一块草皮。一个从没见过的蚂蚁世界，毫无遮拦，哗一下打开。

蚂蚁的都市，黑压压的，你挤我拥，这是一个极隐秘又极忙碌的世界。它们本来各有所事，各有所去，如今都像烤在一架蒸笼上，都像失了魂魄，到了末日一般。无数白白嫩嫩的小蚂蚁，如散放的白米，一粒一粒儿，模糊着眉眼，含糊着身形。它们还只是那么白白的一团，突然间的门户大开，大祸临头，蚁们一时不知道该将这些蚁子蚁孙藏到哪里去。蚂蚁们像无数无头的苍蝇，你挤我撞，人仰马翻。

一切又都迅速地恢复着章法。首先是拯救那一堆眉眼模糊、冰雕玉琢的蚁子蚁孙。黑蚂蚁把那一粒一粒儿衔在嘴里，到处乱跑。有的跑出来，跑到草丛里，刚放下小蚁，觉得不妥，又重新叼回来；有的挤过密匝匝的蚁阵，将小蚁叼往一个更深的洞穴的深处。我现在看清楚了，在一场大难中，蚂蚁们陷入巨大的慌乱，却没有一只蚂蚁，丢下家园只顾自己逃命。它们都在忙着护佑，忙着搬运，忙着寻找临时的避难场。似乎眨眼之间，拥挤的兵营，渐渐疏朗，显出一小片干净的泥土。搬动小蚁是它们最紧要的使命。叼着小蚁的队伍排起长队，朝着更深的洞穴开进。一小片光滑的小小广场，又结实又干净，像被精心修饰过一样，应该是蚂蚁们集会、庆祝、发布决策的地方。现在，一下子空旷起来。

这片蚂蚁们千辛万苦聚居的营盘，眼看着，在我的手里毁于一旦，只留下一片残垣断壁。

我沉迷于这一团乱象，试图拨开迷雾，去探寻到这座巨大宫殿内部的更深的秘密。发现一条一条像蚯蚓爬过的通道，又干净又繁密。这显然是蚁们精心设计，并一点一点铺就的。蚁路四通八达，沿着一条粗壮的树根，直通到更深的地方去。

那里，肯定还有一个更神秘的地方，藏有蚂蚁们已经探知或收藏的巨大的秘密。那是不是通向宝库的秘密之门？现在，这件事，谁也不知道。可蚂蚁们兴许知道，蚂蚁的爹娘兴许知道。这个洞，估计它们已经挖了许多岁月，可能已经很深很深。它们还要再挖多深，多久？这样想的时候，我对蚂蚁地下的世界产生了更大的好奇。我找来一根细细的木棍儿，要把那个孔洞撬开。

就在我要再次下手的时候，不知怎的，我的额头忽然疼了一下，又疼了一下。我无法捏住木棍，它像一根烧红的烙铁那样滚烫，从我的手里滑落下去。那根细细的、神奇的木棍，把我电着了。我的念头也在这一刻悄悄转变。隐约之间，我似乎发现了，我的头顶上，那双悲悯的眼睛。

刹那之间，我对眼前这些小东西，产生了深深的同情。

一个本来完整和尊贵的蚂蚁营地，在我的手下变得一塌糊涂，混乱不堪。我还要继续作恶吗？这些小东西，它们本来已经非常辛苦。它们一直在路上，千辛万苦筑起一座这样豪华的宫殿。我真要捣毁它吗？

我突然有一种悔悟，有一种负罪感。这一棍棒下去，不仅蚂蚁的窝窠全坏，而且会有多少小蚁暴尸荒野，会身首异处，命丧黄泉。在我凝神之间，有一只小蚁，竟顺着那根小木棍爬了上来。它试试探探地，似乎要侦察一下这根棍棒的吉凶。毫无来由地，我为这些小小生灵难过起来。

我把手中的小木棍举在眼前，这只小小蚂蚁的身躯，在我眼前一点一点清晰，神奇地放大起来。它的两根细细的触须，如两把黑色的宝剑；两只黑色的眼睛，如烛火，如电光；一颗黑色的头颅，连同它黑色的身体，一时变成一只黑色的精灵，发射出黑色的耀眼的光芒。

原本，它们藏于这片草皮之下，获得一隅的安静，却在这个上午，所有的营盘，所有的计划，所有的理想，被我毁于一旦。看着它们衔着子孙四处乱撞、逃亡的样子，看着蚁穴乱成一锅粥的灾难，我终于惊醒，停住了继续作恶的手。我长久地凝视着眼前这一片刚才还布满了黑压压的蚂蚁，而今突然安静下来的营盘，发现有几只蚂蚁始终不走，始终留恋地在这里爬来爬去。它们脚步踟蹰，四处徘徊，沉默，且孤独。

我不敢再直视它们了。

没心没肺的少年，抬起头来。一缕强烈的光线，透过树叶，直射到他的额头，照进他的大脑，似有灵光闪过。

一双稚嫩且作恶的小手，把揭下来的草皮，轻轻地重新覆盖在裸露的蚁穴上，尽量恢复它原来的样子。无论如何，这是一场灾难。对于少年，这只是一场恶作剧。对于一座蚁穴，却是一次毁灭。再怎么复原，也回不到原来的繁华和宁静了。

少年一点一点挺直了腰身，一点一点伸直已然麻木了的双腿，揉一揉酸涩的浸出泪水的眼睛，把目光慢慢地移开。

刚刚割过麦子的土地上，田畦和道路都伸向远方，村庄和河流在光秃秃的田野里被挤压着，挤成一点，或一线。垄里是正在播下的种子。远远近近的田野里，到处是播种的人，三个一群，两个一伙，在地里忙碌。我的爹娘、哥哥和田野上匆匆忙忙的人群，看去一时都有些失真。他们像一个一个活动的剪影，弯腰低头。

人群之外，还是人群；田野之外，还是田野。眼前的影像，被一点点推远，愈推愈远，愈推愈小，人物就更加渺小。一粒儿一粒儿，黑在阳光下，黑在土地上；黑色的影子，随着他们的脚步，一寸一寸地蠕动。他们蠕动得又笨又慢，似寻似觅。

忽有感慨，想这天地之间，到底藏有一种什么样的秘密，让蚁也找，人也找。这样日复一日，年复一年。心下茫然，一时竟有说不出的况味。

芸芸众虫

一

大地回暖。就在这个晴和的上午，无数的虫蠓，一下子涌到阳光下，热烈翻飞起来。

飞蠓太小了，小到看不见翅膀，分不出眉眼，只有一星黑色的米，黑色的尘，上上下下地跳，里里外外地舞。每一只小虫的飞行，好像都画着一个螺旋的轨迹，如闪电，如流星，一闪而过，一闪而回。小虫们飞成团，飞成网，飞成一个跃动的、柔软的圆。一个团又一个团，一张网又一张网，一个圆又一个圆，蔚蓝的天成为舞台的背景，让这个晌午成为小虫们的天下。

一只小虫跳着跳着转晕了，上下翻飞转出了自己的团队，一路跳跃着撞进另一个舞场里。它的舞步俏皮，莽撞，简直乱了节拍，将迅疾的舞姿绕成了线，弹成了簧，缠成了麻。另一只小虫画出的圆又扁又大，似树枝旁逸斜出，却又轻松绕回，飘逸潇洒。更多的小虫则是盘着一盘大圈套小圈的钢丝，一根又一根钢丝，一圈又一圈弹跳。你套着我，我套着你，彼此缠绕，相互盘旋，身挨着身，翅接着翅，圆接着圆，却又总能完美避开，各有分寸。

随时有加入者，又随时有离队者。飞着飞着，一只小虫消失在远处明亮的光线里；眨眼间，一只小虫又倏然而至。眼见得，一群飞蠓扭结成团，成片，滚动着，成一只飞舞的球，又成一柄随意折叠的扇，这是舞蹈的升级了。

是一场竞赛，又是一场追逐。一只追着一只，两只追着两只。跳着跳着，两只小虫就结为一体。边飞舞边交欢，让飞舞变为交欢，让交欢变为舞蹈。这样高难度的飞翔，既像炫技，更是一种境界，把生命的承续演绎为舞蹈，让一场狂欢变得更加意味深长。

这种舞姿，让我想起蜻蜓。那是一群舞界的精灵，它们身体的每一个部位都是精心设计、反复雕琢的。它们的一双大眼睛几乎占据整颗头颅；它们透明的网状翼翅随时打开着，处于待命状态；它们的身躯笔直修长，性器遥遥地伸出。一对交配中的蜻蜓依然保持着飞翔的姿势，又从容又大气。它们的舞步默契丝滑，交欢丝毫不受影响。真正实现了灵魂的共振。

春天的虫蠓们好像也在模仿。它们似乎比蜻蜓更直接，更高超。它们重叠的身体直接融合，交欢中飞舞的虫蠓根本看不清彼此，它们浑然变成一个生命，共有一对翅膀，共跳每一个节拍。这群小到模糊了眉眼的小虫，在这一刻竟彻底实现了身与心的揉捏与再造，实现了新生与涅槃。

春分已经过去，清明就要到来，马颊河花团锦簇。这真是一个特殊的日子。

该是飞蠓界为自己创造的一个最盛大的节日吧。

这种小虫儿，它的寿命短至一旬，甚或一日。经过这场狂欢，它小小的身体，也许就耗尽了汁水，化为尘，化为土，重新归于宁静，陨落在不知哪一个角落。高潮即是结束，它的最华美的生命乐章，在这一刻戛然而止。

如果没有今天这场舞会，我对这种小虫的认知，可能就只停留在微不足道的小虫子本身。它的眼睛、嘴巴、翼翅、性器和细足，它的接吻、拥抱、交媾、生产，一切的一切，都是那么渺小、模糊、不真实，被忽视。如今在我眼里，这种小虫子单调卑微的生活，突然发生了改变，变得光彩夺目，激情四射。

今天的这种小小的虫子，跟我昨天、前天的所见，没有什么两样。它的飞翔、舞姿，跟昨天如出一辙。

我终究无法确定，这个小生命，何时超度，何时复生，几世几劫，又重新回来。

众虫芸芸，那么小那么小的一只虫，太微末了。微末到它稍微一转圈子，我就辨不清它是不是我刚才看到的那一只；微末到它稍微飞得远一点儿，就消失在一团热烈的阳光里。可这场以一日之欢而演绎生命的舞蹈，让我们不意有了交集，有了感动。这场舞蹈，好像专为我一个人设的。它们发现了我，特别地亲近我，亲昵地追踪我。有的就落在我的发梢上、衣襟上、手心上、睫毛上。更多的，在我的头顶上，一圈一圈地绕着圈子。若是放在往常，我会讨厌地驱赶它们，或躲避它们。可是今日不同，它们以一场舞蹈赢得了我的同情，也赢得了我的尊敬。

我不无遗憾地想，应该有喧天的锣鼓啊，应该有美妙的音乐啊。我又不无自嘲地想，那是人的喧嚣啊，那是人的浮躁啊，那也是人的一厢情愿啊。

它们有自己的音乐，它们有自己的演唱。一团小虫飞过我的耳边，我竟听见了它们嘤嘤的鸣声，那么细，那么小，然而那么婉转，那么柔美，那么清晰。它们真是有着独特的音阶和独特的表达呢。

那么微弱的声音，稍不留意，就飘逝了，就被一阵风刮走了，就被一片树叶截住了，就淹没在人的喘息里、脚步里，乃至纷乱的思绪里。可它是真实的，就在我的耳边。它转瞬而逝了，本来，那也不是专为人类而准备的。

在我的凝视里，一只小虫子的样貌渐渐清晰起来。它有透明的、似有似无的翼翅，黑色的、眉眼儿分明的头颅，头颅上的嘴巴，嘴巴上两根比蛛丝还细的触须，都清晰起来。这个小东西，它什么都精致，什么都灵巧。

它为什么把自己设计得那么卑微、那么渺小啊，小到在大千世界里，就像是一个虚无的存在，小到我在很长时间里，根本不把它放在眼里。

就好像是猜透了我的小心思，这一粒儿微尘一样的小东西，立即变成一粒儿枪弹，不由分说，径直射向我的瞳仁儿。它选准了靶心儿，一击即中。我也说不清，它是真的莽撞，还是早有预谋。它在一秒钟之内被我的瞳仁儿放大，放大成一枚沙砾，一个车轮，一座大山，要将我的眼眶撑破。在我钻心的疼痛里，它一下子就变成了整个世界。它让我六神无主，原地打转，浑身发抖。我简直要疯了。可它在我的瞳仁儿里还时不时地翻一个跟头，把我的五脏六腑都掀动起来了，把我置于痛不欲生的境地。最后，还是我自己安静下来，放松了眼睑，就着一盆清水，掬起小小的，对一枚小虫子来说又注定是巨大的波浪，把这个小东西，轻轻地冲洗出去。

在我红肿的眼眸里，这只小虫在一瞬间就颠覆了我的想象。大而小，小而大，世间之物本就是相对的。这只小小的飞蠓，小如针尖儿一般的一个黑点，把自己放在阳光下，放在天地间，放在那么大的舞台上。

天空那么安静，阳光那么灿烂，都是专门留给这只小小的飞蠓的。它看世界的眼光，也一定是超凡脱俗的。

这只被我的泪水淹死的小虫子，再也不能飞翔，再也不能舞蹈了。它变成了传说中的那一粒儿微尘，漂浮在水盆里的一个黑点，复归到微末。我用手指把它小心地托出，轻轻弹落在草丛里。

百虫环绕，绿草俯首。算是我给这只小小虫蠓，举行的葬礼。

二

另一场舞蹈。

绿底子的甲壳虫，每日踽踽独行于草丛与矮树中。它们的爬行笨拙，盔甲厚重。它们不像七星瓢虫，把自己打扮得活泼喜庆。它们的外壳，是一种极难描述的绿。那种绿，有墨的黑，有天的蓝，有金的黄。加上质地的细腻，就有了冰之洁，玉之润，石之坚，直如一枚妖冶的钻。

这样的甲壳虫，也能飞吗？

夏日的黄昏，绿钻甲壳虫竟一起飞出来。它们如钻的硬壳下，那对柔美透明的翅膀伸展开来，在夕阳里泛着蓝莹莹的光。这一场傍晚的演出，就像是对自己一天训练的检阅。它们悄悄准备了一个白天，专要等待这个时机，做一个漂亮的专场。夕阳余晖，让它们的翅膀奇妙地变幻着颜色，浅蓝、深蓝，浅绿、深绿、金蓝、金粉，就像随时更换着一件又一件行头，就像一场特意的化装舞会。

当然，这是一次危险的演出。那些为孩子们操持着晚餐的燕子，不时压低了翅膀，穿梭于树丛，掠过水面。我真不明白，这些甲壳虫，好像甘心要做燕子的盘中餐似的，好像特意等待似的，作为食物链中间的一环，就这样心甘情愿地送到燕子口中。

太阳炙烤着大地，正午的温度要超过 50℃。即使带甲的小虫，也怕要被烤化。整整一天的草间蛰伏，让它们再也忍受不住。这难得的黄昏时光，太阳隐身，而天光尚好。各种有翅昆虫，都抢着飞出来。夕阳的余晖里，便不时划过一道一道小小的闪电。它们一定懂得黄昏的危险，可它们以量取胜。一只甲壳虫竟朝着一只俯冲的燕子迎了过去，好像在向同类宣示，为了大家的安全，我不入燕口谁入燕口。它的义无反顾，就更像一次英勇的献身，哪怕丧失了性命，也要纵情地释放。

不仅在黄昏，在大雨将至，在雨后初晴，在气候清爽，抑或沉闷的当口，都会上演这样的好戏。雨季的空气，湿得可以拧出水来。越是这样异常的气候，小虫子也就越加不安。有时候是一种，比如这种墨绿甲壳虫，就像一次飞行集会，天空中布满了绿莹莹的翅膀。有时是两种、三种，甚至所有的有翅昆虫一起出巢，一千种一万种翅膀在半空里扇动。静下心来，你就会听见嘤嘤嗡嗡的虫鸣，只是，那种声音太幽远，太飘忽，是另一个世界里的音乐。这样的盛况总是让人好奇，不知昆虫界发生了什么大事件。唯燕子的呢喃，如激动的传告，回响在天空里。事实上，这一场演出，并没有因为燕子的介入而减少半分热度。

我今天说到这只绿底子的小甲虫，却是因为另一件反常的虫界异事。

这一天的夕阳有点儿反常。西天上突然出现了火烧云。云团厚薄不均，让晚霞也显出零散破碎。它不是红彤彤的一片，而是一簇，一块，这里那里地涂抹着，红得如血，黑得如墨，显出几分妖异的氛围。

该绿甲壳虫登场了。可这种小虫子，忽然改变了节目单。它们一呼隆地，聚到一株大榆树上。密密麻麻的绿甲壳虫趴在树干上，藏在枝叶里。乍一发现，会头皮发紧。黑压压、密匝匝的绿甲壳虫们，拥挤着，静默着，或悄悄地蠕动着。有的打开甲壳，伸出软翅，刚扇动起来，又收了回去。它是想选择一个更合适，也许是更安全的容身之地。这一树的绿甲壳虫是那样拥挤，让整个树身都变成了宝蓝色，整个树冠都发出蓝莹莹的微光。柔软的树条压弯下来，一穗子一穗子的绿甲壳虫，勾勒出绿油油的致密的花束来；也更像一棵奇异的树，正结出某种奇异的成串成簇的小小果实。

不知道甲壳虫们发生了什么重大的事端，这种聚会给周围的小虫子们都带来不安。一只金黄翅膀的蝴蝶，黄翅膀上印着重叠的黑色的圆圈儿，镶着黑边。它的稍显肥胖的大肚子，让它飞起来就像笨夫人出行，一摇三晃，还非要飞得翩翩和摇曳。本来，这一株榆树是它的家园，此刻也早就到了它就寝的时间，突然而至的大事件让它不安，在薄暮里飞起来，绕着树枝寻觅着，无法找到栖身之地。各种飞蟓、蜻蜓，也在夕阳里轮番地冲撞。树梢上，河面上，到处是乱糟糟的飞虫。

燕子们飞得很高，好像忘记了它们丰盛的晚餐。它们在天空里飞得有点儿急躁，婉转的鸣叫里满含着焦虑。一连串急促的、只有它们才懂的鸟语，让整个黄昏更显慌乱。只有远处的村庄，在闷热的天底下忍耐着。荷锄戴笠的人，被牛羊牵拽着，一步一步往家赶。倒像是被驱赶的是他们，而不是牛羊。劳作之苦不但磨糙了一张张脸，连深藏在胸腔里的一颗心也钝了，木了。

没有人注意到眼前这一棵粗大的榆树，榆树上突然而至的密密麻麻的甲壳虫，没有人注意到天空中杂乱的飞虫和小鸟，甚至也没有人去注意西天边过分妖冶的云彩。看见了又怎么样呢？甲壳虫能当饭吃吗？燕子能帮忙锄草和施肥吗？云彩再妖冶能扯下来做衣裳吗？

也许马颊河的整个动物界都在一种匆忙和慌乱中，都被一种不同寻常的氛围笼罩着。只有人类茫然无知。

我不知道，这一场异常的甲壳虫之乱，与当天夜里一场突然而至的地震是否有关。一场震级不大的地震，依然让年久失修的土屋，像豆腐块一样坍塌下来。地震是在夜里两点钟发生的，又在几秒钟之后离去。一场来去匆匆的地震，给马颊河两岸带来不小的慌乱。

有一个两岁的小孩子，被传得神乎其神。小男孩在半夜里突然哭叫起来，说什么也不在屋里睡。奶奶无奈，抱着孩子走出屋子。刚迈出屋门，大地就晃动起来，身后的土房子就在奶奶的眼前轰然倒塌。奶奶呆立在院子里，看看房子，又看看孩子，头皮一阵阵地发麻。

一个刚刚来到这个世界不久的孩子，以及一只小小的甲壳虫，它们与自然交往的方式和感知世界的能力，着实让人惊讶。回忆起儿时，依然记得那些模糊却莫名其妙的预感和事实。我甚为疑惑的是，我是在什么时候，失去了那种感知的能力呢？

一只蝉，它在浑厚的黄土之下，能准确地选择出穴的时机。它总是在夜色中拱开泥土，总是在风雨后拱出泥土，总是在黎明的曙光中羽化。它怎么就感知到了晨昏，感知到了距它还很遥远的地上的云气和雨水呢？一只蚊蚋，它不迟一天，也不早一天，就在温度刚刚好的那个节点上，蓦地生出翅膀，飞舞在阳光下。

绿甲壳虫，它们突然拥挤在一棵大树上，它们是躲避什么，还是在祈祷什么呢？

马颊河的每一天，都是新奇的。可麻木和愚钝又常常让人陷于沮丧。

三

一只小小的蚊蚋，它的代际传递，它的血液流淌，它的生命记录，是那样隐秘，那样朴素，完全形成一种从来如此、自然流淌、浑然不觉的景观。也正是这种智慧和天性，让它们放心地，将一场前途未卜的生命历程，交给自然，交给预感，交给四季，交给一场风，或一场雨。至于它生命的按钮掌握在谁的手里，又是什么样子的，这是虫与自然、与神灵之间的秘密。

这种无中生有，此消彼长，这种生生灭灭，这种虫虫们的福祉与灾患的轮回和交替，正是虫虫们的成长史。那是多么漫长，又多么浪漫的成长史啊！其实，艰难与否，福祉与否，也都是人的判断和意识，与虫无关。

每一只昆虫的生存、繁衍、进化，每一次的代际更替，它的基因谱序的每一点积累，或者说它的每一点智慧，注定都是以一代一代的生命以及无数的尝试作为代价的。更多的生命，更多的死亡、毁灭和劫难，不管是食物和配偶的争夺，还是水火天灾疾病的考验，一次一次地试错，一次一次地校正，而每一次试错和校正背后，都是死亡，伤残，血泪。

也许一直如此，从来如此，也许是天生的对于生命的顿悟和达观，该当献身之时，从来不躲不避。蜜蜂、蚂蚁、甲虫、螳螂，它们至今仍保留着那种天性。它们早已认同，每一次献身，都会是一次基因强化，都会是一种路径选择，也都会是一场生命进化。不管变化有多么微小，也不管这变化是福是祸，它们都遵从上苍的安排，甘愿付出生命的代价。

其实，正是人类在自己的虚妄和自矜中渐渐丧失了这种能力，是人类在把自己置于高高在上的地位之后抛弃了这种能力。作为万物中的一种，人对自然的感知，本应有他的敏感和天赋，可自大和轻狂正在一点一点摧毁他们自己。越无知越狂妄，终致陷入万劫不复的境地。

一只小虫，它的智慧与生存技巧，它与同类与异类的交往与相处之道，令人赞叹；一株小草、一朵小花，它传递的生命的信息，它的生长，绽放与繁衍，令人叫绝。它们生存的智慧，它们面对风雨面对摧折的选择，它们在短暂的时光里表现出的生命的态度，都显出某种天意。预感和敏感，选择与抉择的本能，比之人类，不知要高出多少。而它们所呈现出来的生命品质，它们在生存中所呈现的自然的情怀，都让人汗颜。可长久以来，却一直被人忽视甚至鄙视。

四

我原本有多狭隘啊！我一直以我的好恶来评判一只昆虫。

比如，我一直赞美一粒儿萤火，连同它的出场时间。

在飞蛾、绿壳小甲虫的飞行表演——落幕之后，最后出场的，就是萤火虫。星星出来了，萤火虫不失时机地上场。在我的认知里，夜晚的舞台才是真的舞台，夜晚的表演才是真的表演。萤火虫真是一只美丽的虫，它就像专要与天上的星星对决，看看谁更明亮似的。它把一条大河当作它的灯光剧场，把小灯笼沿河挂起，将一条河流照得如同一条明亮的星河。星星与萤火一起藏进水底，水上水下的星幕，就与天上的星河联动起来。

一条一条曳光弧线，在夜空散布着。有时候，又连成一串，在河面上牵起一根奇异的、长长的线。这条由无数的小灯笼牵出的线，在夜空里起伏着，旋转着，折叠着，穿梭着，在澄澈的夜空里闪烁着，会让人想入非非，恍如进入天界。

萤火虫是这样一只患有洁癖的虫。它非要呼吸最纯净的空气，非要啜饮最纯净的泉水，非要栖居最干净的草叶和树叶。空气中掺杂一点点污浊，原野里掺杂一点点肮脏的腐臭，它都会远走高飞，回到天上去，回到月宫去。这位虫界的天使，原野之神，夜夜出来，眨动它的星星之眼。它的娇媚的舞姿，连同它的秉性，都让我由衷地赞美。它是我心目中的吉祥之虫、美丽之虫。

现在我懂了。每一只小小昆虫，都是天选之子。在上帝之眼中，它们的禀赋无人能敌，它们的生命尊贵无比。上苍赋予它们激情、飞翔和敏感。蒙在它们身上的每一层神秘的面纱，其实都在证明着我的浅薄和无知。这可不是我不懂装懂的理由。哪怕最微末的蠓虫，只要认真谛视，都有美丽的歌声和天才的表演。

土　蜂

　　草木鸟兽，它们的价值伦理，它们的生命选择，常常让人陷入迷茫。

　　马颊河的树丛里，有一种身体短小的土蜂，似蜜蜂而不像蜜蜂遍身布满毛刺。它的身形流畅，腿腹金黄，光滑。两根黑色的触须短而紧凑。令人奇怪的是，它能够凿地为生。它在某一处土崖上，借助土块之间天然的缝隙，筑穴而居。

　　对它记忆深刻，源自四五岁时一次不堪的记忆。在一堵断墙边玩耍时，不意竟发现了土蜂的秘密。那是一个小如拇指的洞口，一群土蜂嘤嘤嗡嗡，排队进出。一只又一只，三只又两只，这么多的土蜂，活的，动的，伸腿摆须，眉眼生动。这一群原本飞在空中的精灵，缓慢地蠕动于我的眼前，敛翅进出、无始无终的情形，让一个小儿顿生奇趣。

　　一个初识世界的幼儿，不知道这个世界有多少危险，更没有提防危险之心。眼前这些可爱的精灵，竟让我激动得呼朋引伴，且不假思索地伸出稚嫩的小手。我是想捉住它们吗，是想捉住它们并在同伴们面前炫耀吗？还是想，用一只手可以轻松地捂住洞口，可以逗弄一下这些个小东西？一只小手，真的轻易地伸了出去。一只土蜂发现了洞口胖嘟嘟的小手。那是一只多么漂亮的土蜂啊，它的大眼睛，它的透明的翼翅，它的黑黄相间的身形，都让我喜不自胜。这只土蜂竟然真的落到我的手面上，它的马鬃一样的腿脚，挠得我痒痒的。

它在我胖嘟嘟的手背上，爬行，深嗅，寻觅，其实，一定是侦察，判断。它似乎没有发现敌意，展翅飞走了。又一只土蜂落下来，落在这只小手上。那个颟顸小儿激动地睁大了眼睛，看着这样一只又一只土蜂落到他的手上，禁不住哈哈大笑起来。

事情发展至此，倒真是一幅让人感动的小儿嬉蜂图呢。

笑声引来了我的小伙伴们，还引来了母亲。在母亲还没有弄清是怎么回事的时候，小孩那只胖嘟嘟的小手，一下子捂在了那个小小洞口上。

有一只土蜂要钻出来。我清晰地感觉到它在我手心里拱动。我攥起手来，这只土蜂，它可就在我的手心里了。我把一只土蜂递给母亲看。

母亲大惊失色，伸手去打那只土蜂。就在母亲的手掌落在我小手前的时候，土蜂发起了攻击。我得意的笑声，就被截断了，那后半段直接变成了怪异的哭叫。我至今记得那一声哭喊，凄厉，尖锐，清脆。头顶的天空在晃动，断墙和脚下的土地在晃动。整个人在晃动，在晃动中发抖，整片树林都在发抖。疼啊！我撕心裂肺的呼喊却驱不走撕心裂肺的疼痛，像握着一粒儿甩不掉的通红的炭火。我不停地甩着那只小手，拼命甩掉那钻进皮肉里的疼痛，一双小脚掌发疯地跺着碎步。

不知道是我的哭喊惊醒了土蜂，还是母亲的拍打惹怒了土蜂，更多的土蜂从墙洞里钻出来，更多的土蜂加入攻击的队伍里，包括那些并不知道发生了什么事的、刚刚赶过来的土蜂，在我的头顶上，在母亲的头顶上，嗡嗡地飞，箭一般地射下来。小伙伴们早就吓跑了。跑得慢的，被土蜂追上，在头上脸上留下尖锐的枪刺，一时哭声四起。母亲不由分说，一把将我抱起，飞速地逃离现场。身后是依然紧追不舍的土蜂的队伍。它们紧紧追赶着狼嚎一般嘶叫着的孩童，紧紧追赶着四处逃散的小伙伴们。母亲首当其冲，她的脸上头上被土蜂留下亲切的伤痕。土蜂们不依不饶，毫不留情地在一群大大小小的幼童身上、脖颈上、胳膊上，所有裸露的地方，痛下杀手。小孩子的哭喊声，一个比一个嘹亮。那是怎样的哭喊啊，刺耳的颤音，把半个村子都喊醒了。

一个小孩子的一个莽撞的行动，他的一只小手，无意地堵塞了土蜂的出路，土蜂们误解为大难临头。于今想来，或者也是母亲惊慌地驱逐，彻底激怒了土蜂。不光是我，于土蜂家族来说，这场变故太突然，太凶险。它们无法预料，这场灾难造成的后果有多大。在一场突如其来的攻击面前，蜂子们表现出可怕的机敏和勇敢。第一只发起攻击的土蜂，它的触须在探测到那好看的稚嫩的小手的时候，可能在一秒钟之内做出分析，在两秒钟之内就发起了反击，在三秒钟之内，它的反攻就有回应了。

事情虽过去多年，那尖锐清脆的哭声，钻心的刺痛感，常常把我唤回去。对一只土蜂的仇恨，也一直埋在心底。我一直心疼地看着那只捂住小小洞口的小手。那是一只多么漂亮的小手啊。那一根根小小手指，如葱白，如蛋清，又饱满，又细腻。这只小手，它被一颗纯洁到愚蠢的大脑支使，由一节胖藕似的胳膊推动，伸开了小小的手掌，要去完成一次壮举。这只小手，它没想过抗议，没想过罢工，没想过危险。这件事无关利益，更非强制。它完全就是一次心血来潮，一次冲动，一次好奇到不能抑制的探索，或者，就是一个最有趣的游戏。那只小手伸出去的时候，甚至都是下意识的。它对即将到来的灾难没有一丝一毫的预想和准备。它只有兴奋，只有激动，只有一种要捉弄一下这一群小飞虫的快感。这只可怜的、质地极好、洗净之后一定是白白胖胖、无比漂亮的小手，就这样伸了出去。

这些金黄的蜂子，它们一定也早就发现了洞口附近的这个小孩子。就在距洞口很近的时候，就在那双眼睛凑近了那个小小的洞口，不声不响地凝视着洞口发呆的时候，它们一定也有了不动声色的提防。它们依然安静地进出，却小心地识别着这双眼睛和这双小手，猜测到底是友好，还是危险。最初，它们或许真的体会到童真，真的认同了幼儿的游戏。可那只手，那厚墩墩的手掌，若想覆盖住它们的家园之门，甚至，直到那只手伸出去，一下子盖住洞口的时候，蜂子们依然在与这个小儿游戏。母亲出现了，母亲的经验和智慧让事情瞬间发生了变化。变化之彻底，是任谁也没想到的。

我倒不是责备母亲的出现。即便母亲不出现，即便土蜂还能容忍一时，但这个懵懂顽童的无知招惹，土蜂们终究是受不了的。接下来要发生的事情，也显而易见。这在土蜂那里，作为一次正当的、正义的反击，几乎是不可避免的。

常常让我感叹的，倒正是土蜂的战斗精神。在危险面前，它的选择是如此简单。它毫不犹豫，直面攻击。它生平只备一件武器，且随时随身携带。因为常遭侵害，或者也因为弱小，它那支蘸了毒液的箭镞，时时处于待战状态。那是它一招制敌的撒手锏，也是它集生命精华与精神结晶而打造的生命之箭。我早已懂了，那支箭直接连着它的血脉和心脏。它是在用自己的性命当作发射底座的。在射出这支箭的同时，它的性命也随之被反噬。

于人看来，仗可不是这么打的。这样做未免太武断，太愚蠢，太莽撞了。可在土蜂那里，这是一件天经地义的事，是再正常不过的事。不必讨论，不必酝酿，不必动员，更无须犹疑和彷徨，完全是一瞬间就下的决断。这成为它身体里的一种程序设计。不必命令，无须强迫，若说有指令，那指令也只来自它的内心。也说不上什么慷慨，完全是一种自我的约束和冥冥中的指引。犯我家园者必遭攻击，虽殒命而不辞，岂止不辞，而是视死如归。这也只有这只小小的蜂子能当得起吧。

草地上，一只失掉了毒针的蜂子，正痛苦地抽搐着，仰翻了身子，又挣扎着翻过身来，一条条小腿深深地触进泥土。它就那样俯伏在地上，慢慢失去知觉。它是为一只突然闯进领地的野狐而丧命的。

在这只痛苦死去的土蜂的身边，那个土蜂们藏身的洞穴里，土蜂们平静地进出，呈现着庸常的喧哗与热闹。活着的每一只蜂子，在代替那死掉的一只，继续地活着。再有侵害，它们当中的任何一只，一定也会像那只死掉的蜂子一样，从容赴死。这是蜂子的死亡哲学。这种选择，于人何其艰难，于一只小虫却又何其简单。这与其说是愚蠢，倒不如说是智慧，作为一个物种的大智慧。这正像一种宿命，又像一种程序。它不规避，不逃亡，义不容辞。

这只小小的蜂子，它干吗不迂回一下呢？干吗不迟疑一下呢？它干吗那么不珍惜？它们不知道，生命于它们只有一次吗？可是，它们就是这样选择，并把这种选择，代代强化，传承下去。它们以此来繁衍，以此来训育，也以此来表达对后代最深的爱。这种表面上看来最愚蠢最无情的方式，在它们家族的历史上，也一再被证明，这正是它们最可宝贵的品质。

马颊河的土蜂，比之通常的蜜蜂或是大马蜂之类，性情并不更暴躁。它们总是温柔沉默地来去，独自忙着自己的事情。它们也不像蜜蜂和大马蜂那样，与人类有更多的交集，深入渗入人的生活中去。它们更独立，更孤僻，以至有些神秘。它们的攻击性一定是在它们受到切身的侵害之后才爆发出来的。当然，一旦爆发，也是前仆后继，不顾一切。

在一只土蜂面前，我常自检讨，有时深感惭愧。是我干扰了它们，打乱了它们的生活。更多的时候，总是外界的打扰，破坏，甚至摧毁，才激起它们的愤怒。这样想的时候，我对一只土蜂的仇恨，也就慢慢释然了。

菘蝈图

夏夜，院子里一片清幽。一只蝈蝈在菜畦里叫得幽远明亮，让人想起一件神秘的往事。

许多年前。

的确，许多许多年了。

村子里有位老秀才，以教授私塾为业。常以水墨自娱，尤以虫鱼花草为上。最钟爱画蝈蝈。迷恋一只蝈蝈，没有像他那样的，天天趴在菜地里——此话不确了，应该说是夜夜趴在菜地里，追踪一只蝈蝈。

蝈蝈是昼伏夜出的小虫。蝈蝈咀嚼一片菜叶，秀才也把一片菜叶含在嘴里；蝈蝈静默，他也静默；蝈蝈跳跃，他也跳跃；蝈蝈抖动翼翅，呦呦鸣叫，他也手舞足蹈，鼓动两腮，模仿着蝈蝈的叫声；两只蝈蝈在菜叶间相互追逐，他恨不得自己也生出六条腿来，加入它们的游戏中。

村人从豆秧上捉来蝈蝈，以笼养之，以为乐。他见了，却变了脸色，力劝人家，把蝈蝈放生。人家不肯，他就以拒授生徒为要挟。

有儿童放生蝈蝈，他会格外赏赐人家蝈蝈图一幅。

有孩子不听。他就说，小虫最怕拘束，你把它装在笼子里，它吃不到新鲜的草叶树叶，嗅不到花蜜，不能跟同伴在田野里捉迷藏。他指着一个豁着两颗门牙不听劝的孩子说：就比如把你关在一间屋子里，让你看着外面的小伙伴跳绳踢毽子，你愿不愿意？小男孩悚然一惊。在他的动员下，村里小孩再没有谁将蝈蝈装进笼子。

他说，我喜欢的是蝈蝈的野趣，一跃一跳都让人着迷。

之后，他干脆把自己的院子开成了菜园，种满了青菜。老秀才种菜，确实难为了他。深一垄，浅一垄；旱一时，涝一时。高高矮矮，很少有长成了形的。

他种菜不为了收获，只为了让他的院子成为蝈蝈的乐园。

他的屋子里，挂满了各种各样的蝈蝈图。他的几案上，总是有正在画的蝈蝈。画来画去，却没有一张是让他满意的，他就不停地画呀画。

画着画着，一种金属撞击般的虫鸣，由远及近，由模糊到悦耳，越叫越响亮。唧唧，唧唧，小虫的叫声有了虎啸之势，嘶吼威猛，又坚韧有力，大不同于前。老秀才激灵一下，循着蝈蝈的鸣声，追寻出去。菜畦里，一只威风凛凛的蝈蝈，正傲然立于一片肥厚的菜叶上。

那是一只怎样的蝈蝈啊。方额虎须，修身俊尾，前腿如柱，后腿如弓，通体碧绿。一对蓝水晶一样的眼球，在日照下闪闪发光。见老秀才过来，小虫并不躲闪，依然二目灼灼，振翅鸣叫，一边叫，还不时地向着秀才转动着眼珠，昂首，蹬腿，耸动着身子，就像在给秀才做一种表演。老秀才看得呆了。他观察小虫若干年，还从来没见过如此劲健的一只蝈蝈。

老秀才激动莫名，不知道怎么表达他的情绪。他伸出两只手去，想去捧住那只小虫，想去拥抱它，或是亲吻它。小虫却振翅腾跃，就像在跟这位老秀才开着玩笑。小虫不远不近地引逗着老秀才，一时跃到他的脚前，一时跃到他的襟上，一时竟真的落到他的手上来。

老秀才手捧着这只神虫，如钟鼓震撼，豁然惊醒，方知是梦。

窗外，正有一缕朝阳斜射进来，照在他刚刚画完的那幅画卷上。一株青菜，一只壮硕的蝈蝈，静静伏在菜叶上。老秀才端详着眼前的这幅画，怎么看都如他梦中所见。老秀才心有所动，提笔为这幅画落了一个名字——《菘蝈图》，他将这幅画装裱一新，悬于壁上。

故事到这里，似乎就完结了。

却不。

这样坦荡的原野里，适合生长故事啊。

这只蝈蝈，它从陈腐的年代里跳出来，跳到我的菜地里来了。

在这样安静的夜晚，在盈耳的蝈蝈鸣叫声中，我到底辨不清，我就是那位老秀才，还是那位老秀才就是我。我们一唱一和，将一个故事延续下去。

又是一阵虫鸣，将老秀才从睡梦中唤醒。倚枕谛听，似乎就在屋内。捻亮灯盏，却遍寻无获。隔一会儿，又叫，又找。

最终，老秀才将目光落在那幅《菘蝈图》上。小虫二目如炬，双翅振动，似与他交谈。

老秀才举起灯盏，细细端详。蝈蝈通体碧绿，胸腹雄壮，于灯光下散发出绿中泛黄的金光，正如金属塑成的一般。正面看去，虫的前额特别宽大，背似马鞍，侧身下缘和后缘镶以金边，背部短翅灵活抖动，悦耳的声音正是从那里发出来的。

此时小虫活了，它前腿隐伏，后腿发力，跃跃欲起。一只活泼泼的小虫，风流中显出优雅，俊俏中越发矫健。长长的触须飘动着，伶俐不失乖巧，调皮中透着可爱。

老秀才怕是自己又在做梦，伸手拧了一下胳膊，又把一根手指放到嘴里去咬，两行老泪便涌出了眼眶。老秀才明白，这是自己的苦心感动了上苍，终于让他把一只小虫给画活了。

自此，每天晚上，在他的床头上，总能听到蝈蝈悦耳的鸣叫。

乡俗，蝈蝈进屋，大吉大利，预示着家运亨通，事业兴旺。

老秀才不为家运，只为自己的苦心没有白费。

老秀才深知，小虫小鸟都是有灵性的。自来处来，于去时去。这只神虫，此番下凡到自己这间小屋子里来，必有因缘。

一日，那蝈蝈径自移动了位置，从叶尖儿隐到菜叶的背面去了，只将两条触须，露在外面摇晃着。

这一惊非同小可。

老秀才深感不安，不知是何征兆。

正疑惑间，天气突变。狂风大作，乌云如墨，一场暴雨，眨眼间让田园变成了水乡泽国。

老秀才就悟了，对这只小虫越加膜拜起来。原来，这真是一只能预阴晴、知雨雪的神虫呢。他发现，若是晴天，蝈蝈会跃到青菜叶的上面；若是雨雪天气，蝈蝈就会藏到青菜叶的下面。越是坏天气，它藏得就越深；不好不坏的天气，它的身体就半露半隐在菜叶上。

之后，老秀才起床后的第一件事，就是去看他挂在卧室的这张《菘蝈图》。每晚，睡觉前，他还要对着《菘蝈图》观察审视一番。

这一年麦收，老秀才就更加紧张地审视着小虫的变化。这位熟读"子不语怪力乱神"的老先生，竟也迷信起来，于画下设案，供果焚香。

这一日，蝈蝈突然在叶下藏起了自己的身子。

老秀才自感不妙，一边在心里抱怨着怕什么来什么，一边匆忙地挨家通知乡亲们，明天不要打场，会有暴雨的。

可时近正午，依然是晴好的阳光，有人就觉得不妥。如此夺麦季节，怎么能听凭一个老头子的一句话就耽搁一天好时光呢。他们舍不得这样的好天气，就把麦子晒上了，就把石碌套上了，就把牛鞭甩响了。

老人见了，着急地催促，快把麦子堆起来吧，这场雨说不定很大哩。村人敬他，口头上答应着，心里却不住地哂笑，老人家是有点儿老糊涂了吧，大太阳底下，哪来的雨啊？

老先生差一点儿就要说出自己的那幅画了。

可他不能说啊。他不能吹嘘说自己画活了一只小虫。

他也不能说是一只小虫告诉他的。有谁会相信一只小虫子的话呢，那样就更会惹村人讥笑了。

大雨说来就来了。乌云闪电，雷声隆隆，把天地震到末日一般。正拉着石碌在场里转圈的老牛都吓傻了，拽着石碌就往家里跑。一场麦子，都被水冲到沟里去了。老秀才急得大骂，蠢材，老天的话你也敢不听吗？

老先生的话一下子就惊醒了我。

这哪里是一只小虫的话，这分明是老天的话，分明是小虫听懂了老天的话。这一只小虫，它日承天恩，夜闻天籁，久而久之，早已与万物一样，成为上天之子，是最能体察天意的小东西，怎么能看轻了它。

现在，我把这只小虫请到我的院子里来了。

我把这幅画请到我的院子里来了。

这幅画，由一棵一棵绿油油的青菜、一只藏匿其中的蝈蝈构成，且天天变幻着图形。我的青菜碧绿苗壮，我的瓜棚瓜果飘香，我的豆秧上豆荚如簇，这是我比那位老秀才能耐的地方。

初时，我的身体稍稍一动，或一抬手，或一举足，必会惊动它。小虫一跃而起，跳到另一片菜叶上。它的腾跳技能并不高超，敏捷中自带一点儿蠢笨，尤其是慌乱之中，常常一头栽到地上，摔个人仰马翻。看着它笨拙忙乱地六条腿乱蹬，我便立住，直到它再一次敏捷地跃起。我往菜畦边一站，它的叫声立马消失了。我的脚步声稍稍一重，它就销声匿迹了。

时间一长，彼此就熟悉起来。它发现我的脚步，就如寻常的风声雨声一样，是不足怪的，并无恶意，便不再躲闪。尤其，我的身影不时出现在菜畦里，与一棵青菜对谈，它慢慢地就有了亲近感，觉得我也就是一株会移动的青菜，只不过颜色、滋味，别有不同罢了。再等我发现了它，就常常四目相对。它肆意地盯视着我，又抬一抬前腿，转动一下它的大眼珠。它顶着的一片坚硬外壳的嘴，也会一张一合，像是在跟我诉说着什么。

现在，它见我就不再躲闪。有时候，我们会沉浸在一场斗智斗勇、彼此互嬉的游戏里。闲来无事，它会悄悄跟随，唧唧的虫鸣也会追唱一路。更调皮的时候，它会跳到我的衣襟上、手背上；还会在我的前面引路，把我带到绿色翁郁的菜园深处，带到瓜棚豆架下面，那里，大约是它最中意的地方，那里的叶裤叶缘上，常常能发现它悄悄养育的子孙。

月光放大了蝈蝈的叫声。菜畦里的青菜也听得入迷，圆圆的菜心如一只只支棱开的大耳朵，有滋有味地谛听着。被月色剪辑的树影在菜叶上跃动着。即使在白天，我若不是认真寻找，也很难看到它的踪影。有满园青绿作掩护，这只蝈蝈得其所哉。我的眼前就常常幻化出一幅奇妙的图画，正是那幅传说中的《菘蝈图》。

唧唧，唧唧，蝈蝈的鸣声，正如一个悠远的故事，更如一个碧绿的梦境，从菜畦里，从月色里飘浮起来，飘扬在清澈的夜色里。

这是我来到河边居住后听到的最美的歌声了。

低　处

一

一条土花斑斓的长蛇安卧在草地上。蛇一反常态，它不隐藏自己，也不咄咄逼人。它大大方方地卧在那里，那样舒展，笔直。还从没见过一条蛇是这样公然地暴露在人声里。眼尖的孩子离得老远就看见了它，吓得尖叫不止。它的腰身如一条粗壮的牛尾，体长又如锨柄。这样一条长蛇，超出了我们的记忆和见识。我抽身躲在伙伴们后边，只拿眼缝偷偷地瞄过去。瞄一眼就立即闭上眼睛，再瞅一眼，再闭上眼睛。苇子故意喊我的名字，故意把我往前推。我伸手把镰刀从草筐里拽了出来，怒视苇子。

苇子抛开我，步步向前。他的两条瘦腿叉开，拉开前弓后绷的架势，预备着进攻，或者，也预备着随时后撤。这个天不怕地不怕的家伙！我相信，只要有一点风吹草动，只要蛇尾或蛇头稍稍一动，他一定会像一只受惊的兔子一样，嗖地蹿出去。

苇子忽然大笑起来，又大声地呼喊。他伸手拎起那一条长蛇。

竟是蛇蜕。

竟是如此完整如此完美的一条蛇蜕。黑黄交错的花纹，张开的嘴巴，蛇头一翘一翘，在风中摇摆，与活蛇毫无二致。孩子们欢呼雀跃，发出一声声惊叹。

二

蛇蜕如一件旧衣，又像是蛇故意布置的一个假象。蛇或者根本没有远去，它一定就在某处我不知道的草丛里，某处隐秘的洞穴里。蛇蜕，不过是蛇变幻身形的一个小小道具。草丛里随风传来的咝咝响动，树梢上随风甩动的柔软的枝条，天边上游动的云彩，小河里流向远处的水，都像蛇的影子，传递着蛇的信息。这条从容蜕变的长蛇，让我想入非非，设想着各种千奇百怪的结局或是开始。

蛇实在是另一个世界的灵物。在人的世界之外，一个更奇幻，也更隐秘的世界。蛇一直诡异地躲在暗处，制造出各种诡异的故事。不管什么时候，只要一看到它的影子，一看到它躲闪的三角眼，它的流线型的身体，就让人不由得浑身发紧。

蛇制造和散布了很多传说。传说飘浮着，从深远的岁月里飘过来，跨越一代又一代人，再冷不防地，传到我的耳朵里来。传说四处游荡，让人心慌气短，头皮发麻，常常伴随着一场又一场的惊梦。

蛇的每一个传说，每一次不经意的传递，都强化着蛇的身份、地位，以及蛇的神秘。蛇在暗处，或者就在天上，经营着它的王国和宫殿。

常常就是这样，不明真相的传说把自己弄得狼狈不堪，甚至把自己带进万劫不复的境地。蛇鬼头鬼脑的外形，隐于暗处的习性，给我以震慑。蛇成为我生命之途中一次次必须经历的考验。

三

苇子嗷的一声，像弹簧一样弹跳起来，然后扑通一声蹲在地上。一大群孩子大眼瞪小眼地看着苇子，以为地上有什么暗器刺穿了他的屁股。一丛茂密的栀子花旁边，一片非常隐蔽的草丛里，有一堆乳白色的蛋，椭圆的、小巧的蛋，正像一颗一颗酥枣，也像一节一节手指肚，一枚一枚堆积着。如今，它已被苇子给坐得烂了一地。

苇子看着这一堆碎了一地的蛋，用手指头戳一戳，蛋壳竟然还有点软。这是一堆多么奇怪的蛋啊。蛋底下，没有茅草铺就的鸟窠，周围看不见一只黄鹂或者鹌鹑，连一只麻雀都看不到。小鸟们似乎有意地躲避着这一片草地。四周布满蜘蛛网，可以看出，这片草地不但少有人来，就连鼠兔一类的小兽，似乎也对这一片草地有什么戒惧。这一窝儿小小的蛋，终于让一群小孩子，感到不安。

苇子又有了惊人的发现。他从一枚压碎的蛋壳里，挑出了一条小小的、线头一样的小蛇。小蛇已经成形，它荡在透明的蛋清里，小小身体还不时地抖动一下，又抖动一下。大家的神经又一次紧绷起来。接着，就有了更多的发现。每一枚破碎的蛋壳里，也都有这样的一条线头似的小蛇，荡在蛋壳里。孩子们大为惊讶，包括苇子。谁也不知道，这一条一条小小的蛇，是如何钻进了鸟蛋。这太可怕了。

苇子突然严肃起来，说蛇可以钻进鸟蛋，那就可以钻进鸡蛋、鸭蛋、鹌鹑蛋。说着，他就把目光投向我，于是大家一同把目光投向我。

我感到一阵强烈的恶心，转过身去，干呕起来。

今天早晨，奶奶特意煮了一颗鸡蛋给我吃。

雪白的鸡蛋，又大又圆，攥在手里，竟还有些握不住。胶质的蛋清，按到脸蛋上、嘴唇上，滑滑的，凉凉的。按到牙齿上，竟有些弹弹的。蛋清裹着蛋黄，金黄的蛋黄，滚圆滚圆，如一枚熟透的杏，如金色的栗，如一枚熟透的山楂，小伙伴们的涎水就下来了。

我用牙齿轻轻一碰，蛋黄就磕成了两半儿。我把一半儿递给奶奶，奶奶大为不满，又塞到我嘴里。

快吃吧，小祖宗，小心麻雀子来了给你叼走。

我一边吃一边得意地向小伙伴炫耀。奶奶一年一度的生日大礼，也不过是煮上一只蛋。

这一枚滚圆的蛋，让我得罪了所有的朋友。

苇子和小伙伴们都撇嘴，都嫌弃地跟我保持着距离。走出村子，绕过麦场，看见绿油油的草坡，才好不容易将这件事忘下。现在，看着我在草地上干呕，他们的记忆又回来了，一个个幸灾乐祸地大笑起来。

风吹动苇子手里的蛇蜕，发出簌簌的响声，让我浑身发紧，即使有一群人在这里，仍然有莫名的畏惧。似乎，是这条蛇蜕在施展什么魔法，让一条小小的蛇，在我肚子里闹腾起来。

苇子不动声色，又邪恶地看了我一眼，将蛇蜕簌簌卷起，小心翼翼压在筐底。一群孩子呼呼隆隆地簇拥着前去，把那堆碎了一地的蛋，抛在后边。

奔跑和追逐，直跑得气喘吁吁。可草地里那一堆破碎的鸟蛋，却始终跟随着，不时绕到我的前面，就像那条飘荡在风里的长长的蛇蜕，在眼前心底晃动着，挥之不去。

那条蜕皮而去的蛇呢？

为这件事所困扰，孩子们常常兴奋地争论着，又常常把矛头对准我，一次又一次旧事重提。这让我在好长时间里，连面对一枚鸡蛋时都心怀戒惧。

四

不仅是我，不仅是我的那群伙伴。一头体形庞大的牛，一只装勇作威的狗，一只凶悍的公鸡，无不在一条蛇面前乱了方寸。

母鸡从鸡埘里跳下来，红着脸地叫。母亲撒一把高粱在地上，它依然围着母亲在叫，咯嗒，咯嗒，咯咯嗒，鸡冠充血，叫声急促。母亲疑惑，看向鸡埘。竟捡出一枚畸小的蛋。母亲用食指和拇指捏住一枚洁白如玉却小如雀卵的蛋，看看还在大叫的母鸡，迷惑不解。

奶奶却镇定，说这只鸡让蛇给惊了。

怎么可能呢？当一只鸡下蛋的时候，它看到了一条蛇，竟然就吓到让鸡蛋缩小了一半儿。这没有道理呢！我甚至怀疑，是不是就有一条小蛇钻进了蛋里，藏在蛋里兴妖作怪呢？母亲疑惑地说，把这只蛋扔了吧。我也说，这只蛋，里面藏着一条蛇呢。

奶奶笑说，不就是一颗小鸡蛋嘛。

吃这枚蛋似乎就成了一次壮举。

吃蛋，本该是享受，现在却成了考验，变得危机四伏。

这件事当然也非奶奶莫属。

奶奶把煮熟的小鸡蛋敲破的时候，全家人，包括父亲，都瞪大了眼睛。奶奶揭去蛋壳，一层包衣又厚又韧，像一层薄薄的塑料。揭去包衣，里面的蛋清奶白奶白，泛着蓝莹莹的光。奶奶平静地掰开蛋清，里面是一丸滚圆如珠的蛋黄。掰开蛋黄的时候，全家人真的有些吃惊了，蛋黄竟是金红的。且越是核心，红得越深。蛋心一点，竟红如胭脂。我得说，这一枚蛋黄真是太漂亮了。可正因为漂亮，就添了三分妖气。面对这一枚血色蛋黄，一向从容的父亲也发话了，别吃了，扔掉吧。母亲也说，还是别吃了。

奶奶倒是出奇地平静。这是宝贝哟，奶奶说，你们看，多漂亮哟。

这么金贵的东西，找也找不到。奶奶说完便先吃掉了蛋清，又把那一枚金红的蛋黄送到嘴里。

妹妹问奶奶，这颗小鸡蛋好吃吗？奶奶笑着说不好吃，苦得很。

我不信，晚上睡觉的时候，再一次问奶奶。奶奶说比大鸡蛋筋道，也比大鸡蛋香。我说，你不怕死吗？奶奶呵呵地笑了，阎王不收善心人，奶奶怎么会轻易就死了。

那一年，奶奶已经七十三岁了。之后，又活了十九年，到九十二岁仙去。耳不聋，眼不花，连背也不驼一点，身体一直康健。我倒疑心，那一枚小小的鸡蛋，是上苍送给奶奶的长寿金丹。

五

草丛中，不时有咝咝的摩擦声，似两根铁丝在风中交错，又似两片干透的树叶神秘地摇动。声音之低，稍不留心，就淹没在风声人声里。这像一种暗号，也像一种呼叫，极神秘，极压抑，响在风声人声之外，似乎在另一个世界里。

我坚信，这是蛇声。但蛇在这时候却隐蔽着，没有一个人看见过，苇子没有，我也没有。可每一个孩子都确信，那就是蛇声。

在想象里，蛇芯伸缩，咝咝有声。那是蛇的游戏。

同样，没有人看见过，一条吐着芯子的蛇，会发出咝咝的蛇声。

傍晚，苇子在一片瓜田里听到了那种咝咝声。他轻手轻脚，摸过去。他自以为隐秘，可他每一次落脚，那声音就会停下来。之后，再一次响起。这条蛇有着神奇的听觉。这让苇子泄气，也让苇子得意。总之，一个大活人，终于接近了那个声音。苇子在咝咝声再一次响起的刹那，猛地伸出手中的木棍挑开瓜秧。苇子大笑起来。一个熟透的甜瓜，还有一只怯怯窥望的刺猬。

可我们依然相信，草丛里的咝咝声，那就是一条蛇发出来的声音。

那其实不算什么声音，尤其算不上什么叫声。那就是草与草的摩擦，那就是风与风的脚步。可那又是两片怎样的草叶啊？一把已然雪亮的刀，锋利的刃仍在磨着，咝咝咝，嘶嘶嘶。在野地，在天边。

一座废弃的碾屋里，堆满了枯树枝和废弃的农具。它的半边屋顶早已坍塌，另一半也随时会坍塌的样子。苇子兴奋地招呼小伙伴，悄悄地靠近那座碾屋。他要我们去看一场好戏。我们蹑手蹑脚，趴到碾屋的断墙上，在暗淡的光线里搜索着。苇子急躁地用手指示着方位，压低了嗓音引导着一排黑脑袋。

是一条麦梢蛇，比一条细麻绳也粗不了多少。它的豆绿的小眼睛正盯着一只小鼠。有时候像是故意地，把头歪到一边去。那只小鼠也太小了，像一枚大枣。这只可怜的小鼠，在一条土蛇面前吓傻了。它四肢不听使唤，就像突然得了软骨病，麻木了，软绵绵地抽动。可无论怎么蹬踹，都无法支撑它突然沉重的身体。蛇与鼠四目相对，鼠连转身的力气都没有了，就那么呆呆地、无助地看着蛇一点点靠近。跑啊，我在内心里呐喊着，手心里湿漉漉地开始冒汗。

正如一场噩梦的样子。身后有恶魔追来，两条腿却突然地瘫了，软了，徒劳地挣扎，绝望地呼喊。眼看着那恶魔张开了大口，拼尽全力地扭动着身体，跑啊，跑啊。醒来的时候常常满头大汗，想象着那只怪兽，想象着眼前的和满世界的黑暗。恨不得要太阳在一秒钟里升起来。

蛇如迅疾的闪电一般将小鼠一口衔住。吞咽的过程是漫长的，也是让人窒息的。小鼠开始还抖动一下身体，细长的尾巴颤抖着，慢慢就安静了。在蛇口的压迫下，小鼠鼓起圆滚滚的肚子，更像一枚大枣。

当只剩了一截鼠尾挂在蛇口外的时候，情形变得极为魔幻。事后，我跟苇子说，你拽住那条鼠尾，说不定能把一只小鼠救出来。苇子奇怪地看我一眼，一只老鼠，我救它干吗？是啊，一只老鼠，连同那根长长的尾巴，就这样干干净净地消失了。

一排小脑袋从断墙上抬起来。夜幕四合，天几乎是在一刹那就黑了。

六

蛇似乎深晓自己的身份，轻易不肯现身。越是这样，就越显出蛇的不同凡响。就像仅凭一双眼睛就能将一只小鼠吓得瘫痪一样，蛇自带魔力，它的眼睛，它的芯子，它修长的身体，身体上的每一块斑纹，它风行于草地与水泊的姿态，无不是它不怒而威的魔法。

蛇总是隐藏着形迹，总是昼伏夜出，这就更加神秘。若是偶有一条蛇在白日招摇门户，逶迤过市，必引起一场骚动，似乎蛇在传递某种信息，或表达某种宣示。

蛇那对小小的眼睛，又深又暗。尖瘦的嘴巴，突出的两腮，三角形的头颅，恰如一柄箭镞。蛇芯如火焰，闪烁着诡异的光。邪恶的身体扭出如水的波浪，似浮似飞，变得更加不可思议。蛇总是出其不意，总是神不知鬼不觉，倏然现身。蓦然间，一双蛇眼正凝视着你，纵使它盘于一隅，纵使它默无声息，它的豆绿色的小眼睛轻轻一瞥，仍令人凛然一悚。

蛇无声地滑行着，在枝头上，在草叶上，在棘丛和碎石中，乃至在水面上，在屋檐上，在墙缝里，也在深穴中。蛇来了，蛇又走了。它怎么来的，又是怎么走的呢？它的双脚呢，双手呢？它怎么迈动，怎么抓取，又怎么爬行呢？谁也看不懂，这条细长如竹一样的幽物。它连一根手指也没有，连一双耳朵也没有，可它哪里都能去，它什么都清清楚楚的。

在好多个夜晚，我睁着眼睛或闭着眼睛，调动全部的思想和意念，把自己想象成一条蛇，想象着我在滑动。我笨拙地扭动身体，我的身体却像陷进深深的泥淖中动弹不得。这让我气血上涌，双颊发烫，乃至细汗涔涔。更多的时候，我使劲地闭上眼睛，再睁开眼睛，急躁地摇晃着脑袋，要把一条蛇从我的大脑里驱赶出去。实际上，是一次又一次地把一条诡异的蛇引到我的眼前来。

在我的小小脑袋里，蛇不时制造着、演绎着各种场景、各种离奇的故事，带来一连串疑神疑鬼的日子。

蛇是一个谜。它可以悠游而来，又可以倏然而逝；它可以为云，为电；可以破门，破壁；可以跨越山水，穿过绵长的时光。

在这个马颊河边偏僻的小村子里，蛇扮演着挪移乾坤的角色。一条不老的蛇，创设出一个虚幻乃至魔幻的世界。

七

晚上，有细沙流过的声音，从屋顶上，从秫秸和秫秸的缝隙里，响起来，带动秫秸尚未脱落的一截残叶，以及秫秸上积年的尘埃，簌簌掉落。

我睡得迷迷糊糊的。只听扑通一声，有一坨东西从屋梁上掉下来，砸在被窝上，砸在我的小腿上。接着，像有一只手掌，从我的小腿缓缓抚上来。奶奶摸索着划燃火柴。随着火苗儿轻轻跃动，奶奶手里的火柴盒哗啷啷滚落到地上。

奶奶哆哆嗦嗦披衣起来，竟然坐在炕头念起咒语。压在我身上的，那一只轻轻滑动的大手，从我的腹部、我的胸口，缓缓退去。

第二天，太阳照样升起。奶奶像没事人一样，照样喂猪喂羊，洒水净院。在我的纠缠中，奶奶平静地说，是一条蛇。

奶奶的话让我大为惊讶。

蛇？是蛇爬过了我的小腿，我的身体？

蛇在我身上蠕动的感觉立即复活。我的小腿处开始麻酥酥地作痒，我的头发似乎也根根奓起。虽然是白天，我还是浑身发紧。

在漆黑的夜里，一条大蛇，从屋梁上掉落下来，从我的身上爬过，在我的身上盘桓了那么大半天，这件事刺激得我兴奋起来。我说不清，到底是害怕，还是勇敢。其实，害怕和勇敢都已经无关紧要，重要的是，这件事已经发生了。

这件事太重大了。

我激动地来回走动，好像也是在用这种方法驱除那条游过我身上的蛇，它的影子，或者记忆。

然而，又怎么能够。

在这间小屋子里，我从来没见到过一条蛇，也从来没把一条蛇跟这间小屋子联系在一起。我没有这样的记忆。连一点迹象也没有。

那时候，我是说我还不记事的时候，还不到两岁，就睡在这间屋子里，睡在奶奶的怀里。不光是我。在我之前，几十年里，这铺土炕上，一直睡着一个，两个，甚至三个小孩子。我的一大群堂兄弟堂姐妹，一个一个从这间小屋子里走出去。轮到我时，奶奶已经六十多岁，就要七十岁了。重要的是，关起门来，我就是这间屋子的王，我可以笑闹无忌，酣眠高卧。

如今，我不得不重新审视这间小屋子。从外边看，它的秫秸屋顶又厚又重。这种厚与重，主要是从泥土淤积的屋檐上显示出来。厚厚的，早已变黑发乌的秫秸茬儿上，承接着一层一层叠加而上的黏土。每一年新泥上覆，以防漏雨及滋生杂草，在屋檐部分尽量前伸，直到够不到的檐外。那一条一条泥檐如一道一道波纹，织出一层一层重檐。如今，这重檐怕有两尺厚。再看看它的墙基，虽经年年修补，依然深深地凹陷进去。走进屋里，掺着麦糠和麻瓤泥过的墙皮，早已片片脱落，窗户窄小。伛炕烤火熏黑了墙壁。熏黄的屋顶上挂着蛛网。这些蛛网，都是从每一年的大年初一开始重新织就的。一到腊月，一过了腊八，奶奶就要张罗扫房。一把高粱苗子扫帚，绑在竹竿上，将那些蛛网扫净。那些米粒儿大、黄豆大、芸豆大的大肚子蜘蛛，却像一群隐身侠一样，又总能在新的一年里织起新的网子来。

东墙上有一孔小小的窗，钉一扇木格窗棂，冬天糊的或白或黄的窗户纸，连春天也撑不到，就不时地在干冷的风里，像一面面小鼓一样，嘭，炸开一孔，嘭，又炸开一孔。有时候，小鸟也会撞破了窗户纸，飞到屋里来。可最经常撞进来的，还是那一柱一柱被窗格切割开的阳光。光柱打在西墙上，打在炕沿儿上，打在踩得光滑坚硬的炕前空地上，照出一团肆意飞舞的尘埃，带动着，让一间小屋子变得亮堂。

靠东墙是一只木头铺柜，装着奶奶和我四季的衣裳，那是我们的全部家当。除了铺柜和那宽大的土炕，屋里就再没有多少剩余的空间。可它温暖，安全，让我吃睡都香。

可我从来没想过，这屋子里会有某种潜伏，或窥视。我觉得这个安全舒适的小屋子，一时充满了危险。

奶奶说，蛇知道老屋要拆了，它是留恋这个家，才出来看一看吧。

八

屋子要拆了吗？

这件事我都不知道呢。

九

奶奶住的这间屋子，确实太老了。

它房顶上的秫秸早沤了，一根檩子也断了。虽然住起来舒服，冬暖夏凉，可它确实是太老了。

爹，还有大爷，还有哥哥，他们终于下决心要为奶奶翻修那间老屋。奶奶不说话，奶奶看着熏黑的陈旧的屋顶，只是深深地叹气。

我有一个深藏于心的秘密。企盼着老屋尽快拆除。

我到底要看一看，那条蛇，它终究是走了，还是没走呢。如果没走，它又藏在哪一个角落，哪一道墙缝，哪一个黑暗抑或明亮的洞窟里呢？它的居处到底是什么样子呢？

我把这件事告诉了苇子，我们都很激动，小孩子深藏在心里的疑问，就要揭晓。为一件秘密所激励，我们一起期待着这一间土房子扒掉。

一群人乒乒乓乓，鸡飞狗跳；一群孩子兴奋地站在远处看。

奶奶满脸忧伤，眼里饱含着泪水。爹和大爷都跟奶奶商量过的，奶奶也早就同意了的，可奶奶还是流下泪来。奶奶坐在院子里，默默地看着。

很少有什么事情能让奶奶流泪了。

奶奶。

奶奶怆然地笑，一边抚摸着我的头一边说，好了，很快咱们就有新房子住了。

奶奶说，我就是舍不得。

含在奶奶眼角上的两颗老泪就又一次流了下来。

老屋在乌腾腾的白烟里轰然倒塌。白烟笼罩，小小的院子迷蒙混沌，恍如仙境。这样一种轰轰烈烈的大排场，想必一定有什么重要的事情就要发生了。我和苇子都在烟雾里睁大眼睛，期待着重大的秘密暴露出来。

一只壁虎，顶着弥漫的烟尘，从土缝里钻出来。一座房子推倒了，它却完好无损。我不喜欢壁虎。眼下就更不喜欢。壁虎全身像是被烟熏过，沾满了灰尘。又阔又厚的眼皮，像一只能够闭合的蚌，又像两块用了很久的抹布。抹布抹过鼓突的眼球，那颗黑中泛黄的眼球竟然被擦洗得像蚌壳中的珍珠一样，亮得放光。

这只壁虎，也许会爬上屋顶，也许会爬到土墙上，灰色的屋顶和土墙都是很好的保护色。它也许卧在窗棂上，熏黑的窗棂也混淆了它的存在。在它缓缓挪动身体时，才能辨出它的存在。原来，在与一座老屋相处的日子里，它真把自己混成这座老房子的物件，甚至主人了。

这只壁虎，它的身体长过大人的手掌，是我所见过体形最大的一只。有时候，几只壁虎围绕着它。又或者它们各把守着窗棂的一个角落，而它居于中间。近距离地细看，它灰乎乎的，身上长满了麻点，丑陋，肮脏。

我用竹竿去挑它。奶奶抓住我手里的竹竿，悄声说，它可是一只小老虎，专吃蚊子呢。我恨透了蚊子。有一只蚊子在，也会搅了我的好觉。我放下手里的竹竿。

确实，每一次受了蚊子的气，我都在埋怨那只壁虎，还有它率领的队伍，没有尽心守住门户呢。

壁虎吃一只蚊子大大方方的，吃苍蝇也大大方方的。它不避人，还要故意夸张地大张着嘴巴，把猎物含在嘴边，停留那么一小会儿，非要把大眼睛闭紧，才能吞咽下去。

它完全可以在土屋被拆之前跑开的。窗里窗外，它出入自由。是它没有预感到事态的严重性吗？

它落在地上，比在墙上、在窗上，甚至在屋顶上，都要笨拙得多了。它的四只短足艰难地、缓慢地在土块砖头间攀缘着，寻寻觅觅，似忧似怅。

一只拇指肚一样的大蜘蛛，从那根半靠着断墙的屋梁上靠着蛛丝垂直而下。快到地面，戛然收住。吊着这样一个大家伙，那根细到似隐似无的蛛丝，竟也韧着。挥着八条细腿，它轻轻滑落到一大块白色的土块上。它的黑色的大肚子可能就是一个撑得满满的仓库，有永远扯不完的丝线，让它在风中比在墙上更飘逸，在网上比在地上更洒脱。只是，这样一只硕大的黑蜘蛛，我平日里也是从没有见过的。

我疑心，这是蜘蛛的王，平时只藏在它的宫殿里，那些织网的小蜘蛛都是它的子民。在屋角、屋顶，在晾衣绳上和顶门闩上，在铺柜脚上和炕洞门上，在任何能连接不能连接的物件和角落上，只要一转眼的工夫，一张网就织成了。在这间小屋子里，蛛网遍天下。

这些蛛网多到连奶奶也不能容忍。她常常气急败坏地挥手将一张网子掠开。那张网子，连同一只小小蜘蛛，就贴在她的臂上肩上背上，追随她忙碌的身影，在风里飘啊飘的。

要过年了。腊八过了，小年来了。奶奶头上裹一块白羊肚手帕，扫房。这一回是我抓住奶奶手里的棍子，我说，这些蜘蛛是要网蚊子的呀。奶奶就笑了，极认真地说，这些网子都破了，蜘蛛要每年换一张新网子的呀。

是，屋顶上的蛛网在那里挂了一年，网上的尘土把网眼儿都给糊住了，像一块一块吊在空中的破网布。

壁虎们捉不到的蚊虫就由蛛网去捕。很快地，新的蛛网在新年之后不久，就又一次挂满了屋顶。

黑蜘蛛的身上遍布黑色的绒毛，看上去有点瘆人。两颗眼珠如两只灯泡，自带防护，让它在灰土和烟尘里依然可以大放光芒。它笨拙地、费力地在房土与砖石造就的大山上攀爬。

这只织网的祖宗，它的网织满了各个角落。它必欲对所有的触网者下手，不管是人畜鸟兽，还是虫蠓飞蝶，在它眼里，都是猎捕对象。逃离者生，黏滞者亡。那网住的，就成了它们的饕餮盛宴。我讨厌苍蝇，也讨厌蛛网，尽管它们是死敌。

就比如这只黑蜘蛛，它原本的家园在一个早晨彻底丧失。它并不去分辨是人祸还是天灾，只是笨拙地攀爬，透露着痛失家园的绝望伤感。

它也不逃。

它也像我一样，对一件事那么缺乏预判，陷在了这场人为的破坏里吗？

我拍一拍苇子的肩膀，指一指蜘蛛。苇子只是瞥了一眼，又固执地在一堆废墟之间搜索着。我关心的这些，全入不了苇子的法眼，他根本不管什么壁虎和蜘蛛。

谁知道呢，谁知道那条蛇是走了还是也埋在了这片废墟里呢。苇子不知道蛇是有灵性的吗？他不知道蛇早在这件事发生之前，就已经有了明显的预感甚至准确的判断吗？

十

苇子叫了一声。

蛇！

先是一只高高翘起的蛇头，接着，一条长长的金花蛇，它在白色的烟雾里，逐渐清晰起来。紧一阵慢一阵，滚滚涌动的尘埃，就像专门为它燃放的烟花。

不对。这不是我想象中的那条蛇，或者说不是我感受到的那条蛇。它还是有点细了，却又那么长，就像是一根橡皮筋，被故意抻拽着的。它看上去轻飘飘的。哦，那一定是一条饥肠辘辘的蛇，或者，也可以说，是一条绝食或厌食的蛇。

蛇在破碎的断壁和土堆中，缓缓伸出一截身体，又伸出一截身体。在彻底坍塌的碎石乱砖中，在那么狭窄的缝隙中，它尖削的头颅试探着，长长的身躯跟随着，竟是毫无损伤。

蛇通体金黄，鳞片栉比，暗花如染，水滑光亮。乌烟瘴气的断坯砖块中，蛇一尘不染，如新浴，如新蜕，是一条脱胎换骨的蛇。

蛇柔软地搭在土块和土块之间，像一条金链。

蛇在土坯碎砖中高高地翘起头颅来，将身体扭成一个辘轳。它久久凝视着这一群忙碌的人，似乎是要寻找什么，或记住什么。

这是在我的小腿小腹上爬过的那条蛇吗？

近距离地审视一条蛇，还是让我不适。从头至尾，它不时抽一下，又抽一下。那天晚上的情景，清晰浮现出来。压在我身上的，那条沉甸甸的蛇，似乎还在我身体上蠕动着。

一条能未卜先知或有腾云驾雾之功的蛇，明明知道一座老屋要被拆毁，却非要守在这里，非要等到这一天的这一刻，非要亲眼看到一座老屋的坍塌，非要见证一座家园的消亡。

或者更执着，甚至残酷。自从它预见了这件注定要发生的事，就开始了一次无望的守护。它巡视了土屋，这座在它看来向来都堪称豪华的屋宇。它的无数根秫秸铺成的屋顶，它的厚重的屋檐，它的平地而起的围墙，还有，一条足以容身的孔隙或洞穴，它的那座我始终未曾见过的宫殿。它回忆着多少年里风雨与共的过往，之后，进入一次一生中有违于季节或生存的蛰伏。说它无望，是因为这间小屋子拆毁了就再也没有了。新建起的屋宇再好，再华丽，也不是往昔的模样了。它曾经的日子，注定是一去不复返了。这是它与小屋子最后的也是最安静的守候，于是它开始禁食，并进入一场冥想或者就是无思无想，就只剩下陪伴，只有陪伴。死亡或者新生，就都在一场大梦之后了。

苇子的身体似乎摇晃了一下。

那只似乎被压扁了的蛇头，缓缓转向我。那双蛇眼跟我对视的那一瞬，我立即感到后背发凉，有冷气飕飕冒出。直到如今，我还是没有与一只长蛇对视的勇气。那是怎样让人胆寒的一双眼睛啊！黑暗，到没有尽头；阴冷，到如雪如霜。微眯着，明亮着，仿佛有嘱咐，又似在嘲弄，或警告。

见我迷茫，蛇低下了高昂的头。

蛇俯伏，绕过凌乱的砖石土块，绕过苇子急切的目光。一双孤独的目光里一时又布满了忧郁。蛇总是那么严肃，那么庄重，那么深沉，一副有什么大事要发生的面孔。

它为什么那么盯着我呢？

为什么不去盯苇子，为什么不去盯那些正在忙碌的大人呢？

那时候，我真的还没有想过，这座小屋子，跟我之间，我们曾经建立的密不可分的关系。作为一幢老屋养育的最后一茬子孙，作为见证，这条蛇似乎觉得，于我该有什么交接，或交代。我却一直会错了意。蛇的一双滚圆的眼睛，令我畏缩。面对这样冥顽的孩童，蛇终于别过头去。

蛇一定非常失望，为我的颠顶。

所有的期盼都被误解，被无视。

蛇一定在想，在你安居草屋，夜夜酣眠的日子里，我是作为守护者，而非侵略者，陪伴者，而不是骚扰者，一直陪护着你，那些日子我们是一起度过的呀。我们是邻居，是乡亲，是同一个屋檐下的亲人啊。你倒远远地躲避着。现在好了，灰飞烟灭，满地狼藉，一座老屋轰然倒塌。

一条蛇，对于家园的判断，绝不会跟人一样，有贵与贱的分别；对一个地方的好恶，也一定不是以新和旧、高和矮作为标准的吧。

十一

苇子涨红了脸。

在我还没缓过神来的时候，苇子忽然举起一块砖头，冲着蛇头，直砸过去。那块砖头，带着呼呼的风声。我的耳边响起一种金属抖动一般的怪声。

苇子是这样一个顽童，他的破坏欲和攻击性都极强，对于蛇啊，鼠啊，乃至鸟啊，兽啊，只要得手，决不放过，非要置它们于死地。因此，犯于他之手的小小生灵们，总是在劫难逃。这是什么样的基因呢。苇子对于一条蛇的仇恨，就像它对待一只鼠、一只鼬、一只野兔一样，是与生俱来的。他的一双眼睛血红，盯着随处出现的鸟兽，必欲除之而后快。这种仇恨就像积压了很久，就像积攒了几辈子，不费思量，不必酝酿，从发现到爆发，中间连过渡都没有。这让我非常气愤。

我曾经警告过他的，尤其是对这条蛇。我不允许它对一条蛇下手。

现在，他还是毫无征兆地，向一条蛇抛下了砖头。

一截蛇尾，在断砖下，嗖地弹跳起来。

苇子用了多大的力气，竟然把一截蛇尾硬生生砸断。我惊讶地看到，那条断尾在落地的同时，一下子就立起来了。那截断尾，像一截竖立的铅笔，更像一条完整的小蛇，笔直地立起来。它颤动着，战栗着，在断砖上断墙上，在烟雾缭绕的土堆上，弹跳起来。迷乱的舞蹈，让我头皮发紧。随着蛇尾的跳跃，断砖上留下点点血印，如朵朵花苞，繁衍盛开。在场的人，包括我爹、我大爷、我大哥，都停下了手中的铁锹和镢头，被眼前的这一截断尾给惊住了。

断尾依然在跳跃。它颤抖着，似乎在呼喊，疼啊。巨大的疼痛让它不停地跳跃。我的胸口剧烈地疼痛起来。那条断尾，它弹跳得越高，就越让我的胸口疼痛。我不得不蹲下身来，用拳头抵住胸口。嘴角扭曲着，眼里升腾起一层迷蒙的水雾来。

已然过去了很久，那截断尾，仍会毫不费力地找上门来。不管是走在路上，还是坐在家里，不管是独处，还是在人群里，不管是睡着，还是醒着，只要稍一愣神，它都能直截了当地跳到我的眼前来。它的舞姿越来越优雅，也越来越疯狂，越来越热烈。点点血色的印记也在放大，铺展成一条清晰的舞蹈的足迹。断尾从一块断砖跳到另一块断砖，从一道缝隙跃到另一道缝隙。它到底是一截断尾，还是一条小蛇，我已然分不清楚。

似乎有呼喊，这呼喊似乎就是由一截断尾发出的，又像是从地缝儿里冒出来，又像是从头顶上传下来。呼喊声悠远绵长，却听不清楚到底是谁在呼喊，在呼喊什么。在呼喊声里，断尾变成了舞台上的舞女。绷直的脚尖儿如一枚钻，旋转着。脚尖儿磨破了，滴下血来。疼痛让舞女浑身战栗，让旋转更加疯狂。泪流满面，又笑靥烂漫。跳跃，扑倒，再跳跃。一双手远远地伸出去，要抓住什么，泪水充盈的眼睛里，满是企望，却四野空空，什么也抓不到。就只有旋转，疯狂地，旋转。

苇子的残忍和莽撞激怒了奶奶。她抄起一根擀面杖，冲着苇子就打下去。苇子像一条鱼一样，从棍棒下面滑出。

我肯定不止一次地问过奶奶，那条蛇，它还能活下来吗？

老人家的回答毫不迟疑。

她的或简单或繁复的解说，拼成一个完整答案，让一条蛇彻底神化。那就是，蛇是杀不死的，没有谁能杀死一条蛇。别说是斩为两截，纵使将一条蛇碎尸万段，它依然能一截一截完好地拼接起来。

这件事曾经让我心事重重，又浮想联翩。

我不知道那条蛇，到底怎样召回了它的那截迷失于废墟中的断尾。遭遇那样的身体重创，如果是人，早就一命呜呼了。可对于那条似乎已经修行了百年的蛇来说，恢复到完好如初，似是不必怀疑的了。

十二

苇子哥是那年八月走的。

苇子扛着一杆红缨枪，参与护秋。这样的事，怎么能少得了苇子呢。

刚吃过晚饭，一场罕见的大雨倾盆而下。一道一道的闪电，扭曲着，狰狞着，一次次地猛扑下来，刺入黑暗。紧跟着，一串串炸雷在头顶上炸开，震动得周遭儿的秫秸发出哗哗的响声。硕大的雨点，在闪电中画出无数的惊叹号。这样的暴雨，这样的电闪雷鸣，让同去护秋的三个人蜷缩在窝棚里。队长说，偷风不偷雨，安心睡大觉吧。苇子却坐卧不安，莫名激动。他被眼前的这场大雨激励着，攥着红缨枪的手似乎在一阵一阵地发抖。看着眼前的雷雨，看着这一场在他短促的人生里还从未见过的大雨，苇子说，我出去看看。

苇子把一件蓑衣披在身上，把队长今年刚买的一顶崭新的草帽戴在头上，冲队长笑了笑，便一头闯进大雨里。苇子一冲出去，队长就后悔了，想喊住他拉住他。大雨中的原野，发出一阵一阵威严低哑的轰鸣，像是有千军万马一齐怒吼。队长伸出一只手去，什么也没抓住。队长在窝棚里摇了摇头。这个青涩的少年，太有主见，太难驾驭了。他像个爱玩水的孩子，看见雨就要往外跑。苇子，这个身材颀长、相貌英俊的孩子，一冲入雨幕，一下子就变了，变得渺小，变得轻飘飘的，变得像一根苇草，像一片苇叶一样了。他淹没在无边的黑暗的雨声里，一眨眼就消失了。

一道闪电，像极了一条燃烧的长蛇，喷着火焰，扭动着身躯，将一片黑得化不开的天空劈开。跟着一声炸雷，待在窝棚里的两个人都不由得抖动了一下身子。队长在窝棚里守了半夜，还是坐不住了。那个睡得迷迷瞪瞪的同伴嘟囔着，这小子肯定是跑回家去了。两个人，在这个暴雨之夜跌跌撞撞，找了半夜。队长在心里大骂，这头倔驴。

就在那天晚上，苇子哥死了。第二天，人们在窝棚后面一个打坯坑里发现了苇子。水坑就在窝棚一丈开外的地方，这让队长，也让全村的人大为惊讶。这是一个簸箕似的土坑，处于高亢的土地上。坑里的雨水并不多，只有腿肚子深，苇子就趴在这个浅浅的水坑里。水坑里的水刚刚漫过苇子的头颅，他的两条苇秆一样的长腿还搭在坑沿上。头顶上，太阳火辣辣的。空气里，正有一种不知道什么东西被烤焦的奇异的香味儿四处弥漫着。这股妖异的香味儿，似曾相识，又无从寻觅。这股香味儿一点一点浸进我的心肺里，长期陪伴着我，让我辗转，让我翻肠搅肚，又让我怀念，成为我脑海里无法驱除的一个符号。此后，只要一闻到这种焦煳味，我就会立即想到那个水坑，想到苇子，想到那个清晨的所有细节。这种味道让我发疯。

即使再大的水坑，也淹不死苇子。在水里，苇子就是一条鱼，鱼会被淹死吗？可苇子明明白白趴在水坑里。

事情出在他那杆长柄红缨枪上。验尸的人说，他是遭雷击而死的。

可这件事在村子里被传得走了样。

苇子的大胆和豪气在村子里早就出了名，太多的鸟了，蛇了，狐了，豺了，在他的手下丧了命。在他把一窝还没开眼的光溜溜的小麻雀扔给野猫的时候，我就骂过他。可他天生的，就像跟这些野鸟野兽有仇，不管什么时候见了，就必要除掉而后快。我不自觉地想到那条断尾的蛇。

苇子的死，让一条蛇变得更加神秘。

被打捞上来的时候，苇子的一张脸又红润又干净，漂亮得一塌糊涂。好像在此之前，苇子从来就没有认真洗过一次脸，就没有洗干净过一张脸。这一次，借着一场大雨，一汪清澈的水池，洗净了苇子脸上积年的污垢。苇子二目微合，四肢柔软，就像夏天，某一个晚上，谷草铺成的床铺上，睡在我身边的那个苇子一样，一模一样。直到现在，我都疑惑，苇子是不是真的死了。他是不是在跟我开一个玩笑。不知什么时候，一转脸，苇子又站在我的面前，他抽出藏在身后的那只手，哗地抖出一条长长的蛇蜕来。

十三

有一年夏天，村子里一个常年采药的老人，不知道是看上我的呆头呆脑还是一根筋的愚痴，非要收我为徒。有一天，他捏着一柄木匙让我看，里面有一撮洁白的雪花儿。他用食指稍微碰一碰那些雪花晶体，便夸张地又极小声地感叹，嘀，凉啊。我也想用手去碰一碰，却被他轻轻挡开。

等我带你去闯龙宫的时候再碰它吧。

我虽然不满，却对这一撮夏天里的雪花更为好奇。

好奇来源于一个神秘的故事。

据老人讲，马颊河边有一处天然崖洞，幽深神秘，冷风凄凄。洞外有巨树蔽日，洞内有巨蟒潜伏。巨蟒哈气成霜，凝于洞壁之上。日积月累，洞窟四壁霜花灿烂，冰清玉洁，如仙境一般。那凝于壁上的霜花，就是眼前这一撮寒凉如雪的晶体。

可别小看了这一撮雪花儿，可是神奇得很。可以驱恶热，止恶疮，救伤止疼，是救危救急的灵丹妙药。唯保存不易，怕光，怕热，尤忌污浊侵染。平日密封于瓷瓶，深埋于地下，非险症急难不取也。

看着那片片如芒刺的雪花儿，真有点怕哈一口气都要融化了。

这个形容干瘦的老头子，两颗眼珠从细眯的眼缝里露出，一片常年颤动的下唇，似仙似道，让一个涉世未深的少年心旌摇荡。老者说，这个崖洞，春夏深锁，唯秋冬可见。非有缘人不能进得洞里，拜之于龙潜之地。进洞既难，取药更须谨慎，因巨蟒沉睡，二目微合，不得打扰，如若怯惧莽撞，触怒了正在蛰伏的巨蟒，则死无葬身之地。尤其不能贪心，只以竹叶扦取，一壶足矣。

时值盛夏，我却被老人的叙述惊得脊背发凉，裤管里似有凉气飕飕灌入。

老者说，在我这间小屋子里，你发现有什么与外面不一样吗？

那可太多了。一堆一捆的草药，各色大大小小的根块儿，晒黑的地黄，晒黄的槐米，满屋草香药香。

可是我只蒙出一个字来，冷。身体也不由抖动了一下。老人竟龇一口整齐的白牙，笑出声来：算你小子聪明！

老人神秘地指一指那罐藏于地下的雪花。有宝物在此，我这三间土房子可比深宫，凉爽得很。

我告诉老人家，我从小住的那间土屋，大夏天里也凉爽得很。

老者捻须而笑，而后，意味深长地说，潜龙在宇，冬暖夏凉，乃仙居也。

十四

在对生存、对万物都有了点滴认知之后，想起马颊河边的旧事，想起奶奶，想起采药老人，想起他们于土地上行走生息的虔诚，我依然有深深的感动。奶奶生前，对一草一木皆怀感恩之心，蛇是她敬畏的神灵之一。在马颊河沿岸，蛇一直是，至今仍然是一个神秘的物种。我的乡亲们以蛇为神，与蛇为邻，人蛇相守，这种习俗本身，即藏有某种天机。

俯视，或仰望

一

蛇在低处，永远俯伏。蛇将自己的身体，整个地毫无保留地伏在地上，自首至尾地压低着身段，压到低处，最低处，低到不能再低。所有的草木、庄稼，即使纤细如一株狗尾巴草，也会遮掩了蛇的身形。蛇把自己置于若有若无、虚幻缥缈间，以最安静的姿态，卧着。蛇不必站立，不必迈动双足，不必飞翔，只以仰望的姿态审视整个世界。

蛇似乎一心一意地隐藏，从身形到踪迹。蛇总是在世界的边缘，一意躲开所有的视线。蛇出游，也要选择最幽静空闲的时段，选择最荒僻逼仄的路。在野草和荆棘中，在断墙和屋檐下，在孤岛或孔穴的深处。它明摆着告诉生活在这片土地上的人们，瞧，我不占地方，不霸空间，一线之地，一孔之穴，一角一隅，足矣。面对原野中所有的飞禽走兽，蛇始终谦卑，谦卑成一条蛇的样子。恒久的沉默，与生俱来的谦卑，蛇将自己化为无形，与世无争。

在马颊河平原，这片耕耘千年的土地上，蛇跟牛羊，跟鸡犬，跟人类一起，寻觅，游走，繁衍生息。或者更早，蛇来到这片土地的时候，世界到处还一片榛莽。而蛇却将世界让给后来者，一个又一个后来者，无尽的原野，无数的生命。

蛇是另类。

蛇是另类吗？

人主宰了世界，蛇依然在。

没有一种生灵，如蛇一样，与人那么近，又那么远。相遇于墙隅，相忘于江湖。人忙碌着，奔波着，为糊口忧虑着，为御寒寻觅着。蛇呢？蛇在哪里？这样的询问，让人茫然。这通常不在人类追逐功利的思维里。

在想象里，蛇悠闲，似乎餐风饮露。蛇的生活永远在远处，在人的生活之外，人的思想之外。蛇闲适，或者不闲适，人并不关心，也并不知晓。

晚归的人，肩上有锄，脚上有尘，额上有汗碱，背上有一轮又大又沉、滴血的夕阳。走在前面的牛，忽然停住了脚步，这是一件罕见的事。在长期的陪伴中，牛跟人一样，日落而息。牛最聪明，傍晚的方向就是回家。在地垄里，它会把每一次拐弯，误会成回家。尤其在黄昏，饥肠辘辘，沉重的犁耙早已让它疲惫不堪的时候，它回家的脚步总是急匆匆的。

除非，是有神仙挡道。可不是，一条金花斑斓的大蛇，横在马路上。牛和人都慌了手脚。在他们眼里，蛇每一次回眸，甚至身体的每一次扭动，都意味深长。牛有些躁动，喘息愈发粗重。人耸一耸肩上的锄头。他们停止了脚步，一起看着，这条大蛇，像一条悠闲的鱼一样，游过干燥的土路，游进另一边的草丛里去。总是这样，在不经意的地方，在不经意的时间，蛇悄然出现，又倏然而逝。

蛇与人相遇，有一种凛然之气，也有羞赧和惭愧。它回过身子，蜿蜒而退，每退一步，都像是道歉。何以至此呢？越是这样，蛇就越是触发人的幻觉。

蛇以其自制自抑的生存法则，触发人的想象。日复一日，蛇便被人的幻觉覆盖，再层层包裹，并渲染。

蛇无辜，躲在它的逼仄的巢穴里，也许跟人一样，做着将人，将每一个人，妖魔化的梦。蛇与人相互凝视，相互敬畏，就这样相守相畏。他们的目光和心思，总是偏离了真实和客观。越是这样，就越是拉长了距离，有时候甚至是阻断了彼此的认知。

二

越是凝视一条蛇，就越是感到诧异，感到陌生，有深深的疑惑。

蛇不要翅膀，不要羽毛。蛇没有腿，没有胳膊，没有脚趾和手指。蛇省略了耳朵和鼻头，让人分不出胸腔和腹腔，甚至连头颅都省略成流线型的一段，跟它细长的身体混在一起。蛇毫不犹豫地隐藏了世俗生命里一切自以为是的附设。蛇的光滑而斑斓的身体，俯在草丛里，缠在树枝上，卧在墙根下，粘在梁檩上。蛇将自己省略成一条线，细长，柔软，浑圆；可伸，可屈，可盘。蛇在草木中，浑然于草木；蛇在泥土中，浑然于泥土。

蛇小心翼翼，从容不迫。游走，躲闪，隐形。悄然跃入，或倏然消失。

人是不能没有声音的。为了发声，人穷尽了想象。唇吻翕辟，气血调动，震动声带，让声音高亢或婉转，让声音激越或轻柔。居于高处，调动外力，凭借风、电扬声，从而释放了温度、激情。

蛇却毫不犹豫地舍弃了声音，钝化了听觉。是为了耳不听心不烦吗？蛇在若隐若现的草木里闪烁不易察觉的目光，将声音的洪流，将传播、命令、要挟，或恫吓，一律轻轻抹去，永远安守在宁静里。它柔顺着，静成一缕烟，静成一汪水，与草木土石混在一起。

蛇在虫声鸟声之外，在鸡声犬声之外，在风声雨声之外，在嘈杂喧嚣之外。忙乱是它们的，与蛇无关。或者，是造物主的恩赐，给蛇独一无二的优势。

三

其实，是人的活动将蛇逼入死角。蛇始终隐退着，与草木为伴，与洞穴为伴，与星月为伴，也与人畜为伴。蛇始终退让着，退让到人的生活之外，退让到人的视线之外。蛇卑微地藏匿自己的形迹。即使与人共守一地，共处一室，蛇也总是在暗处。

蛇洞若观火。

人对蛇的了解，永远是雾里看花，是盲人摸象。这是人的愚蠢。蛇则在不为人知的世界里，似乎随时能够发出密集和强大的信息，似乎随时能够操纵人的想象和臆测。蛇如魅，诡异地追赶人的脚步和思想，如影随形。

蛇永远在暗处，却时刻关注着人的一举一动。蛇安安静静的，什么也没做，可就在这沉默里，洞悉人的一切。

从什么时候，在人的身心里，开始一点一点积聚，对一条蛇的敬畏？

在马颊河，人对蛇，与对院子里奔跑的鸡鸭，与对圈里饲养的牛羊，与在身后跟随的一只狗，有着截然不同的态度。不管老人还是孩子，他们对蛇有意无意地躲避着，就像对永远隐身的神

灵。蛇与人保持着距离，又保持着尊重。蛇在所有的日子里都被
人推得很远，不见，不想。见了，也装作不见，把头扭开，把步
子移开。让人声进来，让天光进来。诡异之处在于，不见和常
见，不想和常想，它们总是挨得那么近，甚至没有界限，可以随
时转换。越是不见和不想，就越是常见和常想。人天天忙碌，算
计，主宰，占有，常常忘记了蛇在哪里，在忙什么。可一旦想
起，便肃然起敬。一旦想起那条蛇，它便立即从空中投来俯视的
目光。

　　为什么是这样，为什么对蛇会有仰视？在村子里，自耄耋至
垂髫，无不在不知不觉中产生着对蛇的敬畏，目光里有对神的虔
诚。蛇却永远从容超脱，安居在自己的世界里，在洞穴里，或者
在草野里。

　　古老的马颊河平原，车马辐辏，人烟稠密。一条蛇，于人类
之外，却又被人类敬畏。仿佛，那蛇在人头顶三尺之上；仿佛，
那蛇有一道透视的光；仿佛，那光是从高处直射下来，让人无所
逃避，无所遁形。这让这片土地上的人，更加相信天意。

　　天教化人，让人自律，让人真诚且善良。于是人们的心里便
有无形的戒律，让他们规避着邪恶和邪念。

　　那些诡异的灾患，被解释为天谴。为什么有雷劈呢，为什么
有暴病呢，为什么有旦夕祸福呢？神明在上。神明的化身，也许
就是一条蛇的形象。这不由让人凛然而惧。仿佛，被操控，被置
于蛇的指掌之上。这是人在面对一条蛇的时候，由直觉生发的幻象。

　　蛇在低处，那么低，那么低，却又被人举起来，仰视。

四

这或者是蛇也不曾想象得到的。

一条蛇，在没有了各种累赘的附设之后，竟获得了意想不到的自由。它伸缩盘旋，舒卷自如；它飞檐走壁，土遁水淹；它上天入地，行风化雨。蛇悠游在无所不在的时空里，以超凡脱俗、出神入化，以简到极致实现无穷繁复。

蛇的所有的隐藏，都不是简单的舍弃。蛇以省略和割舍获得升华。这种离经叛道，不顾一切的省略，在人看来注定是一场自我毁灭，在蛇那里，却成为一场不同寻常的革命，一次一劳永逸的解放。蛇灵敏地收起芯子，就像它一意地收藏起自己。蛇以俯伏和沉默的姿态，获得最彻底的自由，从此悠游天地。简单和逊退成为蛇最诚实，也最高超的智慧。蛇以沉默自处，于低处自居，这是蛇的哲学，也是蛇的境界。

我被自己的想象吓了一跳。要是所有的蛇都站起来呢，要是所有的蛇都像一株树呢？要是所有的蛇都是一株移动的树木，都像树一样站立着，像一根飘带一样飘动着，像一根削尖的木棍那样跃动着，要是它们就这样在人缝儿里，在车缝儿里，在胡同里或者在屋子里挤来挤去呢？它们毫不退让，它们锱铢必较，它们毫不犹豫地争夺每一点时间和空间，会怎么样呢？我被自己的这种胡思乱想吓住了。我不能设想人与蛇耳鬓厮磨、你挤我拥的场面，不能设想蛇的滚圆的眼睛和血红的芯子，时时伸到我的鼻尖上，在我眼前身后晃来晃去的情景，不能设想，一条蛇直立起来和我并肩而行的画面。我知道这是自己欺骗自己，自己吓唬自己。可真是那样，蛇的神秘和蛇的魅力还会如现在这样摄人心魄吗？真是那样，一条蛇，会不会堕落到一头猪或一只羊的地位？虽然，这样想本身就是对一条蛇的亵渎和轻慢。人和蛇之间既保有遥远的距离，又一直纠缠在一起。可是，谁知道呢？谁又能说清蛇的向往和理想呢？

五

偶然的，一条蛇，隐藏在草丛里。你发现它，并与它对视的时候，它是警惕的，是对抗的。它是害怕它的心机被识破，或是被攻击？这是人与蛇之间的猜疑和隔膜。它灵敏的芯子和深邃的目光，让人觉得，一条蛇，隐藏了太多的信息。它的迥异于世的形象，真是包含了太多太多未知的信息。马颊河两岸深厚的黄土塑造了蛇的品性，让蛇成为这片土地上的尤物。一条隐身于树梢或静卧于野地的蛇，畅快呼吸着刮过田野的风，对远远近近杂乱的脚步无动于衷。

在十二生肖里，蛇排在龙之后，紧跟着那种更加神秘的动物，昭示神迹。蛇被称为小龙，由此进入一个庄严的序列。在隐秘低微处安身立命，在车马喧阗外展现从容。蛇因自我卑下而神秘，又因自我遁形而昭彰，因甘于沉默而声名远播。这与其说是上苍的惩罚，不如说是上苍的成全。

因为人的愚蠢，蛇的地位被升华，这是神对人的眷顾。蛇借助于人的浅薄，轻松地完成了由蛇到神的转身，这不是蛇的过错。一条被神化的蛇，显得如此不可思议，却又那么水到渠成。

直到现在，我依然相信，蛇在另一个世界。

低处自有风景，那是蛇的千年修行之地。蛇之所至，风水环绕，自成气候。蛇聚自然天地之精华，修养身性，安卧长闲。

在这样一个小小生灵面前，人的敬畏似乎与生俱来。我不知道，这是人的宿命，还是神的旨意。人和蛇，大约按照各自的想象，设计了彼此的世界和本领。在这样的想象里，人便给心灵罩上了一层坚硬而透明的壳，它阻挡了彼此的靠近和认知，让人一直在心里衡量着，到达一条蛇的距离。

六

我亦然说不清楚，在遇见一条蛇的时候，是应该俯视，还是仰望。

小　青

从前哪……

奶奶这些老掉牙的故事，曾经怎样让一个顽童如痴如醉。冬日的火炕前，油灯下，热烘烘的被窝儿里，这些故事，如奶奶温暖的怀抱，伴我夜夜好梦。

奶奶说，从前，有一户薛姓人家。老两口只有一子，靠几亩薄田生活，农闲时，就做一点小生意，日子倒也吃穿不愁。

薛老汉挑着一担货品回家。

正是严冬天气，薛老汉的眉毛胡子都挂着白霜。走到桥头，眼前忽然闪过一道金光。

竟是一条青蛇。

青蛇那么小，才有筷子粗细，遍体鳞伤，就要咽下最后一口气了。

正疑惑间，一只老鸹，飞身下来，一口将小蛇叼起。老汉一惊，便扔了挑担，奔跑过去。老鸹见有人追，松开了口。小青蛇正好落到老汉怀里。

小青蛇费力地翘一翘头颅，朝着老汉连点了三下，就趴在老汉胳膊上不动了。

老汉想，要是没人管，这条小蛇就是不被老鸹吃掉，也要冻死在霜雪中了。

于是老汉把小青蛇带回了家。

老汉在院子里最隐蔽的地方，给小青蛇做了个窝儿，里面铺了厚草和棉花。从此之后，老汉每天出门之前，必先给小青蛇备足了吃食；每天回家之后，第一件事，也是先看看小青蛇的伤恢复得怎么样了。就这样天天给它疗伤，喂食，小青蛇终于康复了。

说来也怪，自此之后，薛家好运连连，日子一天天红火起来。

他家的米缸，就从来没有吃完过。吃了还有，吃了还有，总是满满的，真是取之不尽、用之不竭。家里的鼠害虫害也没有了，米啊，面啊，都是干干净净的。生意也红火起来，不管做什么买卖都赚钱，还莫名其妙地发了几笔大财。薛家的良田一年年多起来。人丁也旺起来。没过几年，薛家就成了村子里有名的富户。

青黄不接的时候，村里的乡亲们揭不开锅了，都找薛家借米借面，薛老汉夫妇来者不拒。借一升总给人家装两升回去。手里一只大瓢，哗哗地给人家舀着米。借出的米，老汉没有记过账，也没有催过账。谁家还不上，干脆就不还了。老汉浑然不觉。乡亲们对薛老汉自是感激不尽。

你说怪不怪，头一天借出去，第二天一看，缸里的米又满满的了。

把乡亲们还回来的米重新倒回缸里，倒也没见缸里的米增多。

可有一年，天下大旱，家家歉收，借粮的人越来越多了。

薛老汉的大瓢就没有放下过。一日下来，一缸米全借完了。

到第二天，那口舀空了的米缸，空荡荡的，米没有再长上来。

此后，再往这口缸里添米，无论添多少，也添不满。

老汉吓坏了，再不敢往里添米了。这口缸就成了一只空缸。

薛老汉纳闷，却也没有声张，只是觉得奇怪。

这以后，薛老汉再取其他的米缸、面缸，就都记着一件事，那缸里的米啊，面啊，一定不要取完，一定要留着一半儿。

于是那缸里的米啊，面啊，就再也没用完过，一直都是满满的。

薛老汉临终时，告诫儿子，以后为人，凡事都要留有余地，可别像那口空缸一样，用过了，力竭了，米就再也没有了。有余力，才长久，才能助人。

薛老汉说，我当时救小青蛇，也没想过什么回报，就是觉得它可怜，我哪里知道小青蛇竟是一个能助人的神仙啊。没有它帮忙，咱家就没有这样的日子。

薛老汉用了最后的力气，嘱咐儿子："我死后，薛家积德行善的传统不能丢。尤其不要做坏事，坏事做多了，家就完了。"

这样积德行善的故事，总是一环套着一环，总是在故事应该结束的地方又开始了。这是我夜夜纠缠奶奶的结果，于是故事总也讲不完。

薛老汉的儿子为人聪明，又能干，处事和善谦卑，像极了父亲。他谨遵父亲教诲，尽力周济别人，四邻八乡不知有多少乡亲受过他的恩惠。在他的手上，薛家的生意越做越大，连跟他一起做生意的人家，也都跟着发了财。薛家金银财宝越积越多，成为当地有名的大户。

事情怎么就起了变化呢。

到了薛老汉的孙子辈，小孩子从小娇生惯养，被惯坏了。

到了这第三代当家主事时，一改前辈们和善谦卑的家风，变得刻薄起来了。遇有旱涝，他故意抬高粮价，兼放高利贷。不少人家借了高利贷，又还不起，被逼得扒房卖屋，卖儿卖女。薛家孙子做生意也大失其祖其父的诚实守信之道，坑蒙拐骗，常常搞得人家血本无归。

别人家的一只鸡、一只鸭跑到他家，他也不放过，捉来吃肉。人家来找，他非但不承认，还指挥家丁，把人家打出去。

小青蛇十分气愤。

有一天，小青蛇悄悄从薛家逃出，在路边化成一串铜钱，被一位骑着红马路过的白面书生捡起。也奇怪了，攥着这一串铜钱，骑马的年轻人分明听见一位老者的声音：钱别花完。

年轻人四下张望，不见有人，心知有神人相助，于是甩镫下马，朝着发出声音的方向虔诚跪下，三叩九拜，半晌才重新骑上红马，沿原路回去。

不消说，薛家孙子的霉运到了。自此之后，薛家的生意干啥赔啥，薛家的庄稼，种啥死啥，薛家的金银财宝从窗棂里往外飞，抓都抓不住。转眼之间，薛家就垮了。那个薛家孙子，为了躲债，逃之夭夭，最后竟不知所终。

奶奶讲这些故事，总是有根有据，信誓旦旦。奶奶遥指东南，说马颊河边，两棵松柏之下的高丘，就是薛老汉父子的茔地。先时，坟茔蓊郁。不少受过薛家接济的人家，世代念其恩惠，为其上坟添土。今已萧条，不复从前。

这故事中，善意轮回，因果报应，正是千百个同类故事的蓝本。这中间，必不可少的，总要牵出一种灵异之物。一条青蛇，一只黄鸟，一只刺猬，一匹老马，一头老牛，一头梅花鹿，乃至一株香草、一株老树之类。它们得天之道，得地之德，吸日月之精华，纳星汉之灵气，集万千异能于一身，便有了知祸福、判生死、左右命运的大本领。

少时听来，不但信其实，且常常沉浸其中，不免刨根问底。好像所有答案都在老人家头脑里呢。比如，那位骑红马的书生，从何而来又回何处去；那书生与一条小青蛇，怎样报复薛家孙子的。奶奶被逼无奈，或继续演绎，或敷衍推诿。下次吧，下次告诉你。

有许多疑问，许多悬念，在下一次的追问中释疑。

有许多疑问，许多悬念，却最终也没有等来下一次。

奶奶走后，留下了那些从前的故事，也留下了更多的悬念。

奶奶一走，我似乎在一夜之间就长大了，就听懂了那些故事，也理解了那些悬念。那都是一个善良的老人用以哄骗小孩子的，信不得真。我聪明地以为，我发现了真相，哪有什么小青蛇，哪有什么黄鸟，哪有什么神鹿和神马。

直到有一天翻拣旧物，我打开了奶奶留下的那只百宝箱。

其实，就是一只破木箱。

箱子里，有各种小的纸盒、小玻璃瓶。有盛电池的，有盛丸药的，有盛棉线的。各种纸盒和瓶子里，分门别类盛着各种宝贝。一截铁丝，一枚铁钉，一只纽扣，一根鞋带儿，一个青霉素空药瓶，一个瓶盖儿，一叠早已作废的全国粮票，一把锈锁，一枚不知道是哪把锁头上的铜钥匙，甚至还有我初中升学考试的准考证。

我又重新回到当年，看到奶奶颠动一双小脚朝我走来。

那么和善，亲切，一步一步，朝我走来。

我才发现，奶奶所讲的那些故事，都活着，活成她一生奉为神明、恪守不渝的道德和规矩。

所有的故事她都信，所有的信条她都守。

她说，人这一辈子，老天赐予你的福分都是一定的。你吃过的饭，你穿过的衣，你饮下的每一滴水，就连你吸一口气，呼一口气，都是有定数的。

我似乎也曾用不知道是从哪里学来的、似是而非的知识反驳奶奶，说她老迷信、老顽固，老人家总茫然无以对。可她所遵守的东西，不会有丝毫变化。

冬天的早晨，奶奶在炉子上热好一盆水，预备给打堰修渠的人回来，洗一洗手脸。开饭的时候，爹伸开两只手给奶奶看，说在村前的河里洗过了。奶奶会一边嘱咐着，结了冰碴儿的河水会冰了骨头，留下病根儿的，一边将一盆水小心地放在一边。到下一顿饭，奶奶会将这盆水重新倒进锅里。家人会笑话奶奶迂腐，奶奶却执意地认为，这一盆熥熟了的水，有灶下柴火留下的热量，就像箅子上的一块干粮，碗里的半碗粥一样，是不能随意倒掉的。

这样一个善良、隐忍的人，在一场饥荒到来的时候，十分淡定。她说，我一辈子吃下的粮食够多了，我走的路也够长了。一粒儿粮也不能再吃了，一口水也不想再喝了。奶奶省下了最后一口干粮。在奶奶面前，饥荒最终收敛了它的獠牙。奶奶用极度的节制，极度的隐忍，熬过极度的匮乏。奶奶活到了九十二岁。

生活造就了奶奶朴素的生命观，也成就了奶奶简单的人生哲学。任何糟蹋都是减寿。这看似一句咒语，实在是一辈子的修行和人生的指引，尤其是在物欲滔天的当下。奶奶的一生，就像滚动在荷上的一滴露，常常是不由自主地动荡着，消耗着，却又简单着，透彻着，饱满着。

珍惜和节制都是天意，是由衷，是上苍赐予的道德戒律。这种戒律的传递者，也许是一只虫、一条鱼，也许是一枚果、一朵花，眼中有神灵，相遇就有了缘分。

小青蛇的故事一直萦绕于心。我在不知不觉中，竟然依照某种指引，一步一步靠近一种生活，一种传统。

被我救助的生灵日多，也从无奢望，有朝一日会有奇异的福报发生在我的身上。可要细想起来，每一个晴和安详的日子，每一粒儿香喷喷的米，每一丝一缕的服饰，不就是世间的福报？

　　我的生命的轨迹，每一点开悟，每一点矫正，注定有着先人某种遥遥的昭示。

子 时

一

梦游者于子时出门，走入至暗世界。幽冥之中，鬼影幢幢。

经历过噩梦，才不由庆幸，在酣眠中躲过最黑暗、最莫测的一段时光，是一件多么幸福的事情。

在每一个夜晚，阳光下的族群，不分老幼，集体入梦。他们果断地把夜色关在门外，把身外的世界交给一个漫漫长夜，一个一个漫漫长夜。

也交给一个隐伏的小小幽灵。

子时，鼠从深睡中醒来。鼠目在这一刻发挥着它的特异功能，一寸一寸丈量着黑暗，穿透着黑暗。鼠目灼灼，迸发出幽蓝的光。世界深睡，鼠们享用最宝贵的时光。

更漏滴答作响，生命的计时从这一刻开始。鼠一刻也不敢耽搁，匆匆迈动脚爪，吱吱磨响它们不停生长的牙齿。

十二时辰中，这段时光明确无误地赋予了黑暗。十二生肖中，这段黑暗明确无误地送给了鼠。

最卑微且怯懦的鼠，无意占据头把交椅。那本该是人的位置，却也是鼠的无奈。

然而，又何尝不是崇拜。鼠并不计较，且欣然领受。人弃我取。鼠将一段至暗时光，经营得风生水起。

如今，已经有人发现子时的珍贵，并满怀羡慕，想把这段时光夺回来。然而，这件事一万年前就已迟了。这种争夺徒劳无益，徒增烦扰，徒耗性命，损失巨大。

鼠悠游于子时，越来越自信，并为它圈上疆界。任凭魑魅魍魉出没，鼠们自以为王。所有的游魂，所有的阴暗，都成为鼠的陪衬，或鼠的同谋。那些发生在子夜的故事，远远近近，风声鹤唳，让人头皮发麻，神经紧张，而鼠辈津津乐道。

鼠沉溺于此刻。夜色中的幽灵，成为子时不可代替的符号。

二

鼠在星月下察看庄稼。它盼望收获的心情，大约跟人是一样的。然而，土地早为人类瓜分一空。至于这片土地，鼠们是不是也应占有，人就管不了那么多了。

鼠们在这些庄稼面前眼花缭乱。它们吃不了这么多粮食，吃不了的。它们只吃一点点，就够了。

田野广阔，让鼠们感叹。灵敏的嗅觉让它们总是在第一时间发现最先成熟也最饱满的那一穗儿粮食。丰收让它们兴奋，甚至忘记了时间，白天也跑出来。白天它们的视力很不好，一不小心，或许正撞在一个庞然大物的脚趾上。这让它们心惊肉跳。可收获不能错过呀，它们要抢时间，装满它们的粮仓，身后有一个漫长的冬天等着它们呢。

本来它们不必如此，原野丰稔，长寒有何担忧。可如今不同，田野里的庄稼，会在某一天消失。魔幻般的人类变幻出越来越神奇的法术，能够将粮食眨眼间掠走。这让它们再也无法淡定。

鼠把豆荚剥开，把空空的豆壳儿扔满田垄。它们咬断秸秆，让高举在头顶的高粱穗子躺下来。它们的这种本领堪与野兔野獾比美。它们当然可以爬上玉米穗子，坐在那里从容地剥出金黄的玉米来。它们的牙齿更厉害啊，那是它们的秘密武器呀。那一对常常暴露在唇外的牙齿常用常新，日日生长，就是为着啃啮而生的。

狼藉的田垄间，大豆玉米高粱，只留下空空的壳子，飘扬在风里。这是鼠们的杰作。

鼠们的粮仓满了。

土地上弥望的庄稼，足够满足鼠兔，也足够满足野雀、蚱蜢和虫虫们。

可人类正在开会。

鼠们的收获被定性为抢劫和破坏。人类不知道，鼠们收获每一粒儿粮食，除了果腹，保障自己不被饿死，再无任何奢望，怎么就变成了罪证。它们盼望有谁来主持公道。天生万物，各取所需，这本是天经地义的啊。

可是，人的规则不是这样定的。

鼠们小心翼翼的收储行为依然被定性为糟蹋。鼠也要活着吗？鼠是不配活着的。鼠的小小牙齿，咬疼了人的神经线。

鼠的罪恶在于，鼠竟敢与人有共同的食谱。

鼠必须更加谦卑。要么逃亡，要么饿死。

三

鼠与人的战争从一开始就是一场不对称的战争。一场，又一场的战争，场面惨不忍睹。

鼠一点一点聪明和理智起来。据说，一只成年鼠的智商，已经进化到足以超过一个八岁的孩童。

鼠进入了黑暗的、漫长的防御，平战结合，藏与逃并用。鼠把战争和防御的理念渗进血液，编入基因程序，鼠的所有住所都带有防御功能，营建必有防，驻行必有防。鼠们成了最富智慧的防御大师。它们把一处洞穴设计得暗道密布，机关重重，疑阵叠叠。在一次次家园被毁、惨遭驱逐之后，鼠们总是前仆后继，从不放弃。当然，也无法放弃。鼠们向低处、更低处隐匿。深藏于黄土之下的工程，那是一个神秘的、让人惊叹的世界。

它们不再抱有任何幻想，不乞求，也不参与任何谈判。它们一不做，二不休，在地下建起庞大的家园。它们干脆将庄园建在田里，紧邻田垄，直通庄稼。抬头就是禾穗，抬腿还是禾穗，张嘴就能啃到禾穗。除了迷惑和伪装，它们不会走一步的冤枉路。

人与鼠，深埋下战争的基因，代代强化，流淌在各自的身体里。人鼠相遇，必有一战。不用辨认，不用铺垫，没有道理，不必动员。见面就追，过街就打。一只鼠，它还什么事也没做哩，就可能送了性命。

老幼不论，人自为战。这是人对鼠的战争规则。

鼠不是对手，但鼠必须成为对手，这不以鼠的意志为转移。

鼠越来越清楚自己的处境了。鼠的一生，就是时刻准备着赴死的一生。要么死，要么在赴死的路上。它们的大脑里贮存了太多太多关于被屠戮的信息。它们永远绷紧着神经，小心避免与人遭遇，愈加隐秘。它们的防御术炉火纯青，它们以积久的教训，教育着下一代。

小鼠出穴，每一步都如履薄冰。这些一露面即战战兢兢、畏首畏尾的小东西，将安全的按钮设置为第一的和首要的选项。还没出发，先想着撤退，时刻准备着逃，逃，逃。到现在，鼠也不知道自己错在哪里，罪在何方。鼠的委屈没有地方申诉。有谁会听一只鼠的申诉呢。鼠的畏缩可叹复可怜，可是没人可怜，只有仇恨。这种仇恨，没有原因，也不需要理由。鼠时刻准备着，在心里提醒着，在嘴里默念着，逃，逃，逃，它就又一次逃了。

鼠一天一天逃。让逃成为生活，让逃成为日常。逃过今天，今天就是胜利者；逃过了明天，那明天就又是一场胜利。鼠的日子在逃的长路上度过。没有哪一种生物，像鼠一样，对逃的经验如此丰富，对逃的研究如此深邃，逃的本领又如此了得。当然，也没有哪一种动物，这样强烈地刺激了人类，让他们产生这样持久且深刻的敌意。天长地久有时尽，此恨绵绵无绝期。

鼠啊，它们要学会识别陷阱、鼠夹和各种埋伏，学会识别各种各样的伪装和机关，才能躲过一个又一个诱饵，一个又一个。偶尔的一次大意，经不起诱惑，就要搭上性命。每一次逃亡的经验，都被存储，每一代逃亡的教训，都被强化。鼠们的基因序列里，写满了家破人亡，写满了妻离子散，写满了丧子丧偶、失踪与酷刑。鼠们一天天，一代代，玩着危险刺激的游戏。若是在这样淋漓的鲜血面前被摧毁了神经，丧失了勇气，那就只有自杀。据说，陷于绝望的鼠家族，曾经爆发过集体蹈海的惨剧。千千万万只鼠，生无可恋，决绝地跳入大海。这件事足以惊天地，泣鬼神。

要么，就是繁殖。鼠们开始繁殖，大量地繁殖，把繁殖当作武器。越是危机重重的时刻，越是猛烈地繁殖。据说，鼠们的繁殖能力已经达到每五十五天即可翻一番的惊人速度。鼠们悲壮地宣布，马颊河两岸的鼠，是杀不完的。越危难越生，越艰难越生。越是在一场大败之后，鼠的数量就会剧烈地反弹起来。鼠一边拼命地做爱，一边恨恨地发誓，天下的鼠是斩不尽、杀不绝的。

四

田垄里新添了一片土粒儿，土粒儿在阳光下呈现暗褐色，如费力搓成的丸药，铺得那么匀称，堆得厚薄均匀。要是来一场大雨、一场大雪，它就浑然于周边的土地，再也无法分辨了。可在秋收后的干爽的光秃秃的土地上，这一片平铺在地垄里的土粒儿，就显得太过显眼了。一个粗手粗脚的男人蹲在那片土粒儿前，长久地沉思，默默地计算。这要费多大功夫、多少耐心才能挖出呀，这要挖多长的巷道、造多大的宫室呀。

子夜，月明星稀。一支鼠的队伍，开始了田间劳作。它们早就选好了出口和入口，算好了洞口和废料场间的距离。它们要做好掩饰，营造假象，必须将土运到距离洞口至少三丈开外。事实也是，那个洞口，窄如蛇穴，或像一场暴雨留下的小小漏斗，不显山不露水，掩藏在杂草与落叶中。洞口周边则是那样干净，连一粒土星儿也没有，甚至连一点儿爪印也没有。有一棵拉秧子草还那么无辜地长在洞口边上。

鼠们唱起歌。不对，它们只有一张嘴巴，它们的嘴里含着满口的土粒儿，无法唱歌。是蟋蟀和蝈蝈睡醒了，发现了正在劳作的鼠，深受感动，献上了一首动情的歌。

可是，男人很气愤。男人气愤地扔掉手里的土粒儿，睥睨着那个藏匿很深的洞穴，挥动他的镢头。

竖井式的鼠洞，十有八九是假象。用枯叶阻住的，极有可能是真的，小鼠们可能正在那里孕育和嬉戏。用虚土壅塞的那一个洞，极有可能是粮仓啊。

最激动人心的时刻到了。男人把掩在洞口的虚土一点一点清理干净。当刨开最后一层掩在洞口的浮土之后，洞里的黄豆汹涌而出。那是一条长到没有尽头的暗道，粗如男人的胳膊，洞壁经过精心处理，光滑干净，一尘不染。那些颗粒饱满的黄豆，每一颗都是精挑细选的，满满当当堆在洞里，塞得那样满，那样实，稍一打开，便自己溢流出来。如一眼神秘的泉，一眼喷薄着金黄豆粒儿的泉。我的黄豆啊。男人激动地捧起一捧黄豆来。一捧，又一捧，金黄的豆粒儿像金子一样在阳光下光芒闪烁。男人的手有些抖，黄豆在他手里哗哗地流淌。他恍然觉得，他是在挖掘一座宝藏，有一种快感，一种抓住了偷粮食的贼的快感。这都是我的粮食啊，都是我辛辛苦苦种出来的粮食啊。围在他身边的孩子们更是心花怒放，看着男人小心地、不间断地把黄豆捧出来，把每一粒儿黄豆拣出来。小孩子手里那条布袋鼓起来，鼓起来。这一次围剿，成果实在辉煌，布袋竟装满了。

男人看看这些黄豆，又看看旁边站着的那群饥肠辘辘的孩子。他早想好了，黄豆掺玉米，磨出面来，不管是贴饼子，还是蒸窝头，都会又暄又香，会让这些孩子口水直流，狼吞虎咽。这是一个一直为衣食费尽心力的男人，当然不会顾及另一个世界，另一个家族的老小，在这个冬天里，会不会活活饿死。

那只躲在野地里一直观察着这个男人的老鼠彻底疯了。它一定想起了无数个长夜里的奔波，想起剥开每一串豆荚，含在嘴里，一粒儿一粒儿叼回来的黄豆。那是它花了多少时间、多大毅力才完成的一个壮举啊。

这一回，全完了。老鼠瞪着充血的眼睛，从草丛里钻出来，立地跳起，跳了两尺高。它摔断了腿，依然发疯般狂跳奔跑。它绝望地朝着一棵树，一头撞过去，撞断了脖子，撞碎了头颅，嘴角渗出殷红的血。这只伤心透顶的老鼠，它的尸体将在这个深秋里风干，在来年的雨水里腐烂，化为马颊河边的一撮黄土。那一撮黄土，跟一个饿毙的人沤成的黄土，是一样一样的。

几乎在所有的较量中，人总在获胜，鼠总是惨败。可鼠依然在，鼠的数量总不见减少。

有一天，这个摧毁了鼠洞的男人，得了一种怪病，什么也咽不下，食管被什么堵住了。刚咽下的食物，又原路吐出来，吃什么吐什么。肚腹空空，却喉咙拥塞。看着箅子上的黄豆玉米面的窝头，男人摇一摇头。原本健壮的胳膊，原本粗壮有力的双腿，一天天消瘦，瘦成了一根麻秆儿。女人悲伤不已，天天哭泣。孩子们看着炕上躺着的男人，一个个像地鼠一样，悄无声息地蹲在地上，脸上挂着冰凉的泪水。不久，男人终于一命呜呼。一家人塌了顶梁柱，哭声盘绕在村子上空，久久不散。男人的归宿，与那只暴尸荒野的鼠一样，也化为一抔黄土。

有人说，鼠洞里挖出的粮食，是不能吃的，因为那都是老鼠含过又吐出来的，吃了就要得噎食病。这件事曾经深深刺激了我。邻居二游，把挖鼠洞当作冬天里的营生。他把一袋一袋从鼠洞刨出的黄豆，卖给做豆腐的、开油房的。也就是说，被老鼠用一张嘴搬运过的黄豆，早已进了千家万户，进了千千万万个人的喉咙和胃腹。我自不能外。这让我在好长一段时间里，一想起来，喉咙连同肠胃，都痉挛一般抽搐。

可是，秋冬闲日，总有扛着铁锨镢头的人，走进野地，去寻找那些鼠洞。这不是一个寓言，这是一场战事，积年日久的战事。谁也不知道，这场永不止息的战事，它的按钮，到底握在谁的手里。

五

河工们在岸上搭起了一长排一眼望不到边的窝棚。我和亭刚在秫秸窝棚里铺了厚厚的高粱叶，铺了被褥，铺成了一个舒适的窝。我们两个半大孩子霸占了一个窝棚，队长和雨儿叔都宽容地笑笑。挑河，吃住都在这片荒凉的河滩里。小孩子心盛，不以为苦。我们帮厨，送饭，有时候也下到河滩里挑土拉车。半大小子，吃死老子。不到半晌，肚子咕咕叫起来，我们去找雨儿叔要窝窝头。

亭刚的小汗衫突然就不见了，我也感到蹊跷。我们都清楚记得，晚上睡觉扔在窝棚里了。这让我们提高了警惕。

直到河上完工，拆掉窝棚的时候，才在厚厚的秫秸垛里发现了小汗衫的踪迹。一大团高粱叶子、草叶子、破布条子裹在一起，裹成一个半圆形的球。亭刚一脚踢去，将一个草团子踢散，就发现了汗衫。亭刚把小汗衫从草团子里扯出来，竟扯出一堆指头肚大小的肉团儿，吱吱叫着，稀里哗啦散落一地。亭刚嗷地叫了一声。这一窝小鼠，眼睛还未睁开，死死地抱在一起。用小棍子数一数，"一、二、三……"竟然有十二只。它们的四肢那么短，好像还不健全，它们的头脸眉眼都不清晰，就是一个一个小肉蛋蛋，在地上扭动着，攀爬着，看得人头皮发冷。

一阵阵寒风吹拂，小鼠们粉红色的皮肤，瑟瑟抖动，这成为鼠们的又一次劫难。冬天的风太冷，窝棚外面的阳光太亮，小鼠们懵懂地喊叫，淹没在人们的惊叹和愤怒里。

再看看手里那件小汗衫，已经千疮百孔，像是浸了水的纸片一样，稍稍一扯，就悄无声地掉下一块儿来，经风一吹，就变成无数的碎片了。

这样的鼠窝在各个窝棚、各个角落里被发现。一团一团丝瓜瓤一样的草窝，一堆一堆的小鼠，到处乱窜。

鼠们抓紧每一分钟的时光繁衍生息，总是能很快地融入环境，利用环境，改造环境。当初，河工们在岸上搭起一座又一座窝棚，给鼠们带来温暖，带来希望。窝棚在一天，鼠们就借一天；哪天拆了，鼠们再开启新的逃亡。鼠们在任何时候都必须紧紧抓住眼前的幸福，抛弃幻想，积极营造，努力生育。

夜晚，河岸上鼾声四起，应和着窝棚外面尖啸的北风。河工们太累了，满身的疲惫压得他们连翻一个身的力气都没有了。至于一只下夜的鼠，拉走一件汗衫，或是在寂寞的长夜里嚼碎一根秫秸，那此起彼落的窸窣声，对于这些日日劳作的汉子来说，就只当是催眠了。

六

其实，更蹊跷的事，还不是这件汗衫。

雨儿叔添水，上笼，架锅盖，燃着了灶下的火，早早开始预备一顿午饭。这一口大锅很大，能供三十口子人吃饭。

谁也没有留意，一只灰背大老鼠，从灶里一下子蹿出来。这是一只得了幻想症的老鼠吗，为何钻进灶里？这几天，不时有老鼠从草窠里跑出来，一定是被河工们惊扰了。

眼前这个场面，千军万马的，别说鼠和蛇没有见过，我也是头一遭。一条大河道，蜿蜒远去。河道里，黑压压的，一条长龙，人头攒动。河岸上红旗猎猎，标语林立。每隔一段，河岸上还有电喇叭，不时地播放着激动人心的挑战书，播放着鼓舞人心的歌曲。这条人的长龙，无头无尾。好多村子，都是男女老少，一起出动。大干五十天，山河变新颜。这片工地，绵延一百里，还是一千里，我说不好。大冬天里，单衣单衫的汉子，头脸上依然蒸腾着热汗。肩上的河泥，让他们步履艰难。一挑一担，一车一篓，河道里的泥土，被搬到远远的岸上去。

鼠们一定是觉得，这些人在模仿它们，挖一个更大的鼠洞。了不得，人真是一种怪物，他们这种让土石搬家的能耐，可比鼠要强得多了。

鼠肯定是被号子声、脚步声、铁锨镢头的碰撞声给惊到了，美梦被搅扰了。鼠很灵敏，长长的触须，能感到大地的颤抖。地震了吗？它的作息被打乱了，于是大白天的到处乱跑。这一只老鼠，一出家门就迷失了方向，一头闯进了厨房。

其实，是我姐最先发现了从灶里蹿出的老鼠。我姐先叫起来，声音又尖又细，把我给吓着了。全屋的人都被激怒，一起围堵。老鼠慌不择路，在这间简陋的、临时建造的土屋里转了三圈儿，在一群人的围攻中失魂落魄，无路可逃。它思量少顷，做出了一个让人惊掉下巴的选择——一头扎进烘烘燃烧的灶洞里。雨儿叔嗖一声搬起灶前一个木头墩子堵在灶门儿上。雨儿叔的腿不好，一条瘸腿蹦跳着走路，十分笨拙迟钝。这一次的敏捷，让我大为惊讶。锅底下劈柴桦子燃得正旺，全屋的人都听见了暗哑凄惨的叫声。我从来没有听到过老鼠如此凄厉的嘶叫，身体不禁抖了一下，连头发都竖起来了。我不忍，去拉雨儿叔按着木墩子的手。雨儿叔松了手。木墩子倒下来。灶里火苗子轰隆轰隆发出响声，一股怪异的香味随着一团火苗从灶口喷涌而出，把灶口前的几个人都熏到了。

老鼠呢，快跑出来啊。我急切地趴到灶口去寻找，却只看见越烧越旺的火焰，火苗子蹿出来舔舐着我的脸，热辣辣地发烫，让我连连后退。姐姐吓哭了，跑出屋去。我说，快把它弄出来，可了不得。雨儿叔也趴到灶口上去看，却哎呀一声，又抬起头来。我们都凑过去，立即被灶下的一幕惊住。这只大鼠，竟然正正地卧在灶膛的正中，卧在火势最旺的火焰里，周身燃起通红的火苗，火苗不时发出爆米花一般噼噼啪啪的爆响。这大锅的灶膛很大，四壁都有空间，可这只老鼠，像中了邪，偏偏就卧在灶膛中间。雨儿叔想用捅火棍把它弄出来，却发现，这只老鼠早已烧成了一小块火炭。再一拨，火炭就变成了满灶的火星四处乱溅，一股奇异的香味儿，带着烤肉的焦煳味儿，从灶口奔涌而出。满屋子都弥漫起逼人的香气来。在这香气里，人感到眩晕、迷乱。我被眼前的一幕震住了，不知道是害怕还是伤心，只觉得小心脏怦怦跃动。姐姐站在门外，默默地看着灶口，眼里涌满了泪水。

奇异的香味儿住下了，不走了，渗进屋子的每一块土坯、每一道缝隙。等吃饭的人回来，再从墙缝儿里散发出来，钻进他们的鼻孔。这是一群挑河工，是一群在工地上干了半个月的汉子，每顿饭都是腌萝卜窝窝头。当闻到了异香，他们的眼睛像狼一样放出光来，都拽住雨儿叔乱问，什么好吃的呵，香死人了。有一个愣头青，一把抓住雨儿叔的衣领子。你吃肉，我们连汤都不让喝啊。一屋子的人眼睛放着光芒，被满屋子奇异的肉香弄得神魂颠倒。雨儿叔的沉默，更让他们怀疑，脸阴阴的，眼睛四处搜寻，放射着攫取的光。那只大老鼠烤成肉串，会不会被这群累得半死又缺油水的男人，给撕碎了，疯抢了？

还是姐姐，把那个男人一把推开，指着灶洞说，烤老鼠，你扒出来啃了吧。

雨儿叔一张脸沉着，只是忙着盛饭盛菜。忙完了，他端着一只碗，走出屋子。我也跟着走出屋子。雨儿叔怔怔地看着日渐加深的河道，张嘴凑到碗边，喝一口汤。可还没喝到嘴里，他竟伸长脖子干呕起来。我跟在雨儿叔后边，也干呕起来。那一缕邪恶的异香，搅得我们五脏六腑翻江倒海一般。

七

一大苂子玉米囤在院子里。一整个冬天里，鼠们在苂子里安营扎寨。暗夜里，一只潜伏的猫，用那双犀利的、蓝色的猫眼，紧盯着玉米苂子。可鼠们铁了心地待在里面，把我的警告当作音乐了。它们有时候干脆跟我一起喊叫，发出吱吱的吵闹声。那意思好像是在说，有本事你让猫进来啊，有本事你把玉米苂子推倒啊，来啊。我真是有点儿忍无可忍了。

院子打扫得干干净净的，玉米苂子被打开了。棒子哗哗地涌出来。越往下淌，我就越提高了警惕，全家人就越是睁大了眼睛。我们到底要看一看，这里面的老鼠，肥成什么样了。

嗖，一只小老鼠跑出来。它也就大拇手指长，伏在棒子上，一对黑漆一样的小眼睛溜溜地看人。人一上前去，它立即像箭一样飞出。不想正撞在猫爪上，被猫一爪按住，发出吱吱的叫声。我欣赏地看了一眼黑猫，又接着去推玉米。

黑猫睁着一对蓝钻石一样的大眼睛，挲着长长的胡须，喉咙里发着呜呜的声音，像一头威严的老虎。又有一只小鼠窜出，依然那么小，像一截大拇指，像一团灰色的球。小鼠一看到猫，竟然麻了爪儿，缩在棒子堆上瑟瑟的，连跑也跑不动了，在那里抖成一团。这真让人感叹。我在心里蔑视着，再怎么着，也该跑两步不是！

一座玉米苃子，在露天里站了六个月，对于鼠来说，这段时间足够长，足够它们安家立业，生儿育女。玉米苃子立在那里，岿然不动，在老鼠眼里，就是一座山，就是天堂般的家园，就是鼠的黄金屋啊，可以在苃子里大做春秋梦。到哪里去找这样的福地，到哪里去找这样的好日子呵。多少次，我站在苃子前，听鼠们的舞蹈，想象鼠们的盛宴，我只能跺脚，生气，吓吓它们。我不能因为鼠而太过动怒，不能真的就去推倒一座千辛万苦立起来的玉米苃子呵。我只有忍着，气愤着，心里有一百个无奈。

让人深感疑惑的是，清理完一大苃子玉米，除了有几只少不更事的小鼠被活捉，竟连一只大一点的老鼠都没有看到，更没有捉到，更别说一个完整的鼠窝了。

看着被清理得干干净净的院子，我大感不解。这些生在玉米苃子里的鼠，应该长到一尺长，应该筑起华美的宫殿，应该有尽情的繁殖，应该有庞大的家族啊。是太过幸福的日子让它们放慢了繁殖的速度，还是它们早有洞见，趁着子时的暗夜，逃之夭夭了呢？

八

在数不清的漫漫长夜。在河滩里，在田野里，在院子里，在屋子里，在粮仓里，在面袋子和面缸子的周围，在干粮筐子中间，在炕头上和炕洞里，到处都有鼠的身影。鼠咬破了小孩子的耳朵、鼻头，甚至也向熟睡的成人下口，咬破了大人的手指或脚趾。这不是鼠向人类发起进攻。而实在是一次歪打正着。它们啃着腥咸的脚趾的时候，以为是另一种粮食。子夜，鼠的啃啮之声如怨如诉，让神经衰弱的人不胜其扰，不能安眠。点亮了灯盏，鼠一时偃息；重新躺下，鼠声又起。人的日子与鼠的日子，缠绞着，撕扯着，搅动着。

鼠习惯了隐藏，不与人争锋。在咬碎一条布袋、一床被褥、一双鞋子的时候，鼠自以为是辛勤的工作。鼠工作了一夜，把一件刚刚上身的新衣咬成一堆碎末，只是为了磨短它那不断生长的牙齿。鼠在黎明到来之前悄悄撤退，它无法知晓，刚刚起床的人穿不上新衣的愤怒。这是鼠的宿命，也是人的宿命。他们的积怨太深，历史太长。

如此对立，不可调和。无法预料，没有未来。没有谁愿意站在鼠的立场上，也没有谁知道，这场战事，还要进行多少年月。在我记下有关鼠的一些文字的时候，依然不免忐忑，觉得这样郑重地审视一只鼠，这样一只人类公敌的小兽，未免滥情，是否会遭受同类的厌恶或鄙视。

披甲者

刺猬让开大路，不避崎岖，星夜出发；又披坚执锐，穿山渡水，间道而归。刺猬精通法术，能辨人善恶，可以轻松突破各种世俗的障碍。刺猬能逢山有路，遇水有桥，有超验的判断和攫取的能力。土遁，或轻功，在它都是雕虫小技，不值一提。

新年的鞭炮声中，刺猬的背上驮着一块元宝，堂而皇之，被请上供桌。

在母亲制作的所有面食中，在馒头、花糕、枣山之外，刺猬最后出场。如压轴大戏一样，刺猬是最重要的角色。藏金埋银的一座座宝山，只有刺猬能到达，只有刺猬能自由出入。刺猬与元宝之间某种不可言喻的关系，清清楚楚，密切相连。

肥胖的、安静的刺猬，盛在一只洁白的瓷盘里，仪态端正，神气活现。原本细眯的、深藏的一双绿豆眼，此时也饱满圆润起来，泛着绿幽幽的光。神秘，且犀利。

身驮元宝，这是刺猬的标配。

不知道在哪一天，刺猬的形象就这样被固定、被确立下来。

在乡间，刺猬是神仙。

神仙都是神秘的，来无影，去无踪。当然也会发生某种神奇的改变。

刺猬不仅手握打开金山银山的钥匙，带来财运，还能消灾祛病，尤其，它只进寻常百姓家，扶困济危，是草民的神，是乡村和里巷的神。

在春节大典的欢乐里，刺猬成为备受敬重的功臣。

这是马颊河两岸历久弥新的传说，是乡间年年隆重的仪式。

刺猬似乎一直在路上，其神秘的足迹谁也不知道。它不能让人们知道，它是从哪里搬来了元宝。所有的刺猬都知道，只有人蒙在鼓里。在一年中最喜庆的时候，刺猬终于现身了。它从容地迈过门槛，大摇大摆地登堂入室，堂而皇之，安享供奉。没有人提出异议，似乎是因为它的隐忍，或者因为它的隐忍而笼罩在它身上的神秘。

除夕的灯火，照耀着农家院子里一张张凝重抑或欣喜的脸。每一张满布沧桑的面孔背后，都藏着一个小小账本。他们掰着指头，拨着算珠，细细计算着，财富的消长都藏在他们心里。挣了大把的银子，会有丰盛的祭品；亏了损了，会更虔诚地膜拜。

似乎，钱袋里哗啦哗啦响的钱币，都是一只刺猬的馈赠。银子没驮进自己的家门，一年耕耘有亏，一定是自己敬神还有失虔诚，做人还有亏欠。

在寻常平淡的日子里，在一年的忙碌奔波之中，刺猬却一直被忽视，被忽略，一直躲在幕后。

夜晚的瓜棚，月亮初上，静谧安详。就在这一片安静中，有一种窸窸窣窣的声音隐隐传来。像蚕吃桑叶，持续，细密如织，丝丝缕缕。再听，像一把辛勤的镰刀，穿过熟透的麦秸，匆忙地收割，捆扎。又像是老牛的喘息，身背太笨太沉的犁杖，走了太远的路。这声音总是很碎，很散，又很有耐心，一时间满耳都是，如满月的清辉，洒满了瓜园。

什么声音啊，这是？

扇着一把大蒲扇的父亲，似乎也在谛听。之后，平静地说，刺猬嘛。

这是刺猬的脚步声，还是它们在劳作？

挖掘，翻拣，装运，在这一片月光里，一只刺猬，在我的想象里慢慢升华。它身入银山，却并不贪婪，一次只背一块银子。它正把一块无中生有的元宝，稳稳地驮到现实中来。

其实，瓜园中的刺猬，谨慎，胆怯，总是躲避，小心地隐藏着形迹。

一堆滚成球形的枯叶，藏在田垄里，包裹得像一只甜瓜或西瓜。这些枯叶，怎么就滚成了一个球，它们怎么就能抱在一起啊？

小心地撕开那一堆枯叶，里面有一只刺猬。

是刺猬的游戏，还是刺猬的温床？它躲在里面，没有一点儿声响。

夜晚的寂静，适合冥想。爹躺在瓜棚里，谋划生计。我不愿意冥想，便鼓起勇气，独自一人，潜入瓜田，从一片扰攘的虫声中，细心地辨别刺猬神秘的踪迹。它在干什么？

刺猬的警觉让人惊讶。十有八九，你的行踪都会被它发现。在你发现它之前已经被它发现，簌簌之声霎时间停止。碰巧了，你和它撞个正着，它的一双绿豆眼盯着你，如有暗示，让你头发直竖。这个小小尤物，转身，避让，走向瓜田深处。这个笨拙的小家伙，不像兔子，也不像田鼠，它蹒跚着，动作迟缓。你追上它，挡住它的去路，或伸出手去，要去碰一碰它，那它的戏法儿立马就上演了。它在一秒钟之内缩成一个球，将小小的脑袋、小小的眼睛和嘴巴，全藏进这个球里去，藏得天衣无缝。球面上是稠密的直竖的尖锐的刺。这只球会越收越紧。对付狐鼬或猎犬，只这一招，足矣。

田垄里那个叶子裹成的球，是它更好的伪装。不怀好意的狗，一般看不见它，即使看见了，发动袭击，但总不能得逞，倒会被刺猬的尖刺扎得唇破血流，非常狼狈。刺猬从来不，永远不发起进攻。刺猬有自己的大事要忙，不会做无谓的争夺和侵犯。

我对刺猬的任何挑逗，都不能让我爹知道，他会坚决地、严厉地阻止我对刺猬的任何不敬和冒犯。他对刺猬终生保持着虔诚和敬畏。他种下的那只最甜的甜瓜，被刺猬掏了一个洞，甜瓜的香甜弥漫在瓜地里。父亲却表扬刺猬，你看看，刺猬的鼻子有多灵。

的确，刺猬的嗅觉敏锐到不可思议。它知道哪一个地方有一只熟透了的瓜，知道整个瓜地里哪个瓜最早成熟最香甜。它会悄悄地在瓜的接地部位下口，把一个被掏空的大甜瓜仍若无其事地挂在秧子上。这样说可能不确了。熟透的甜瓜，它的芬芳，应该是最好的招牌。是甜瓜用这种方式，招徕刺猬以及那些贪婪的田鼠、麻雀、渡鸦，好替它传布子孙。

作为这片原野的土著，刺猬游走瓜田，当仁不让。在发现了一个最大最甜的甜瓜之后，它的身后，它的儿女，一群更小的刺猬，会络绎而来，一起品尝这个夏天最爽口的美味。小刺猬干脆钻进甜瓜的肚子里去，吮吸甘甜如饴的汁液，让自己沉醉，直到这个瓜只剩下一个空空的皮囊。

一个看上去饱满的甜瓜或西瓜，青绿色的花纹兀自展开着。如今，它成了配合刺猬作案的一个极好的伪装。刺猬呢，早已优哉游哉，寻找下一个目标去了。

瓜田里有刺猬出没，是对这片瓜田无形的奖赏。瓜农种出了最香最甜的瓜，刺猬是最好的品鉴师。父亲自豪地向人炫耀，有几个甜瓜，被刺猬相中，像中彩一样。

大刺猬后面跟着两只三只鹅蛋大的小刺猬，它们一字排开，在铺满杂草和枯叶的田垄里走路。它们像是散步，像是游历，也像是一次搬迁和跋涉。这样的画面常常引人遐想。大刺猬走得沉静、小心，蹚起一路的窸窸窣窣。小刺猬尖尖的嘴巴紧贴着地皮，不见脚掌，圆滚滚的小身体，一路窃窃地向前滑行。不是常年守在瓜地里劳作的人，这种机会很难碰上。连我爹那样麻木的一个人，看到刺猬全家出行，也呆呆地盯着，嘴角儿现出笑意。

在传说里，刺猬是行侠仗义的侠客。它的一件夜行衣，可以隐匿行踪，专惩那些横行乡里的恶霸、打家劫舍的匪徒。大年初一，谁家整盖帘的水饺，不翼而飞。一家人不敢声张，会暗自检讨，想想一年里做了什么亏心的事。又有贫寒人家，一年到头，称不来半斤猪肉，一家人蜷缩炕头，在人家庆贺新年的时候，衣食无着，小孩子眼泪汪汪，啼饥号寒。可就在新年的一早，锅台上，莫名地多出了整盖帘的饺子。于是烧水下锅，一家老少，总算有一碗饺子吃，得以度年。猪肉韭菜馅儿的，又鲜又香。

这样的功劳，被乡人们统统归于刺猬。婶子大娘们窃窃私语，言之凿凿。

刺猬掌握着人间的善恶，导演了真真假假的故事，每年上演。人人都相信，上苍真有一双慧眼，可以铲尽罪恶，除暴安良。

冬天是一年最难熬的日子。刺猬也在悄悄忙碌着自己的衣食。它知道哪里能找到粮食，以维持它最低的温饱。爹端着一筐铡碎了的麦草，倒进牛槽。牛们饥不择食，猛烈地下嘴。不想却哞哞怪叫起来，纷纷后撤。爹疑惑地翻拣牛槽里的草，竟被尖刺扎破了手。才发现，一只刺猬，团成一个球形，正藏在草间。爹甩一甩手，将刺猬移出。老牛自然不会明白，主人为什么弄这个东西来，平白无故地惩罚它。

　　有一年冬天，爹跟随村里的一帮年轻人赶着大车到山西去拉煤。中途给一匹赶脚的黑驴喂草料，不想从布袋里倒出一个圆滚滚的家伙，竟是一只刺猬。爹喂完黑驴后又悄没声地把它装进袋子里。他真心不舍得把这只刺猬扔在半路。而且，谁又能有把握，这只刺猬不是为着要往家里驮银子才出这趟远门的呢。这一路不管遭遇怎样的艰难，即使风餐露宿，爹都坚定地护着这只草袋子，把这只刺猬从几百里地之外，又拉回家来，不动声色地把刺猬放回草棚。他在心里期盼着，这是上苍送给他的最好的彩头。果然这一年间，他就好运连连。

　　柏油马路从城市修到乡村，一路四通八达。刺猬的消极防御策略，在强大的车轮面前变成致命的弱点。不止一次见到遭遇车祸的刺猬，惨相让人头皮发麻。在隆隆开行的汽车面前，刺猬布满尖刺的皮毛，显得愚钝而不合时宜。车轮滚滚，风驰电掣，刺猬在这些钢铁大侠面前，依然以不变应万变，将自己缩成一个球，卧在马路中央。这些横冲直撞的铁头怪兽，哪里信这个。一个血淋淋的肉球儿，被无情地从刺猬的皮囊里挤出来，眨眼便成为一张肉饼，血糊糊地贴在路面上，让人毛骨悚然。

　　表面看上去满身尖刺的刺猬，似是拒人于千里之外，骨子里却荏弱善良。时至今日，它那千百年来千锤百炼的生存智慧，却在经受最严峻的考验。

狸　猫

白天，我将一只殉难的兽埋葬，野地里便隆起一座小小坟墓。当天晚上，发生了一件诡异的事。

月色中，一只兽沿着河湾迤逦而来，两只眼睛，发出幽微的蓝光，如荧如电，闪烁着，让洒在野草和野树上的月光，都染上幽幽的蓝色。

它好像正冲着我这座小屋子而来。蓝光一路闪烁，晃动着，沿着白天我走过的路，时停时续。那两点蓝光，特别诡异，游移不定，徘徊不止。我退到屋门前的暗影里，看着这只兽。它绕着我这座小院子，缓缓转了一个圈子，在关紧的栅门前驻足良久，之后，缓缓退去。跟在两点蓝光后边的，是一个硕大的、暗淡的、被月光越拉越长的兽影。

月光将一只兽的轮廓清晰地画在草地上，画在我心里。

这是我迁居这片河湾之地以来从未见过的。它的体形，尤其引起我的猜疑。

我反复比较，它与狼、狐、貉、獾、鼬，以及游荡在马颊河上的野猫野狗之类的区别。这只兽，身高不过两尺，体长却有三尺以上。看它的长长的尾巴，轻巧的四蹄，像猫，又像狐，却比猫和狐都要大。不时压低，类似于匍匐的腰身，又似鼬，却比鼬大出更多。它的流线型的、美丽曼妙的身体，更像一只豹，可豹子不是马颊河的物种。也许，只要我跺一下脚，或轻轻咳一声，都会激发它闪电一般跳跃，直扑过来。当然，更有可能是逃开去。

臆测中，我已经把这只兽妖魔化，它的攻击性几乎是我本能的情境设置。

这让我想起白天里那一件兽界的凶杀案。

又想起在马颊河早已成为传说的那只兽中之王。

有月亮的晚上，一群孩子聚在村头上，玩斗牛，玩锦鸡翎扎大刀，夜深不归。母亲呼喝斥责，最唬人的一句话是，小心让猫猴子叼去。哄骗哭闹不止的孩子，母亲们也是这么一句，让猫猴子听见，把你背走。

她们说的猫猴子，我现在猜测，应该就是狸猫。乡亲们俗称猫猴子，大约言其能够腾驰跳跃吧。

最骇人的一件事是，村子里居然有人真的死于一只猫猴。且故事传来传去，越发神化了这只怪兽。

马颊河北岸是查拳的发祥地。乡间习武成俗，小孩子多多少少都会走两趟。堂伯少时是村子里练功最好的一位少年，被师傅看重，引荐他去外乡拜一位更有名的武师。

冬季农闲，昼短夜长，最宜练功。天一擦黑，少年便揣上几个窝头，奔出家门，赴外乡师傅处练功。练功之人不惧长途行走，出门时，腿上还常常绑了几斤重的沙袋。二三十里土路，脚下生风，不消半个时辰便走到了。

师傅巷口放有一石礤。少年照准石礤，左三脚，右三脚。几年下来，把石礤两头的棱角踢平，竟踢成了一面石鼓。

据传，堂伯练拳的方法，是在墙上钉上厚厚的一摞草纸，百拳下去，能把草纸打透。

打麦场上常有空屋，为护场者用。一般以笨重的土坯垒就。有一次，堂伯路过一座废弃的场院屋，觉得拳上有劲，冲着场院屋的土坯墙打下去，竟将两块土坯打飞出去。

那时吃水要用辘轳。将一只重约二十斤的木头水桶挂于辘轳上，往井里放。借助惯性，辘轳快速旋转，冲力很大。被辘轳的木柄碰到，轻则头破血流，重则折胳膊断腿。摇辘轳的人常常呵斥小孩子，让他们躲得远远的。为了锻炼臂力，堂伯却故意用胳膊去挡飞速旋转的辘轳。一放，一挡；再放，再挡。嫌重量不够，他还故意装上半桶水往下放。辘轳拍打胳膊的声音，如牛头撞墙，咚咚锵锵，村里村外都能听到，人人称奇。

一位练了三年功夫的小师弟想感受一下师哥的功力，非要跟堂伯比试一下。小师弟使出浑身解数，用尽力气，可撼不动堂伯分毫。而堂伯并不用力，总是轻轻一点，小师弟就跟跄趔趄不止；再点一下，小师弟就趴到地上去了。既看不见堂伯出拳，也看不见堂伯躲闪，可堂伯每个小动作都力道空前。几个回合下来，小师弟灰头土脸。小师弟挽起袖管，胳膊上青一块紫一块，到处都是。到第二天，小师弟的一双胳膊竟然抬不起来了，痛了好长时间。小师弟心服口服，下决心练成好拳法。

我这位堂伯，为人木讷忠厚，一身功夫，从未在人前炫耀过。相传，梁水镇上有一位武林高手，姓孙，名殿臣，远近闻名，非要跟堂伯比试。堂伯指了指院外一块练功石说，你能踢得动它吗？武师先踢了一趟腿，运足了力气，照准石头就是一脚，竟真的把一块巨石踢得颤动起来，于是得意扬扬。堂伯不动声色，先来了个旱地拔葱，又来了个雄鹰展翅，整个人在空中飞了起来，一只脚冲着巨石踢下去。只听啪的一声，巨石翻了一个身，竟掉下一大块石片来。孙殿臣一看，自觉不如，惭愧退去。

　　说这些，似与一只吃人的兽，并无关系。

　　一日，堂伯跟他的小师弟，在师傅家里练功。看看夜色已深，就告别了师傅，一路往回赶。夜深人静，原野里，只有两人双腿迈动的风声。远处的鬼火，与荒野里不时传来的兽声，都被两个血气方刚的年轻人，抛在脑后。

　　正是冬天，四野开阔。两人一边疾步如飞，一边不时地比画着刚刚学过的拳路。爬上高高的大堤，走到一棵粗壮的杜梨树下的时候，堂伯似有第六感一般，嗖的一下飞将起来，就地一个细蛇抽身，滚出一丈开外。未待起身，就听见小师弟哎呀一声大叫。

　　一只大兽，身长五尺，修身巨尾，已将师弟扑倒。堂伯不容思考，拧身而起，整个身体悬空，将全身的力气凝聚到右脚上，如箭一般踢出。

　　堂伯出脚快如流星，重似铁砧，就这一脚，一头牛也会被踢得就地打滚，一头猪也会被踢得飞起来。

　　说来也怪，堂伯的脚就像是踢在一团棉花上，一片柔软的云彩上。脚尖上轻飘飘地飞起一物，伴有一道蓝色的闪光嗖一声在他眼前划过。那野物竟像一片羽毛一样，轻飘飘地飞走了。

　　堂伯待要举拳再打，哪里还有野物的影子。远处，幽微的蓝光闪烁处，传来类似猫头鹰一般戏谑的怪叫。堂伯最终也不知，那兽是滚是跳，还是驾云飘飞逃走的。

　　小师弟躺在地上哀号不止。

　　堂伯上前去扶。刚一碰他的胳膊，小师弟的号叫声更大了。

　　那只兽不知是用了它的利爪还是牙齿，袭击了他的胳臂。小师弟就觉得右臂上如触电一般，挨了重重一击。他的整条右臂立时麻木。

　　细细检查，小师弟身上却无外伤，只是腿软，两条腿像面条一样再也用不上一点力气。堂伯将小师弟背到背上，一路背回家去。

不想，第二天，小师弟的脖子竟然肿胀起来，胀到跟脑袋一样粗，喉咙憋闷到无法呼吸。待堂伯和师傅来到，小师弟早已一命呜呼。

村里老人说，这是让猫猴子扑了。

师徒二人悲伤莫名。师傅说，这孩子刚习武术，功法不精，若学到堂伯的功力，自可调动气功，将血脉打通。可惜，白白搭了一条性命。

猫猴之祸，一时哄传乡里。

我出生时，我这位堂伯已届花甲。我长到十多岁，老人已年逾古稀，却依然耳聪目明，步健身稳。一半是仰慕，一半是好奇，少年时我曾环绕其膝下，纠缠着这位堂伯指导习武，讲述往事。

说起那只兽，堂伯说，情急之下，哪里看得真切。乡野荒僻，怪兽也多，要将每一种兽都叫上名字，可不是一件容易事。

我让堂伯讲讲那只吃人的兽。堂伯说，平原无所藏，不比山地，马颊河两岸哪有真敢朝人下口的兽啊，除非被逼无奈。那只狸猫，就称为狸猫吧，它的藏身之地，就在那株大杜梨树侧的土岗上，荒野偏僻，少有人迹。我们贪图近路，打扰到它，它以为对它不利，便被迫还击。冬野荒疏，饥不能择食。野兽伤人，也是有的。

堂伯深自感慨的，倒不是野兽的攻击，而是它的防御。堂伯以习武之人的眼光，去评判那只兽，说那兽有借势运势之功，人就是练一辈子也休想达到。

堂伯说，我那一脚下去，是块石头也会碎了。可那个小东西，竟能将我的脚力轻松化解，不但伤不了它，它还能借了脚力，轻松跃起，逃之夭夭。化解之快之捷之娴熟，可不是一件简单的事啊。

堂伯那么平静地叙述，既没有对一只兽的怕，也无替师弟报仇的愤，倒有着对一只兽的敬爱与赞叹。

我问，那只兽是有三头六臂，有毒舌獠牙，还是有遁地功、隐身术呢？

堂伯就笑了。

从体形上说，它比不上一只老虎，但比猫狗大。耳小尾长，样子怪好看。至于嘴巴是尖尖还是圆圆，四蹄如罴还是如豺，因为夜暗，哪里看得清楚。事发之后，有好事者曾亲往其处，寻找当晚留下的蹄印，复盘打斗的场景。有说蹄如兔，有说蹄如狐，甚至有说蹄如鹰鸷。之后，各种各样的传言满天飞，求证于堂伯，堂伯总是笑笑，不说真也不说假，置身事外，绝不出言。因为再说下去，就传得更没有边际了。

像一只豹子吗？

堂伯一震。说跑荒东北大森林的时候，他曾亲眼见过豹子。

堂伯同意我的猜测，更像一只豹。

冬天难熬，大雪一来，万物匿迹。狸猫无所猎，就会到村子里来，袭击鸡鸭之类。狸猫捉鸡，拿手好戏，根本不容鸡叫出声来，便已拖走。跟一只鼬捉鸡时，吱哇乱叫的鸡叫声，形成强烈对比。对于小一点儿的猪羊，狸猫也能将其从墙头房檐上拖走，神不知鬼不觉，真正是捕猎高手。

这样一只有着高超本领的兽，晓隐夜出，长有一双夜光眼，老辣狡猾，隐迹息影。故多少年来，村子里就没有人真正亲见过一只所谓猫猴子的真容。

一条大河拖拽出大片未开垦的荒坡野岭，大大小小的兽藏匿其间。在人类介入这片土地之后，兽们的生存就更艰难了。

堂伯走了。村子里最后一个见过狸猫的人走了。

之后，与狸猫有关的消息越来越少。

狸猫越退越远，连有关的传说也越来越稀疏了。

那个妇孺皆知的关于猫猴子的唬人语，也彻底成了一个传说，越传越虚，越传越成了一个可以随意捏造、形象万变的玩偶。

直到我在河滩里看到一只兽，一只兽的尸体。

说是尸体已经非常不确，其实只是一只兽头，以及仅剩了一半的椎骨。应该是一只狐。

我蹲在这只兽头前看了半天。从它的形体和零散的皮毛判断，这应该是一只成年且健康的狐。

兽与兽之间的恩怨，无从知晓。它们的生存法则，让杀戮和侵害都有了另一种解释。虎不吃羊就会饿死，狐不吃兔也无法生存。可即便如此，眼前，这只狐的惨烈之状，依然让我有深深的不适。我对食物链底层的生灵们，从一只蠓虫到一只鼠，无不怀有深深的怜悯。

还有这一只生活在马颊河的狐。

连一只狐也有如此可怕的对手吗？

在我的有限的认知范围内，一只生活在马颊河的狐，它的本领千锤百炼。

又想起堂伯。

他生前说过的不多的话，似乎都有深意，在当时就让我震撼。

他是以一个习武之人的眼光来看人看事的。那是热血和汗水浇灌出来的眼光和见解，带着入心入肺的烧灼感和疼痛感。

他说，其实，每一种兽都是武林高手，都有它们的独门绝技。它们的武功，人是学不来的。

它要活下去啊。它的每一口饭食，每一夜酣眠，都要凭借武功去获得，去保护啊。小到鹰燕，大到虎豹，莫不如是。

堂伯说，查拳的掌上功夫是从哪里来的，其实，就是从鹰那里借来的。鹰的爪能入皮入肉入骨。

堂伯说，景阳冈上那只老虎，说书的人有声有色地说它的一扑、一掀、一剪，其实，是把老虎看轻了，把老虎的功夫大大简单化了。在堂伯看来，老虎最大的武功是耐。耐得住，耐得住烦，耐得住躁，爬冰卧雪，与天地为一。为什么说老虎不发威像一只病猫啊。虎和猫，它们共同的功夫，都是耐。等着对手出招，等着对手出错。对手动，则动，对手不动，则不动。对手出现了，老虎就有机会了。你看看老虎的眼睛，虎视眈眈，那不是阴，不是狠，那是毒。怎么个毒法儿，盯住一点，不及其余。就是不分神，不走神，如离弦之箭，盯死你。

堂伯的这些话，极准，极真。想想，那正是他手上、脚上功夫的活化，没有虚言。

也许是那只狸猫带给他的印象太深了。他不止一次地提及。

他说，就说那只狸猫吧。那么大一个家伙，从树上跳下，如一股轻飘飘的风。不是那股风，你就不知道有什么东西落下来。那可是一二百斤的野物，从高处落下来，怎么能没有声音呢？可它就能轻如一片羽毛，悄无声息。我要不是练了那么一点三脚猫的功夫，那个晚上，可就跟我的小师弟一样，成为狸猫的掌下之魂了。

话说回来了。它要是轰轰烈烈的，它就逮不住猎物了，它就要饿死了。

他这样去说一只兽，我深感惊讶。

在那时，我对那样一只兽是又恨又怕。我一直在想，那个晚上，若是换作是我，不用这只狸猫出手，它只是叫上一声，用它的蓝眼睛盯我一眼，也会把我的魂魄吓掉了吧。

你不恨它吗？

堂伯笑了。

堂伯说，人有人情，兽有兽理。天地造人，跟天地造兽是一个理。

它要吃掉你是因为它饿，而不是因为它对人有多深的仇恨。这里面没有对错。说真心话，我倒是很感激它哩。就那一次交手，我从它那里学了很多。轻而快，准而狠，避与退，扑与扯，都恰到好处。避实击虚，切中要害；知难易，懂进退；攻时全力以赴，退时自然天成。从心里说，兽最可爱的地方是，不会像人那样，无节制地占有，所谓攫尽天下良田而不嫌多，霸取天下山川而不知餍。而兽只为一腹之欲，吃饱喝足，足矣。

也是堂伯这一段话，打破了我从儿时形成的对一只狸猫的畏惧和憎恨。行走于原野深处的精灵，它的种种行迹，都是上苍馈赠给它的生存本领罢了。

武术是什么呢？

堂伯说，哪有什么武术，那就是人的本能。往远了说，我们的祖先，人人都是武林高手。因为人要吃饭，也要活命，就要在丛林之中与兽争食，于是人就活出了许多独门绝技。日积月累，代代遗传，就有了武术。只是后来，人的日子越来越优越，那些独门绝技，也就没有了用武之地，就渐渐都丢掉了。

活法变了。

人不再虎口夺食了，不再与兽抢食了。比如，原本人的眼睛是能夜视的，人的牙齿是能啃得动毛皮骨骼的，人的耳朵是能听到极远极远的动静的，人的手脚是能飞檐走壁的。这些都丢掉了。

武术者，想着把这些东西再捡回来。

然而，能捡回来的，都是最简单的。真正的，极端的，出自天然用自天然的本领，是无论如何也捡不回来啦。

那些遗自祖宗、藏于血肉的本领，原本是很让人震惊的。五根手指，能够如锥，如钳，如钩，如锉，如剑，如钻。两条长腿，还能踢，能踹，能盘，能挂，能转，能旋。这些原本人人能通、无师自通的本领，在长久搁置之后，它自然就沉淀了，休眠了。它睡在人的身体里，血液里，骨骼里，睡在人的心里。它们睡的时间太长太长了，有的就消隐于日常劳作，再也无法唤醒了。你要是愿意把它们一一喊醒，那就得下大功夫。什么飞檐走壁，水上漂移，隔山打牛，就看你是不是能把它喊醒了。

没有人知道，这位天天温和沉默的老人，在他的世界里，曾经走得多远。他的所思所想，有多深。没有人知道，他的心里究竟还装着多少新奇的故事。可惜，我那时就已经沾染了很多世俗的坏习惯，太浮躁，太虚狂，错过了向身边这位智者更多求教的机会。

堂伯死的时候，九十九岁。这个数字并不准确。在过了九十岁之后，他的年龄就没再增加过，每一年间，他都把手指头勾成一个弯钩，所以没有人知道他的确切年纪。堂伯用自己一辈子的修行，活出了自己的境界。

两道蓝光。

我得说，这不是传说。

不知道是忠厚的堂伯欺骗了我，还是我所见到的，根本就不是堂伯所见的那一只兽。这只我从未见过的兽，它的硕大的身影，消隐于月色里。

这样一只硕大的兽，能俘获一只狐，能在一条河上隐身，能长久生存，它跟我的日常经验里所有的野物都对不上号。

它的时而模糊时而清晰的轮廓，画在草地上，也画在我的心里。

我不知道，它此来的目的是什么。是侦察，是忏悔，还是要与我重新探讨它与一只狐的关系？

在一条河牵出的人世繁华的间隙，在人烟稠密的夹缝中，依然还有这样一只兽游荡在原野里。它像一个幽灵，原野的幽灵，给这片土地平添了些许神秘。这是这片土地的仁慈，也是这条河流的恩赐。

它是那只传说中的狸猫吗，还是一个新的传说呢？

牛本善良

一

我依然无法排遣深深的羞愧。祖先头顶上那一对锋利粗壮的长角，到我竟退化到如此猥琐，如蜗牛头上的一对触角。

我的角上，能刚好套上两个铁环，铁环连着绳索，绳索在我的鼻头上方打一个结，牵出一根长长的缰绳。

那是我的一个耻辱的印记。

传说中，我的一对长角，能扯起白色的云彩，搅动绿色的风，晃动在羊草、冰草、披碱草的波浪里，和狼尾、苜蓿、马兰花一样茁壮，是原野里最招摇的风景。锐利的长角，能吓阻虎豹，能刺穿狼的胸膛，也能与同类角力，碰撞出火星。一对威风凛凛的牛角，那是剑与刀，是锤与斧，是牛身上最亮眼的标志。

我应该怎么来叙述这件事呢。

早晨，炊烟早已散去。母亲用异样的目光看我，也看那位尖足老太太。只有母亲明白，这个早晨，将有一件大事发生。一个仪式，或者，干脆就是一次判决。可母亲一个字也没透露给我，它只用它忧虑的目光看着我，只用它温暖的舌头，舔舐着我金光耀眼的皮毛。无论如何，它都为我骄傲。

我刚刚断奶，青草的滋味第一次让我着迷。哇，世上还有如此芳香的美味，我渐渐放下了对奶水的依恋。自由的风掠过草尖，力量从我的胃、我的肋骨，一直传递到四肢。

这个早上，母亲用喃喃细语阻止了我的跳跃，用温柔的抚慰让我安静。

尖足老太太从台阶上走下来。她挥一挥臂膀，荷锄的男人放下他的锄头。

他抱住我的脖子，递给我青草。我以为这是又一次游戏——吃的游戏，或者乐的游戏。

一件散发着浓重汗味的白衬衫一下子蒙住了我的双眼。

就在我没心没肺地咀嚼青草的刹那，一柄锋利的剑，瞬间刺穿我娇嫩脆弱的鼻骨。

也许是一支箭，也许是一枚子弹，也许是一根烧红的钢钎。总之，带着蛮霸，带着仇恨，带着凶狠，强横地，突然地，击中了我。我的头颅被击碎了吗，我的心脏被击碎了吗？我的整个身体，连同我的灵魂，就在那一刻突然爆炸，血肉横飞。我失控的蹄足肆意腾跃蹬踏。

整个世界的疼痛都压在我的身上了。疼啊！我凄惨悲壮的哞叫和我狂跳不止的身体，一同砸在那个男人的脚掌上。那个男人的惨叫便和我的嘶鸣搅和在一起，让天地战栗。

母亲用它仁慈的目光覆盖我，用它温暖的舌头舔舐我，我的肩、我的背、我的小腹、我的脖子、我的脸、我的鼻子，以及鼻子里流出来的一滴一滴的血。那也是它的血，它的疼痛。我的声声哞叫，那也是它的压抑在内心深处的无奈和哀号。

母亲又转过头来，看一眼蹲在地上不住哀号的男人。母亲附在我的耳边，轻轻地，然而又是重重地发出一声叹息。

穿过我的鼻骨的，是一根竹签。鲜红的腥咸的血，顺着我的鼻孔，流过绳套，滴落到母亲的鼻头上，舌头上，脚掌上，土地上。

我从未料想，会有如此摧残和羞辱。

我，做错了什么。

两行热泪，打湿了母亲的脸颊。

母亲伸出温暖的舌头，再一次舔去我的泪水和血水。

孩子，这是你必经的劫。

在我凄厉的号叫里，母亲的心大约也要碎了。

孩子，这是你的光荣。

说完这句话，母亲的目光望向那个冷静淡定的老太太，望向她的尖足。定定的。

是，我早就发现了。

那双与众不同的脚，那个连站都站不稳的女人。

那也是一场劫吗，也是一种光荣？

我一直以为她天生就是那个样子呢。

母亲说，尖足老太太四五岁时，她的母亲拿出一条长长的裹脚布，将她四根稚嫩的脚趾，一根一根勒住，勒断，踩在脚板之下。

小女孩的哭声惊天动地。

我似乎听到脚趾啪啪断裂的声音，听到那个小女孩凄厉的哭叫，就像刚刚我的哭叫声一样，让大地摇晃。

我的眼前，一片血红。

那是透过那一件白色的汗衫洇出的红，那是天上的太阳割破了脉管流出的红，那是那个小女孩被掰断的脚趾和我被刺穿的鼻骨流出的红。

这让我对老女人的愤怒减轻了少许。

虽然，我弄不明白，这两件事之间到底有什么联系，能有什么联系。

那个一直蹲在地上，抱着他的右脚掌，不停哀号的男人，在很长一段时间里，瘸着一条腿，下地，回家。回来的时候还不忘捎回最嫩的青草喂我。他没有迁怒于我，依然像原来那样，对我笑，陪我玩，给我扫净身上的泥土、草屑，领我饮水、散步。只是，我的鼻头上多了一根缰绳。

这一根穿过我鼻骨的缰绳，就成为我的羁绊，我的牢狱，我的孽障；同时，也成为我的园囿，我的规矩，我的法则，我的刻在骨子里的习惯，我的指引乃至归宿。自晨至昏，自春至冬，自少及长及老，直到终死，它都穿在我鼻骨上，吊在我的鼻头上，挂在我的头顶上。

那位豢养我、驾驭我的男人，时常随意地把那根缰绳盘在我的头顶上，或者就搭在我的肩膀上，走在我的前头，或是跟在我的后头。可我依然感觉，那一根缰绳，仍就牵在那个男人手里。不这样，我似乎就不会挪动蹄足，不会迈出脚掌，就不会走路了。

这条缰绳，就拴在了我的心尖上，灵魂里。

我为我的两只不争气的牛角感到羞愧。

或者，就是从戴上笼头的那一天起，我头顶上那两只角，就再也没长大过。那两只如蜗牛角的角就那么卧在我的头顶上，像两根软骨，像两瓣生姜，扭曲着，盘旋着，再也没有长长，长壮。角不像角，刺不像刺，却刚刚能够挂上两个铁环儿，牵出一根缰绳。

传说中，我的祖先，活在古老的原野里，自由而奔放。它们的头顶上，两只凛凛的长角，真威风啊。那是它们的武器，也是它们的配饰，让它们不怒而威，雍容华贵。它们绝不像一只野鼠，也不像一只野兔，不停地打洞，而是撂开四蹄，亮出长角，进退有度，不失镇静。

有多少生灵，盯着那一对长角，徒然仰望，徒生羡慕。羚羊、山羊、驯鹿、梅花鹿……它们模仿心切，头上也慢慢长出角来。可它们的角啊，要么短，要么细，要么杂乱无章，乱糟糟地举在头顶上，反倒增加了身体的负担，给战斗和逃亡都带来麻烦。

那一对长角，是我的祖先的荣耀。

那一个时代，是我的祖先的美好时光。

而我是它们不肖的子孙。

母亲却有更高明的见解。母亲说，倒不如说是一种进化，更合适。

同样进化的，还有我的肩峰，那块本来平缓如流线型的肩胛骨，如今高高隆起，堆聚起铁石般坚硬的肌肉。它扛得动重轭，拉得动大车。还有我的蹄足，长得越来越厚，越来越宽，可以踏碎砖石，可以踩碎瓦砾。更大的进化，是我原本积聚在那两根长角上的力量，都转移到我的肩峰上。犁耙耢耧，样样精通，所过之处，土地震颤，草树摇晃。四枚蹄印儿，如四枚篆刻，深深地刻在土地上。

母亲用它温厚的嘴唇抚慰着我。

我的孩子，这都是你的福祉，也是你的宿命。

是，退出与自然万类的角逐之后，以人为伴，或与人为奴，就成为我的宿命，我就开始了漫长的退化之路，或者，真像母亲说的那样，是进化之途？

在这片年年深翻细耕的土地上，一双长而锐利、坚而美丽的牛角已然成为摆设。

角逐，是一个残酷的词，如今，都成为遥远的风景。不再缠斗搏杀，长角的角质软了，斗志懈了。直到退化成两只蜗牛角，只够套上两个铁制的圆环儿。

拉犁吧。我和那个千辛万苦的男人，我们一起，把笨拙的双脚，踩进坚硬的土地。就这样深一脚，浅一脚，再也没走出过这片土地。

多少年了。那一对长角，它的使命早就结束了。

我的宿命，就是跟这个男人捆绑在一起，用铁制的犁铧，去翻动每一片土地。一年又一年，去翻，去垦，去搅动，不留一点儿死角。他是在播种，可我一直疑心，他是在寻找。看着他排开了犁杖，辛勤地耕耘，那一种执着，唤醒了我内心的倔强。我总是有一种冲动，就在下一片田垄，就在下一条墒沟，一定会有奇迹发生。

男人的宽厚、呵护与陪伴，逐渐软化着我，感化着我，让我沦陷，让我信赖，让我甘心为奴，让我甘愿与他相依为命。

就像一场大雪，年年飘落在这片土地上。就像前额亮晶晶的汗水，日日洒落在脚下的土地上。从春分到秋分，从夏至到冬至，从黑发到白发，这个男人始终不渝的自信，深深感染着我。为此我们耗尽了力气。

没等来奇迹，没有。男人期待的宝藏，也许埋藏得太深，也许我们的犁杖还没有触及那一片土地。我们就只能继续，只能年年深怀着盼望，继续耕耘。

在苦难与艰辛的游戏中，我渐渐忘记了来路，也忘记了初衷。我才明白，长在祖先头顶上的那一对长角的退化，实在无法避免，演变才是顺理成章的事。

让我深感震惊的，是不止一次看见那个男人的眼泪。他避开男人，避开女人，甚至避开满野的庄稼，也避开满天的星月，唯独不避我。在牛棚，在槽头，在深夜，在我的其实也常常是他的那间简陋的起居室里，他会抱住我的脖子，眼泪落在我的头顶上、脸颊上、眼眶上。每当这个时候，我的心脏就会猛地疼痛起来，为他，这个跟我一起拉犁的男人。我似乎一下子就懂了这个男人。失落，孤独，会让他如一根融化的冰凌，随时崩溃，会在坚硬的土地上摔得稀碎。

我的一颗心，竟跟这个愚执的男人离得这么近。我早就跟他一样，为这个院子里所有的人和事而忧虑，而幸福，而烦恼，而兴奋。可他有时候将目光远远地投向窗外，投向原野，投向天空，我很想知道他到底在想什么。

他把所有不能与同类交流的话，说给我听。说得深情，说得激愤，有时候又说得玄远而渺茫。说实在的，他的很多话，我真是听不懂，但是，我能体会到他的所有的苦楚，所以不回避他那双眼睛。我有足够的耐心，也有足够的真诚，静静地倾听。我知道这个男人的勤劳和勇武，也知道这个男人心里的挣扎和困顿。

的确，单单耕作已经不易，耕作之外，他们还有太复杂的思想。可是，这只两脚兽，他自己筑起高高的围墙，把我，也把他自己牢牢地圈在里面。

夏日的傍晚，男人陪着我一起走进晒热的河水。月光下，男人的胴体，肋骨分明，单薄瘦弱，让我心疼。

好像就是在那个晚上，我竟发现了一件奇怪的事。这个男人的身上，缠绕着一道一道无形的绳索。粗的，细的，似荆，似麻，有的甚至是笨重的铁索。那一刻，我惊讶万分。

他撩起温暖的河水，洒在我的身上，为我洗一个痛快的热水澡。他的双手不停地在他的胳膊上、胸膛上、大腿间和脊背上，用力地搓啊，揉啊，那些汗水凝结的泥垢，像蚯蚓一样滚落。可是，那些绳索，每一条都深深地勒进他的肌肉里、骨骼里，长在他的五脏六腑上。它们或松或紧，或深或浅，触之有声。

这个被一条条绳索紧紧捆绑的男人啊，藏在内心的苦到底有多少，有多深呢？我禁不住热泪涔涔。一声长呻，道不尽我的怜悯。男人又一次抱住我的脖颈，一双红肿的眼睛里，流淌着两条深不见底的河水。

其时，这些两脚兽们，看不见他们身上的、心里的绳索。

有时候，在一闪念之间，似乎要看到了。比如，一场浩劫，一场杀戮，一场掠夺；一场大病，一场大灾，一场购房买卖，或某一次婚丧嫁娶，就有可能暴露出发生在两脚兽们内部和外部的种种纠结和危机。每一次发生，就有一条绳索突然勒紧，勒得肌肉隆起，连骨骼几乎也要勒断。他的眼睛忽然闪光，去抚摸那些隆起。他颤抖着，摇晃着，要去解缚那些绳索，可他弄不清楚那绳索的根脉。更由于女人和孩子的呼喊，时令的催促，他们在一刹那的疑惑之后，忽然就又亢奋起来，投入一场新的忙碌之中。

这是一群被心魔魇住的生灵。

真有一天，解去那些绳索，我愿意相信，他们身上会长出翅膀，会无比轻盈。当然，也许是另一种结果，突然失重，突然踉跄，那是他们生命的不能承受之轻。

当然，一切的想象皆为幻象。

我不是自己的，也不是他们的解放者，我们是共同的受难者。

拽动步步勒紧的重轭，我在想，谁比谁更轻松，或更美好一些呢。

被邪魔附体，向自己下手。缚人，也自缚。一种自戕，一种扭曲，一种变态。他们的觉醒之路，似乎还长着呢。

我依然祝福，并为他们的每一点松弛感到高兴。

比如，那个尖脚的女人，在这个院子里寿终正寝之后，她的女儿、孙女，再也没有一个女童，被迫把脚趾掰断，绑缚出一双小脚了。

脚下的路途太远，肩上的木轭太重，内心的祈愿太多。他们正如我，或者不如我，我只要一片草地，一口青草，足矣。

刻骨铭心的日子，平淡无奇的日子，繁重愚蠢的日子，就这样流逝。我对时光的流逝并不敏感。日子的长度应该是三十年，或者五十年，再或者应该是三千年，或者五千年吧。

就在我的心绪不再纠结于一对犄角，就在我安心而沉重地走进一个又一个坚硬或柔软的日子的时候，牛套上的轭绳突然沤了，烂了，断了。

一台滚动的铁制怪物开进了大田，一下子就显出它的妖异。它力大无比，竟能一次拖动三片五片，甚至十片八片犁铧。而我拖动一片犁铧，就已经让主人激动不已了。世上哪有这样的怪物？

一群年轻人追逐着，叫它铁牛。

我的时代就这样在一个早上没落。

主人依旧对我很好，天天端来草料。

可越是这样，我就越加不安。我已经老了。可我的子孙呢？

我终于发现，我心上的绳索，比我曾经拖动的重轭，似乎还要重些。

我努力去想，如何才能卸下我的轭，身上的，心上的。

我开始做梦，在空荡荡的牛棚里。

我想起了那两只长角。

想起了遥远的、诱人的草原。

想起了遥远的、自由的祖先。

我还能还原到祖先的模样吗？

那是多么美好的一幅画面。

　　灰雀子们吊在我的长角上，寒号鸟卧在我的脊梁上，金翅鸟为我梳理着毛发，翻拣着牛虱，百灵在我的头顶上歌唱。胆小的野兔，藏在我的腹下，躲过苍鹰，田鼠们撒下的草籽，从它们的鼠洞里摇曳出格桑花的花朵。

　　我为我已然退化的一对蜗牛角，深深地感到羞愧了。

二

　　牛一定做过贪心的梦。成群的牛徜徉于无际的草地上，舌尖儿掠着碧绿的草叶；燕雀穿梭，传递着蓝天和绿草之间的秘密；牛们悠闲富足，是神仙的坐骑。我知道，这都是一厢情愿，一种痴心妄想。

　　马颊河两岸人口繁聚。春耕秋播，拽犁拉耧。我和我的乡亲一同下地，驾最重的车，走最长的路，汗洒黄土，不抛尽最后一丝力气是停不下来的。

　　最重的车是粪车。装满粪肥的车在预备秋播的土地上轧出深深的辙印，人与车拽成一张弓，襻带深深勒进拉车人的肩膀，每一脚都是一个土坑。浑身的血液澎湃起来，脖子上青筋裸露，粪车依然像一只蜗牛，欲行还止，被紧紧吸在泥土里。这时候的一车粪肥，比在硬地上的分量翻了一番，两番，三番。黄土暄腾，它是随时准备把一辆车留下，把两个车轮深深陷进松软的泥土里去的。不管是沙地还是胶质的泥土，它们都有这个本事，能把车轮牢牢吸住，抱住，沉埋，让它动弹不得。在这样的土地上，只要车轮稍一缓慢，泥土就会伸出藤蔓一样的手臂，把车子死死缠住。

　　牛不失时机地出场了。一头牛拉一辆粪车，则举重若轻，如履平地。也只有牛，从容不迫，沉稳大气。遇有土岭、垄沟、坑洼，车轮深陷，牛愈发显出英雄气概。牛角低垂，肩峰隆起，四蹄踩实，车轮便如获神助，田垄上，便只留下深深的辙印。一车粪肥如一座移动的小山，一车一车粪肥如一座一座移动的小山，铺满一片待耕的土地。

最长的路是犁路。锋利的犁铧，如快刀切豆腐一样，将泥土翻出浪花，如此轻松浪漫。只有重轭下耸动着肩峰的牛清楚，那是开辟，是开掘，是凿，是挖，是搅动和粉碎，是为种子建造一片可以轻松扎根的家园。牛坚持着，忍耐着，不厌其烦。它必须一年一年，一犁一犁，将每一寸土地翻过犁过。

在没有犁的时候，曾经用刀，用耙，用耒。在牛没出场之前，就用肩膀，用脊梁，面朝黄土背朝天。凝成最具标志性的姿势，扯动心肺。那一副塌下去的腰板，在一条漫漫的耕作之路上，穷尽一生，不得稍稍松懈。春走了秋来，春耕秋收，周而复始。

牛是天神下凡吗？是救苦救难吗？是普度众生吗？

牛一出现就重塑一个时代。牛一出现，就与人类捆绑。牛凭着一身神力，要将深陷于泥土之中的人类拖拽出来。牛不计报酬，任劳任怨。牛的形象和心地，都让人感动。牛是为普度众生，为解救而来。

可惜，牛不是神仙，牛也没有普度众生的本事。牛被土地拖住，其实是被人类拖住。牛不能普度众生，最终连自己也深深地陷进泥土里。在广阔的土地上，牛忠诚质朴，与人为伴。这成为牛的宿命。

自从走进农家，牛就成了家庭中的一员。牛卧在牛棚里，或站在田头上，比一个人更加显眼。端着一筐青草走进槽头，槽头上有两只大而圆的眼睛迎接着你，你安心地把一筐青草倒进槽里。牛吃草的声音，牛反刍的声音，是一个家庭里不可缺少的声部。

有一天，牛忽然病了，死了，没有了，那种突然袭来的空落感，让全家人陷入巨大的哀伤。

我从爹的眼睛里读出过那种哀伤。那是身为一家之主的男人，最落寞的哀伤，是一种绝望的、无所适从的哀伤。后来，我想明白了。从来没有哪一种动物，像牛那样脱胎换骨。牛从兽类中安然走出，陪着一个男人，或女人，操心农事。从来没有哪一种动物，肩荷背驮，掌辕驾辕，与主人一起，撑起一个家；从来没有哪一种动物，日出而作，日落而息，走在乡亲的前头，或跟在乡亲的后头，与主人共同着步骤。有一头牛在，一个家才安稳，才踏实，孩子大人才会有欢笑，有信心。

在马颊河两岸，牛被圈养，很少吃到青草。大多吃的是麦秸、玉米秸、豆秸等植物秸秆。哪里还有可供放牧的草地，连沟边村头都种上庄稼了。可是，哪怕是蹒跚学步的孩童，牵着一头牛走在田边，牛也会老老实实跟着走，头低着，脚步轻轻，生怕孩子跌倒。就像一个孩子牵着爷爷的胡子嬉闹，牛的眼睛里满是慈爱。

牛的善良出于天性，世世代代地传承下来。

生产队里曾养过一头黄牛，体形高大健壮，毛色类于黄白之间，乡亲们亲切地称为“水白”。牛角又短又粗，刚长出头顶就旋出两圈儿螺旋，往中间靠近，刚够挂上两个铁环。老黄牛眼神敏锐，脚步勤快，是个急性子。春耕播种，不必扬鞭，风风火火，不惜力气。

更让人爱戴的，就是老黄牛的善良。在它一次一次做了母亲之后，这种善良就更添了分量。

一年春耕时，拉犁的老黄牛忽地停下匆匆忙忙的脚步。父亲不明就里，扬起手里的鞭子。通常，一望见鞭影，老黄牛早就撇开四蹄了，可如今黄牛摇一摇脑袋，跺一跺蹄子，忍住了鞭打，依然站在原地。父亲甚感蹊跷，松开犁把，绕到前面，才发现，墒沟里有一卷花被，花被里裹着一个睡意正浓的婴儿。孩子匀称地呼吸，小小的鼻孔微微翕张。老黄牛目光潮湿，望着父亲，望着父亲怀里的弃婴。父亲怀抱着那个婴儿，感动地拍了拍老牛的脊背。

生产队里的牛群，最兴旺的时候，发展到三十多头。其中，大多是老黄牛的子孙。

赶上农忙，奶崽的黄牛，同样要下地。为了安全，也为了省事，爹把牛犊关在家里。一晌活干完，爹把缰绳盘在牛角上，让老牛先往回走。思儿心切的黄牛，头顶着缰绳，一路小跑。听到牛犊的哞叫，老牛更加心急，哞哞回应着，奔跑的速度更快。儿呼娘应，让人动容。

农忙季节，一群没有大人约束的孩子，点燃了大树下的枯叶衰草。红彤彤的火苗激励着这群孩子，不断地奔跑加柴，让火越烧越旺。大呼小叫的孩子们，没有预料到危险。枯草连着饲草垛，草垛连着房屋，玩火的孩子，可要酿下大祸了！

黄牛停下跑向牛棚的脚步，忘记了连连哞叫的牛犊。它哞哞叫着，吓跑了一群惹祸的孩子。接下来的举动惊呆了匆匆赶来的乡亲。它跑到燃起的火堆跟前，一泡老尿浇在火堆上。不料黄牛那根长长的牛尾，却被火焰捉住，轰地蹿起高高的火舌。明火浇灭了，黄牛那根漂亮的长尾，却被燎得光秃秃的。

跟在后面下晌的人，还有吓愣的孩子们，看着眼前发生的事情，一个个惊得说不出话来。

几年过去了，那一根烧秃了的牛尾，还是长短不齐，不能复原了。

老黄牛死了。

这是一件让全队的乡亲伤感的事，也是让父亲最伤心的记忆。

老黄牛死在秋耕的墒沟里。

刚刚生产过的老黄牛，依然放下幼崽，参与到秋播秋种的劳作中。多年的劳作已经让它有了强烈的认知，这个季节，是不能逃避的。它跟所有能下地的牛们一样，重轭在肩。

正干活儿的老黄牛，突然放缓了脚步。父亲举鞭吆喝，老牛并不领情，依然越走越慢。父亲心急，手起鞭落。老牛却扑通一声，摔倒在地上。就像父亲这一鞭子有了神力，将一头黄牛抽倒。再看那头牛，好像哪里不对了。牛肚子像气吹起来的，胀得老大，浑身颤抖，沉重的头颅朝向肚子扭动着。嘴角上流出长长的涎水，连牛头上的血管都一根根暴露出来。牛一边不停地抽搐，一边发出痛苦的呻吟。眼睛里有一块浓重的云彩，眼见着快要把眼珠子蒙住了。那眼珠子像要蹦出来一样，鼓突着，泛着又红又紫的光。父亲感觉不妙。一旁扶犁的老凤奇扔下牛鞭跑过来，一看就说，这是长骨眼了，快去喊瑞爽来。瑞爽是牛医。父亲听了，撒腿就往家跑。老凤奇在后边喊，他在兽医站啊。父亲又往兽医站跑。

兽医站在三里地之外，等把瑞爽叫来，那头老牛挺着胀得像一面紧绷绷的鼓一样的大肚子，已经没了喘息。事后，父亲一直责骂自己，不该听老凤奇的话。他是知道的，这种病，发病快，死得也快，若不立即施救，根本来不及。地头上就有镰刀，把老牛眼里的那块云彩割了，再按上一粒儿大盐粒，八成能救回来。即使一时找不到大盐粒，那先割了再说，总有活的希望。可老凤奇却不这样认为。他年纪大，见过割骨眼的，用剃头刀子割，用大盐粒按，可也没把牛救活。老凤奇的话并没有减轻父亲心里的负担，他一直自责着。那几日农忙，父亲害怕老牛撑不住，常常暗自给老牛多加些豆粕之类。他怀疑，是老料加得多了，致使老牛腹胀。有一根鞭子，反复地，沉重地，抽打在父亲心上。父亲提议，这头牛不能吃，应该埋掉。在这件事上，老凤奇坚决地站在父亲一边。老凤奇说，这头牛太老了，又瘦，老牛肉是酸的，又柴，没法儿吃。乡亲们也说，这头牛它是神啊，它给咱们立过大功，咱要是吃它，不遭报应吗？

老黄牛被埋在它深耕多年的那片土地上。从此之后，这块地有了一个新的名称——牛坟地。

责任制的时候，队里的生产工具也分了。父亲什么也不要，只挑了一头又瘦又小的牛犊，这是老黄牛留下的最后的子嗣。由于营养不良，牛犊的脊梁骨像刀锋一样高挑着。两边的肋骨根根清晰。可它的外形酷肖母亲，不单是毛色，就连那一对粗而短的蜗牛角，都一模一样。父亲把牛犊牵到家里，用秃扫帚扫净它身上的草屑土灰。小牛犊舒服地眯着眼睛，任凭父亲给它来一个全身的大清洗。末了，父亲抱住这头牛犊的脖子，眼睛竟湿润了。

这头牛在父亲的悉心照料下，很快就膘肥体壮，毛色油光锃亮。它那黄中泛白的毛色，跟它的母亲就像是一个模子里刻出来的。在这头牛身上，寄托了父亲最深的感情。春耕的时候，父亲傍在小牛身边，跟它一起拉犁。耙地的时候，父亲担心自己站到耙上分量太重，牛太吃力，就把一筐土放在耙上，自己跟在耙后边走。

冬季里没有青草。那些玉米秸麦秸，父亲都是挑了又挑，晒了又晒。铡草的时候，父亲铡得很慢很细，一寸草也要过三铡。父亲在牛棚里支了床铺，一年四季陪着它。

这头牛跟着父亲，跟着我们家，一晃三十年过去。

蓦然回顾，才发现牛和父亲的时代都走了。

如今的田野里，再也看不到耕牛的影子了。

牛呢？

在梦中。可敬的老黄牛，泰然优游于鲜花遍地的原野上。无际的绿草，风起浪涌。老黄牛甩动它的秃尾巴，身后是它的整个家族，天下万类，天地广阔。老黄牛步履悠闲如沐天泽，神情安详静抚和风。

我是在为牛设计一个美好的未来吗？我是在代替父亲，也代替与牛相伴的祖先，为一个高贵的生命做一次虔诚的祈祷。

第三辑

鸟生如戏

鸟生如戏

一

一枚一枚黑色的石子，投到树梢上，粘在树梢上。这是一枚有黏性的石子，一挨上树枝，它立即就变成了满树的果实，黑色的，饱满的果实。一树一树的果子，招摇在大雪里，摇曳在枝条上。

成千上万的石子，又从树梢儿上弹出去了。如千百粒霰弹，哗一下射出一个巨大的扇面。这一把硕大的黑色的扇面，在天空中随意翻卷，改变着造型。一会儿是一顶巨大的华盖，一会儿是一朵硕大的牡丹。

这是麻雀的游戏，麻雀的世界，一个被忽视被遗忘的世界，一个独立的世界，一个缥缈而招摇的世界，一个谜一样的世界。

这是麻雀的天空。麻雀叽叽喳喳，把树当作家园。这群没心没肺的麻雀，让树有了灵性。麻雀本来就是为树而生的，它落满冬天的枝头，让一棵树在冬天变得葱茏，忘记了季节。麻雀，本来就不相信节气，就不相信冬天。它秋不收，冬不藏。它相信每一个日子都阳光灿烂，每一个日子都丰衣足食，每一个日子都幸福吉祥。

这只灰色的小鸟，原本如一粒儿顽石，现在忽然张羽而起。

刚刚遮天蔽日，倏然隐没野地，幻化无形。无数的麻雀，在一场没有指挥，也没有预演的舞剧中，自由舒展，又收放自如。它们精准地把握自己的位置，精准地把握整体的节奏。它们在各自的位置上，又在浑然的整体中；它们轻松地折叠，打开，翻飞，飘扬。在一首交响乐中，就没有一个音符不合适，没有一个节拍不明亮。在雪白的旷野里，它们是一幅黑白的大写意，留白，或泼墨，就没有一笔不灵动。

在夏天，这些坚硬如石子的麻雀，会落到河水里激起无数的浪花，会落到羊群里让羊羔儿们拥挤惊慌。在秋天，这些麻雀忽然变得柔软，落到拉车人的头上，落到荷锄者的头上，会让他们惊讶微笑；还会落在一个偷庄稼的贼的头上，让他越加慌乱而发出尖叫。如今，是冬天，这些麻雀让光秃秃的树枝结满果实。

这些美丽、善良的麻雀呵，它们落到那些秋秸铺成的屋顶上，就变成了一片羽毛。它们让屋檐下嗷嗷待哺的孩子安静，以为是妈妈劳作晚归的开门声。这一群有灵性的麻雀，会唱歌的麻雀，它们绕开河水，绕开羊群，也绕开人头和屋顶，闪着黑色的亮闪闪的光芒，没入草丛、谷地。它们砸不碎一片雪花儿，也砸不断一株草茎。

二

这是麻雀的游戏，也是麻雀的日子。它们从不怀疑自己的眼睛，自己的判断。哪里有什么假象，所谓假象，只不过是没有发现而已。小鸟坚守自己的逻辑，充满自信。它们把假象从自己的辞典里轻轻地删除了。它们嘲笑人类的自作聪明，也歌颂自己的智慧。它们起飞，落下，再起飞。它们歌唱，再歌唱，歌唱亮闪闪的生活。

它们对黑夜无感，在黑夜到来的时候，它们干脆先将自己拉黑。它们把自己隐藏起来，隐藏得比夜更深，比夜更黑。我在夜里辗转的时候，它们在夜里闭上眼睛。我艰难地守护每一个长夜。夜太静了，太深了，一旦闭上眼睛，黑暗的大海就会汹涌地淹没我，让我喘不上气来。我大睁着眼睛努力地注视着黑暗，辨识着被黑暗吞噬的屋顶和原本属于我的空间，一点一点坚持不懈地寻找那些轮廓，让它们在黑暗中显形，清晰。我的努力让我的大脑膨胀欲裂，直到把我自己折磨到精疲力尽。我自认为这是我比小鸟聪明的地方，也是比小鸟优越的地方，其实，正是我不如这些小鸟的地方。它们以本能将黑暗化于无形，将黑暗化为一场酣睡。

是，小鸟在夜里变得脆弱，夜成为它必经的磨难。蛇、鼬和鸮都居心叵测地在树上和树下逡巡。一条蛇紧擦着它的羽毛游过，麻雀完全能嗅到蛇的气息，但把它理解为是来自天国的抚摸。一只鼬抬脚从它的背上滑过，探照灯般的绿光，盯死了草丛中一只伺机作案的鼠，忽视了或者说放过了畏缩如一枚树瘤的小鸟。鸮的铁爪踩住了麻雀的一片羽毛，麻雀感觉到了拉扯和拖拽，但仍一动不动，于是鸮的粗糙迟钝的脚爪迈向更高的树枝，凭着它灵敏的听觉和嗅觉，盯着那只捉鼠的鼬。

这一只小鸟，在这个夜晚，在那枝岌岌可危的树枝上，历经风险，它都安然无恙。它的好梦正酣，延续着白天的游戏。在麻雀的思维中，夜不是它们的世界，甚至，也不是它们的记忆，更不是它们选择的生活。每一只麻雀都坚信，如果有一只雀在夜里失踪了，那它一定是提前出发了，去迎接黎明。如果母亲，还有父亲，在又一个黎明到来的时候，忽然停止了对雏儿的喂食，那些羽毛未丰的、丑陋的雏鸟们也坚信，那只是时间上稍稍延长了一些。它们不相信被抛弃，不相信灾难，不相信牺牲，直到它们无力而饥饿地闭上眼睛。雀们一闭上眼睛，夜就永远地消失了。

雀们深刻地怀疑夜的存在。有吗？有过那么长那么危险的夜吗？没有一只雀怀疑白天，没有一只雀怀疑阳光、禾谷和草丛，正像它们决不怀疑没有黑夜一样。它们的世界在它们看得见、飞得到的地方，在它们的游戏掌控之中。

太阳出来了，又一个白天降临了。总是有一只小鸟最先发现黎明，总是有一只小鸟最先唱出黎明的第一个音符。总是它们，在晨曦初露的每一个早晨，早早喊醒那些树、草，以及花。还有，那些在夜里忙碌的人，那些害怕白天因而装睡的人。小鸟的聪明在于，它们化繁为简，单纯明亮，不相信阴谋或阳谋，就像它们不相信黑暗。

这些傻傻的、四处弹射的麻雀呵，它们把我童年丢掉的弹弓拾起来，把自己当作一粒弹丸儿，嗖一声射出去，嗖一声射出去。它们不是为了发现才发射的，不是为了击中才发射的，而是沉迷于飞翔的快乐。树丛里，高高矮矮的庄稼里，秋风中和冬雪中隐藏了形迹的各种危险，正向它们袭击。它们漫不经心，只钟情于向着阳光和树投掷和发射，或者跳舞和歌唱。是，没有一棵树欺骗它们，没有一片草地欺骗它们，没有一片天空欺骗它们，这成为它们的精神寄托和理想。它们自少及长，天天做着这种游戏，乐此不疲，沉迷终生。

三

被人类驱逐的时候，麻雀们勇敢地争辩，大声地宣告，谷子是我的，高粱也是我的，天下的果实都是我的。它们一边挣扎，一边宣告，我永远不会离开，我还会再回来的。果然，它们又回来了。其实，它们并无霸占之心。它们呼朋引伴，不拒绝黄鹂，也不排斥鹌鹑，愿意跟所有的鸟类，甚至人类和平共处。只是，它们对人类的恶意总是估计不足。它们对被驱赶满腔愤怒，对霸占，对掠夺深恶痛绝。现在，这些小东西，打破了脑袋也不会觉悟，搭上性命也不会明白：为什么，为什么这片谷地，就是禁地，不容鸟类染指，只有两足动物才可拥有。谁定下的规矩，谁？为什么？是人类吗？那又是谁，允许人类跑马圈地，可以肆意妄为。不行，没有任何人有这样的权力，也没有哪一位神仙可以剥夺小鸟的生存。这是人类的一厢情愿，是人类的霸道。小鸟们大声地抗议，勇敢地斗争，捍卫着它们的家园。

　　是的！没有疆界，没有禁区，从来没有。翅膀是它们的，天空是翅膀的；双足是它们的，土地是双足的。它们酷爱自由，蔑视权威，否认禁忌。它们把自由的理想看得高于一切，为此甚至放弃生存和安稳的生活。它们从不隐瞒自己的观点，也从不陷害和欺骗。它们赞美，或者控诉，从来都是直抒胸臆。它们交流，辩论，有时候争得不可开交，从早到晚，随时随地地辩论。第一天的太阳落了，第二天的辩论早早又开始了。属于它们的天空虽然低矮，却从不缺少仰望。是啊，这是一群浅薄的小东西，喜欢枝上的舞蹈，甚至有点卖弄和炫耀。它们不喜欢幻想而是行动。行动大于思想，或者干脆代替思想。在它们的天空里，一切都是清清楚楚，明明白白的。为什么要把世界搞得那么复杂，为什么？为什么不把所有的思想，还有情感，都放在阳光下？

　　麻雀在屋檐下筑巢，从来都以为天经地义。树木成檩，茅草成檐，人能居得，我也能居得。居家久了，纠缠久了，原本的神秘一点一点消解，人和雀便都在悄悄改变着，明确对方的身份和影响。他们对立着，又宽容着，终于，相守在同一屋檐下。面对雀儿的不懈，人类让步了，忍下了。这是雀们一代又一代斗争获得的胜利。

屋檐下，麻雀的名字也换了，成了家雀儿。人站在地上，看着屋檐上和树枝上的麻雀，看着它们自得地在空中嬉戏，看着它们灵巧地跳跃，人的心里充满了无奈，也不屑。哼，闹什么闹！人迈开笨重的步子，扛起一把铁锨下地；人又背起大捆的柴草，沉重地回来。他们不看从头顶上一闪而过的麻雀。

麻雀看不上人的笨拙，更看不上人的自私以及狭隘。这群头顶乱发、四肢光滑的两足动物啊，这群奇奇怪怪的生命啊，他们只关注占有，只攫取利益，只一味地劳作以及剥夺，只盯着别人的家园。他们在梦里都不放弃贪婪，为此费尽心机，并付出生命。他们原本应该是活泼泼的一群啊，应该生动有趣啊，如今除了霸占，别无所长。

日复一日，人的脚步变得愈发沉重，目光变得愈发短浅。他们抬起头来，眼光越不过屋檐。他们同起同宿，又形同陌路。好在，他们终于有了一点儿宽容，留出窄窄的屋檐，任雀儿胡闹。人的勤劳和雀的逍遥让它们彼此都充满蔑视和疑惑，又彼此相忍相忘，成为一对奇怪的邻居。

四

麻雀在草丛中和树梢上自立为王，天天沉浸在自己的游戏里。它们把最神圣的事情，把收获，把建设家园，把孕育子孙，乃至把吃饭、喝水，都抛到脑后，不，都化为游戏。游戏，在它们娱乐的虹彩中如果不是唯一的图案，那也是主要的、核心的线条。那不是一个简单的构思，不是一个过渡，那是它们全部蓝图的主轴，是它画布上最基本的颜色。病饿必如是，伤残必如是，丧子毁家必如是。它们在游戏中完成了迎娶、交媾、抚养和出游，也在游戏中升华了琐碎和家常。

敛草为窠，捡粒为食；春夏秋冬，各有所赐；雨雪冰雹，终有竟时。它们不为衣食担忧，也不会陷在一时一地的困顿里。它们拥抱一枚谷穗儿，谷穗儿就是盛宴；它们捡食一粒草籽儿，草籽儿就是大餐；它们享用一片桃园，桃园就是家园；它们品咂一粒葡萄、桑葚，葡萄桑葚就是拼盘。它们在枝间跳舞，一起发出赞叹，甜呵！只吃了一口，就飞出树丛自豪地大叫。在它们的理想里，一颗就是天堂，一粒就是世界。这是小鸟的智慧，也是小鸟的洒脱，这是小鸟们的另一种哲学。

它们的体形太小太弱，秉性太善良。它们的生存有太多的天敌。连喜鹊和乌鸦都会欺负它们，更别说红隼、雀鹰、猫头鹰、伯劳那些生性凶狠的家伙了。猫啊，狗啊，蛇啊，鼬啊，都会把它们当作猎物。那只羽毛漂亮，举止优雅的喜鹊，忽地飞来，将一树麻雀轰起来。它盯住其中飞得最慢的一只，一翅子把它打翻在地，将病弱的麻雀当作一顿美食。

雀儿们不想这些。

可雀儿还是时常被天敌追上，被风雨追上，被搅天扯地的风雪乃至突然燃起的火焰追上。最可怕的还是人类，他们捣毁了雀儿的窠巢，把它们逐出家园。鸟命濒危，如临深渊。累卵之危，时时显现。

它们制胜的法宝，就是游戏。对它们来说，吃是一种享受，唱歌和跳舞更是与生俱来的天性。它们常常顾此失彼，又常常彼此兼顾。刚刚找到甜美的果子，又想起了甜美的歌声；刚刚饮下一滴白露，忽然又想起要沐浴漂亮的羽毛。它们吃吃停停，跳跳唱唱；它们饥肠辘辘，又废寝忘食；它们刚跳到枝头，又飞向蓝天。它们似乎不管明天，不想遥远，不规划未来的事情。它们永远相信，明天和今天没有两样。明天的太阳照样升起，明天的树木照样葱茏，明天的果实和明天的歌声照样甜美。它们不给痛苦留下位置，忧虑在它们的大脑里只保持一秒钟。刚刚还是阴云密布，眨眼就是天朗气清；明明是漫漫长夜，转身就是满天阳光。这些小东西，闲静时可枝上信步，沙上假寐；深沉时可雪中独立，檐上眺望。可它们更多的是笑啊，闹啊。它们矜持时显得滑稽，绅士时更显呆萌。它们不懂得装腔，也从不作势。它们的歌声送走夕阳，又迎来第二天的黎明。

这些小东西啊，游戏从它们灰色的羽毛和金色的眼睛里长出来，从它们不停跃动的、火柴棒一样的细腿，以及半透明的、尖锐的脚掌上长出来，也从它们小巧而滚圆的脑袋里长出来。然后，它们就用坚硬的喙含着，变成一粒米、一瓣花，或者一片叶，在树梢或屋檐上穿梭。游戏就成为它们身体里主要的元素，成为它们生活里主要的内容。

是游戏毁了它们，让它们再也不能长大，让它们永远留在童年，让父亲和儿子，母亲和女儿，哥哥和弟弟，姐姐和妹妹，让外婆和外孙，祖父和孙女，让它们拎掣开一样的羽毛，唱出一样的声音，谁也分不清楚，它们之间，谁是今天的顽童，谁是昨日的老翁。在这个逍遥的族群里，没有谁步履蹒跚，没有谁气喘吁吁。当有一天，终于感到不支，这一只小鸟，会把死亡当作最后一场游戏。它会微笑着，悄悄地躲进草野，就像迷失在一场游戏中，再也不会回来。

在雀的世界，游戏引领潮流，成为风尚，游戏消弭了所有的界线和伦常。这些可恶的小东西，为游戏而生，也为游戏而死。这是它们的世界，它们的人生，它们的发明。生性忧虑的人类疑惑，这些愚蠢的小鸟啊，对于它们，这到底是一种成全呢，还是一个陷阱？

我也曾作过另一种设想。是它致命的理想害了它，或者说，成就了它。游戏至上，游戏至死，麻雀把它的游戏精神发挥到了极致。这些小小的鸟儿啊，它们的理想常常让它们忘记了生命，忘记了生存。它们的单纯常常成为它们的陷阱，它们却执迷不悟，至死不悟。这是一群树梢上的精灵，一群冥顽不化的石头，一串游戏至死的音符。

这一群日日逍遥的精灵啊，它们忘记稼穑，不事收藏。它们面对黑暗的时候紧紧地闭上双眼，像躲避黑夜一样隐藏了自己。它们天真地以为，看不见的，一定就是不存在的，这种自欺既可笑又可悲。它们掐掉了生活中所有的黑暗和痛苦，无视灾难。它们是一群懒汉和懦夫吗？是一群胆小鬼吗？是一群目光短浅的浪荡鬼吗？它们的日子里早已埋伏了那么多的无常和险恶，可它们一律视而不见。遗忘和无视即使不是一种罪过，也是一种无知。

这些人间的伦常，被这个小小的生命抛到九霄云外。它们的回答，只有黎明的歌声，只有阳光下的雀跃。我们看到的是，不管黑夜有多么漫长，不管阴霾有多么厚重，它们第二天的歌唱更嘹亮，雨后的欢呼更响亮。这里面一定有某种逻辑，不为人知。人类的道德审判够多，可最缺少的，是对人类自己的审视。一只小鸟，一只歌唱了一千年、一万年的小鸟，它以自己的法则游走在天地间，这是只有小鸟才懂的另一种哲学，另一种逻辑。

五

一群麻雀，以世界主宰的姿态，一路呼啸，飞过我的头顶。一看到远处的田野和树丛，它就笑起来，跳起来，唱起来啦。它飞过田野，飞过树丛，它的歌声没有在田野和树丛中停下来。它不是为着觅食而生的。它的理想，它的热情，它的世界，都是一个充满诱惑的谜。

小鸟们把游戏传染给天空和土地，整个世界就魔怔了，就风风雨雨，就跟它们一起疯狂。树树相依，穗穗携手，雀成为虹，成为桥，成为飞翔的丝带。所有的小鸟，在不同的纬度上，找到了相同的谷穗和相同的歌声，它们不约而同，吟出相同的节奏，踩在相同的节拍上。

谁知道呢，谁知道这个世界，会不会被这群愚蠢的小东西所引诱呢。会不会呢？

鸟　群

一

谷子晒穗，麻雀来了。

遍野的谷穗子，刚刚抬起头来，又悄悄低下去。它们不想招摇，可依然铺展成满眼诱惑。谷穗子俊秀婀娜，金黄饱满；谷穗子欲说还休，躲躲闪闪。挤挤挨挨的谷子是这个季节最美的风景。

麻雀们再也受不了了。

麻雀吃不下一颗囫囵的黄豆，也吃不下一颗饱满的玉米。可一枚小小的谷粒儿，藏在穗子里，它们天生就是麻雀的粮食。

一只麻雀落在谷穗子上，啪，啄一下，歪着脑袋看向别处；啪，又啄一下，又抬起头来。它不能连贯地吃上三颗两颗谷粒儿。随后，它会跳到另一个谷穗上，挑挑拣拣，把所有的谷穗子都检阅一遍。

最激动的是麻雀，其次是鹌鹑，是野鸽子，是一群花红柳绿的小鸟，喜鹊、黄鹂、翠鸟、乌鸫、伯劳、八哥、白鹡鸰、红嘴蓝鹊，还有一些叫不上名来的小鸟。

跟其他小鸟的低调与零散不同，麻雀啸聚成群，气势磅礴。

这些浅薄、絮叨，被其他小鸟嫌弃的小东西，一旦聚在一起，立即变得威风。

麻雀们在天边聚集，像一场有预谋的风。天空纯净，连一丝丝云彩也没有。鸟群来了，如一个巨大的幽灵，忽忽悠悠，遮蔽了半边天空。

麻雀群整个地变成了一对巨大的翅膀。这对翅膀，在天空里优雅地扇动，自由地翻转，像一件黑色的斗篷。斗篷在风中飘扬，舒展，饱满地鼓荡。

是一道什么样的指令，把天下的麻雀都招来了。乌腾腾的鸟群，飞扬出一个漂亮的弧形，像一个故意放大的慢镜头，更像一张慢慢张开的网。每一个黑点儿都是一个粗壮的网结，每一个网结都尽力拉扯，让这张网充满张力，缓缓地落进谷子的海洋里。

麻雀等了一个夏天了，或者说，等了一年了。从上一个秋天落幕，它们就开始了漫长的等待，等待成熟的谷子。

在冬天里，麻雀奋力刨开草地里的雪，捡一粒草籽儿吃。在春天里，麻雀学着蜜蜂，采一点儿野花蜜。在夏天，麻雀们模仿着燕子，在树丛草野间捉一只活虫儿。其实，它心里最想念的，是谷子。

那是它们最可口的鸟间美食。

小鸟儿们边吃边唱。

这一片丰收的谷子，让麻雀们忘乎所以，乃至尽情挥霍。它们落在粗大的谷穗儿上，乒乒乓乓一阵猛啄。谷粒子四处迸溅。抛落到地里的谷粒儿，比吃到嘴里的似乎还要多些。

这不是糟蹋吗？

是，麻雀们高兴。它们高兴的时候一点儿也不掩饰自己的情绪。它们在挨饿的时候，可以钻进地垄里去，拣拾那些被它们抛撒的谷粒儿。可在这个丰收的时刻，它们没有理由不庆祝，没有理由不挥霍。还有比谷子地更适合麻雀的地方吗？还有比一粒儿谷粒更让麻雀们兴奋的粮食吗？

这一群毫无心机的家伙，被眼前的收获冲昏了头脑，没有谁能破坏它们的好兴致。

除非人类。

二

不是每一个秋天都有这样的麻雀群，不是每一片谷子地都能招徕这样一群尤物。没有人关注麻雀的命运，也没有人去关注这样一个群体的消长。

可是，麻雀来了。

遇到这样盛大的鸟群，就像遇到一场突然而起的大火。在还来不及计算得失的时候，先被它滚动的升腾的气势给震惊。

父亲激动地甩响了手中的鞭子，大声招呼埋头拔草的孩子们，还有忙着推车的母亲：快看呀，快点。父亲用手指着天边飘过来的那片乌腾腾的云。

这么大，这么漂亮的鸟群。

孩子们跟父亲一起远望。

激动地看着鸟群在天空中翻卷。

多年之后，父亲久病的身体半卧在我的怀里，似睡似醒。他突然睁开眼睛，清晰地喊出两个字来："快点。"那双眼睛茫然四顾，之后，慢慢闭合。"快点！"他急促的声音，慢慢沉下去，沉到无底的深渊。

"快点！"这两个字，就成为他留给这个世界最后的声音。母亲以为，父亲是不愿意住在医院里，要求回家，故而一再催促。

"快点!"他着急地说。

妹妹以为,父亲是拒绝喝那一碗黑色的汤药,故而常常催促妹妹把药碗端走。"快点!"他绝望地说。

我想起了那个秋天,乌腾腾的鸟群,遮天蔽日。父亲甩动他手里的鞭子,兴奋地呼唤着我们:"快点!"

他粗壮的胳膊遥指着天空,那里正飞来乌腾腾的鸟群。那是父亲少有的欢乐时刻。

那时的天空瓦蓝瓦蓝,又高又远。

那时的父亲,那么年轻,他的眼里,是天空中乌腾腾飞过的鸟群。

三

父亲并不比乡亲们更喜欢麻雀。

在眼睁睁地看着鸟群落进谷地的时候,他才想起来,该用些办法去驱赶这群偷谷子的贼。

他不知从哪里找来一只破油桶。哐一声,敲响铁桶。铁桶的声响,如炮如雷,比一面铜锣还要震悚,麻雀们吓得连叫声也忘记了,翻着跟头,没头没脑地逃走,好像谁飞得慢一点儿,就会被魔法给拿住了。麻雀们有点儿傻。

铁桶哐啷哐啷的响声,惊起了铺天盖地的鸟群。鸟群像一团化不开的乌云,借着风势,呼呼地刮过去,在很远的地方落下。可不久,鸟群又压过来,还没落地,铁桶又响了。父亲像是在跟麻雀们玩一场游戏,蛮有兴致地看着鸟群在谷子地里起起落落。

在麻雀的脑海里,铁桶的轰鸣声后面,一定跟着无数的恶煞,麻雀的小小心脏真是经不起惊吓。鸟群在天空里翻起波浪,驾起云头，黑压压地在人头顶上飞过去。有星星点点的鸟粪撒下来，凉凉地落在人的头上脸上。父亲气定神闲，不为所动，头顶着几粒鸟粪，依旧不紧不慢地走在田埂上。他那飘忽不定的身影，正如飘忽不定的轰隆轰隆的铁桶声，让他如有神助。那不停敲击的铁桶声，也变得越来越有节奏，越来越意气飞扬，韵味丰盈。

可这件事不能持久，没有谁有闲工夫一整天地守在田里，包括孩子们。

在一个早晨，谷地里忽然站起两个高大的武士。这些武士，面目狰狞，衣衫褴褛，一手打旗，一手持棍，肩膀上头顶上飘扬着红红绿绿的布条子。这两个凶神恶煞，神情夸张地站在野地里，人看了也心生异样。

还有两个着装简单一点的人，细如棍子的独腿戳在田垄里，两只胳膊僵硬地伸展着，头上顶着一顶破草帽子。这些陡然出现的变故，神秘恐怖。麻雀们吓破了胆。有几天，麻雀销声匿迹，谷子地安静下来。

没过多久，麻雀们发现了问题。这些奇形怪状的武士和僵硬的人偶，只是傻呆呆地站着，虚张声势地舞动着两条长胳膊，其实都极守规矩，决不走动，决不出手。他们甚至非常友好，麻雀们落到他们的头顶上、肩膀上，他们依旧温和地沉默着。于是麻雀们不再害怕。在武士的头顶上排粪，嬉闹。

有一天，我戴上一顶破草帽子，和这些落魄的武士们站在一起，等不明就里的麻雀们上手。

它们真来了。有一只麻雀落在我的头上，得意地唱歌。有一只麻雀落在我的肩膀上。有一只麻雀，大着胆子，干脆落到我伸开的手腕儿上，手腕被抓得隐隐作痛。我的心跳加快了，只要再朝前移动一点儿，它只要稍稍靠近我的手掌心儿一点儿，我就能把它一下子握在手里。可它就在我的手腕子上站着，梳羽毛，引伙伴，叽叽喳喳，欢声笑语。我开始有些气粗了，有点发抖了。我不再等待，一转腕子，吓得那只麻雀，唉了声气，绕着我的腕子转了一个圈儿，差点儿一头栽到地上去。它哗哗地扑棱着翅子，竟然在半空儿里一挫身，一路喳喳叫着，慌张飞去。它真是想不到，它这一次是真的撞上鬼了。

武士风波刚过，谷地的上空，突然就飞来一只鹰，伸开巨大的黑色的翅膀滑翔着。抬起头来，眼前的天空格外高远，深蓝无际。谷子收割前的日子，阳光总是出奇地好，白花花的阳光落在金黄的谷穗子上。天空下，这只鹰的出现特别显眼，带着肃杀之气，麻雀们落荒而逃。这只鹰，盯准了这片谷地，日夜值守，不辞辛苦。它飞得悠闲、自在。其实，它有一根长长的线，先是牵在我的手里，后是捆在一棵树上。

谷地的上空又一次清静下来，再也看不见麻雀的影子，再也听不见麻雀们吵闹。可不知什么时候，那只鹰竟随着一场突然而至的旋风，飘然而去。那是一只贪玩的鹰，它和风的游戏太沉迷，太忘我，终于把自己玩丢了。

鸟儿们又飞来了，在午饭的时候，在烈日当空、人困马乏的时候，不停地飞来飞去。人和鸟的拉锯战，不到谷子收割的时候，停不下来。

四

黑色的耸动的头颅，雪亮的飞舞的镰刀。一垄一垄的谷子，沉甸甸地倒下。麻雀们气坏了，顾不得危险，在人的头顶上盘旋，喊叫，也许是咒骂。

这些自认为是原野主人的麻雀，这群原野之神，愤怒地呼喊着。一车一车的谷子从地里拉走，大人孩子的脸上流着污浊的汗水。没有人有闲情去看一眼气急败坏的麻雀，没有人去回应它们的吵闹。

麻雀是这样一种心地单纯的小鸟，每日所获，果腹而已。它们从来不过多地占有，宁肯冬天里去吃一截草茎，也不收藏一粒儿谷子。它们真心地以为，谷子是上天赐予的，它不能只属于人类。

一场秋天的盛宴，终于在这样的争夺中落幕。终究不知道，人为什么这么霸道，这么蛮横，把一片从地里长出来的、好端端的谷子，全部劫走。

到下一个秋天，还会有鸟群飞来。到下一个秋天，晴朗的天空里，还会有它们铺开的巨大的扇面，还会有盛大的鸟群。

鸟之魅

有时候，太过纵容一只鸟，真如同一次犯罪，或者一场阴谋。我是有过惨痛经历的。

一声稚嫩的啼鸣，让我的一双沾满草屑的小手微微战栗。这只光溜溜的、丑陋的小东西趴在我的手掌上，毫不设防地依恋我。一双嫩黄的小嘴，把我伸过去的指头含住，要把它吞下去。饿，饿呵！这个小小尤物，还站不稳脚步，还不会自主地挥动它那颗不算太重的头颅，可是它不停地张开它的阔大的嘴巴，唇舌间那一抹鹅黄，稚嫩口腔里那一声鸣叫，把我的心喊得软了。

一只小雀，像一轮小小太阳，在一个少年的头顶上升起来。

它睡在我用细长的秫秸秆儿编成的金色鸟笼里，也睡在我的膝盖儿上和被窝儿里。它站在我的肩头上，有时候也站在我的筐沿上和帽檐儿上。它利落地啄取我盛在盅里的金灿灿的小米，也吃下我送到它嘴边的蚂蚱、扁担虫儿。它像一位练功的武打演员，打开一把折扇一样的翅膀，铺在它伸开的一条细腿上，努力伸展，收翅；再转身，伸开另一条细长的腿，再折扇一样拉开另一扇翅膀。它伸出两只镀金的爪子，把整个身子挂在立柱上，吊在横梁上，用一双鸟眼从下往上瞅我。它习惯了鸟笼，习惯了在一座小小城堡里藏身和游戏。它有的是粮食，有的是水，有的是时间。在它看来，生活原本如此，永远如此。

这只顽固的小东西，它不靠猜测度日，它不相信未发生的一切。会有掠夺吗？会有饥饿吗？会有抛弃吗？会有欺骗吗？

它那双金色的瞳仁，清澈透明，一尘不染。在它那里，眼前就是未来，一切安然，地久天长。

它对鸟笼的依赖，成为惯性，也成就了一个阴谋。我打开笼子，它第一次飞到我的肩头上，回头看看我，又一头扎进笼子。第二次，它飞到院子的晾衣绳上，看看平静的院落，又飞回来了。它最远飞到屋顶上，飞到树杈上，看看高远的天空，它大约有些眩晕，又一翅子飞下来了。

它习惯了飞进飞出，鸟笼始终对它有宿命般的召唤。这个小东西，它跟我，跟鸟笼，已经建立起生死与共的依存。

我把它带到大田里。看着远处的鸟群飞进草地或谷地的时候，它却像一枚另类的石子，嗖一声投过来，准确地落在我的肩膀上，回到它的宫殿里去。

这只没心没肺的小东西啊，它衣食无忧。它站在鸟笼里那个为它备下的小小饭碗上，撒娇耍赖，发号施令。

彻底的禁锢，来自对鸟笼的崇拜。

鸟笼改变了它的生存轨迹，甚至移植了它的精神和情感。

麦子熟了，我变得忙碌，天天跟着父母下地上场。我把鸟笼挂在檐下，看着麻雀歪着脑袋啄食米粒儿的样子，特意把鸟笼的门打开。我是想让它寻找自由的，让它迈出鸟笼。我是想，万一我忙昏了头，忘记了给它送食，那在吃完了我留给它的食物之后，它能跑出笼子，自己找食儿吃。

麦收之后，终于有一场身心放松的深睡。我的麻雀，也终于从密不透风的麦穗和麦垛间挤过来，朝我呼喊。它在喊我的名字，在朝我哭诉。饿呀，它说，我三天没有吃到一粒米了，我五天没有喝到一滴水了，我要死了。

麻雀上蹿下跳地呼唤，喊我。我的麻雀，它在笼子里喊我。那个从没缺过米的小食罐，那个从没缺过水的小瓷盅，无论它怎么呼唤，都空荡荡的。

它喊我的时候，我在割麦子。场里地里，麦子满眼都是，满野都是。

它喊我的时候，我在打场。厚厚的麦子铺满场院，头顶上的阳光要把我烤化。我的四肢僵硬，脑子迟钝。也许下一秒，我就晒成一棵麦草了。

麻雀扇动憔悴的翅膀，喊我。它说，渴呵！它忘记了远处的小河吗？它渴得嗓子冒出火苗儿来。它喊我，它说，渴呵。它喊我的时候，我的身体如铺天盖地的麦捆一样沉重，我像一捆麦草一样，被结结实实地捆在推不动的疲惫里，躺在风中。

天在我眼前黑下来，黑得密不透风。我的麻雀，终于像我一样不支，终于像我一样，陷入一场昏睡。天在它的眼前黑下来，黑下去，黑得无边无际。

在它那里，天的黑幕一落下来，就忘了再把它拉开。在它那里，天一黑下来，就没有再亮过。麻雀的眼前黑暗一片，麻雀的心里一片黑暗。

麻雀没有力气再转过身来，它没有再找到阳光。

我捡起一穗儿麦子，把麦穗儿举起来。只要一穗儿麦子，只要几颗麦粒儿，我的麻雀，就会又笑又唱，一边嬉戏去了。

我把麦穗儿扔进大场里，那时候，我的心思完全被一场要命的麦收给压制了。我的每一滴汗水，每一丝力气，每一点精气神，都被掏空。麦子成了我的主宰。

我跟我的麻雀一样受着煎熬，忍着疲惫、炎热和干渴，我有好多次都觉得自己要死了。

麻雀在最后时刻的所有痛苦所有挣扎所有抱怨所有嘶鸣所有哀求所有绝望，都被挡在我的视线之外，挡在我的疲惫之外，挡在我的高高麦垛之外。

麦收就像一口蒸腾的大锅，必欲把每一个男人和女人蒸熟了，煮烂了，熬成一锅糨糊儿。人被镰刀拽着，被排子车上的车襻拽着，被打麦场上的石碌拽着，拽到毒辣辣的日头之下，被榨干的，先是两条腿，再是两只胳膊，再是胸腔和腹腔，再是一颗日夜轰鸣的头颅。

收割，轧场，晾晒，收储，不停地奔波。

一把镰刀常常不合时宜地咬我一口。奇怪的是，看着浓稠鲜红的血滴从手指或者小腿上冒出，竟没有疼痛。我一直疑惑，怎么，就没有疼痛呢？那是一只别人的手吗？那是一条别人的腿吗？

在我身后，麻雀的呼喊惊天动地。在我眼前，麦子的声音更大，阳光掠过麦浪，发出轰轰的嘶鸣，如海啸。

那些天，我的小小脑袋被各种各样声音的轮番轰炸，麻雀的呼喊淹没在无边的轰鸣里。

我把手中的鞭子甩响，在鞭声里，整个世界炸成了碎片，如满天满地的麦子，四处飞扬。我的麻雀，它在阳光的火里飞起来。

那一刻，我的小鸟发出最后的呼喊。它的喉咙哑了，它的小舌干了，它的嘴角儿麻了，它的双足木了，它的一双翅膀散乱了，像被阳光烤焦了。

直到如今，麻雀的呼唤依然清晰，且越来越清晰。麻雀的呼唤从岁月的深处传来，一声接一声。

那个早晨，跟黑暗一起降临。当我从麻雀的呼唤中惊觉，趿拉着一双被麦草划破的布鞋，滚下土炕，找到我的鸟笼的时候，一切都晚了。

鸟笼里，麻雀的纤细的双足紧紧地拢在一起，羽毛纷乱，形容瘦小到如一枚黑枣。它的一双黑眼睛半睁着，两瓣薄薄的角质的尖喙，含住一根细长的麦草，麦草入喉很深。它似乎是要把麦草吞下去，似乎是麦草把它的嗓子卡住了，小鸟被卡死了。我把它托在手掌上，它小小的骨架竟然轻如无物，似乎一阵风就能把它给刮跑。我用手指轻轻地捏一捏它的嗉囊，里面空空的，没有一粒粮食。这个可怜的小东西呵。

这只被我惯坏了的小鸟，习惯了我把小米撒在盅里，习惯了在我的手心里找食吃。关键是，一旦衣食无忧，它便陷进一场没完没了的游戏里，再也不能自拔。

它连觅食的本能都丢掉了。

它天天站在笼子里或者屋檐儿上，顾影自怜地梳理羽毛，上下翻飞地歌唱玩乐。笼子外面，满眼的麦子，满院的野草，它竟然视而不见。或者，即使知道，这满眼的食物都是可吃的，可没有一双手给它捡起，没有人送到它的眼前来。它没有办法剥开麦穗儿，找到里面的麦粒儿，它不会敲开草壳儿吃到一粒草籽儿。

这个天赋异禀的小东西，太信赖我了，太信赖眼前的谷粒和蚱蜢了，它太信赖天空、阳光和每一缕轻风，太信赖屋檐、鸟笼和盅里的小米了。是，它对我充满了信赖。

我却给它设置了一个巨大的阴险的骗局。

它已经想象不出，没有我的日子是一种什么样子。在它临终之前，它一定有对我的深深的思念。那注定是一场旷世之恋。我曾经怎样细心地为它梳理羽毛，将它架在肩头，托在掌上；曾经怎样陪伴着它，度过了一个又一个阳光灿烂的日子。

它不懂，也无法想象，曾经的溺爱，为什么一转眼就成为无情的抛弃。它更不会想到，这样的陷阱，只要一次就够了，仅仅一次，就足够了。在这样的骗局面前，它束手待毙，万劫不复。它的歌唱，它的飞翔，它的树杈儿和树叶儿，它的明亮耀眼，它的阳光，都会离它而去，再也不会回来。可在它那个顽固的小小脑袋里，却至死不悟，永远不悟。

我不顾羞耻地哭泣，引来家人的嘲笑。可没有人知道，我对一只小鸟的愧疚、痛心和思念。我的天塌了。若是有人能让我的这只小鸟复活，他要把我的心挖出来呢，我也给他。可是现在，我的灵魂都随着它一起飞走了。

要从一场豢养和溺爱中走出来真非易事。那是一种彻心彻骨的疼痛，一种失魂落魄的煎熬。耳旁的每一声鸟鸣，似乎都是那一只升入天堂的小鸟，对我的控诉。

同时失去的东西，可能更多。从那场麦收开始，或者，从那只小鸟之后，有一种东西，便如晨雾一样，开始丝丝缕缕地从我的身体里蒸发出去，让我从此变得僵硬笨拙，再也没有了少年的灵动和飞翔。这是从一个顽童到一个男丁的蜕变。

我的头顶上，一群一群的小鸟来来去去，自由飞翔。那一片天空，就是一份自由和独立。包括我眼前这对雍容尊贵的喜鹊，那一份闲适和自得，都让我欣慰且愉悦。自由意味着冒险，自由意味着艰辛，可自由孕育着神性，自由哺育着天性，自由培养着超常，自由让每一只小鸟身怀绝技。

我在心里替它们祷告，一定要珍惜啊，千万别指望什么捷径，更不能指望什么恩赐。

燕　子

一

即便在乡村，燕子们选择的空间也越来越少了。

新式的水泥玻璃洋房越来越多，勤勉而兴奋的女主人让每一块玻璃都一尘不染，亮堂堂的屋门和窗口就全是假象。轻车熟路的燕子，不辨这种假象，常常一头撞上去，撞破了头颅，撞断了脖子和翅膀，血肉模糊，撞碎了乡村的日出和夕阳。

从野猫野狗的口中救下一只燕子，从顽童的手中接过一只燕子，心里总是五味杂陈。这些可怜的小生灵，有的早已成为一具尸体，有的只存一息。它们都曾是骄傲的王子、高贵的公主，若不是自撞误区，何至于落魄到这般地步。无家可归的燕子，飞过鳞次栉比的屋顶，焦急地盘旋在村子的上空，让马颊河的春天渲染出另一种伤感，另一种情愫。

从巷子里捧回一只滴血的燕子，就像捧着一簇黑色的火焰，一路颤抖着，捧回家来。这是一只折断了翅膀的燕子。

我已经想好了，要像养一只麻雀或者鹦鹉一样，去养活这一只燕子。

我想象着它伤好之后的样子。那时候，它全身的羽毛光彩夺目，两只眼睛发射着宝石的光芒。我站在草地上，它站在我头顶上。我的燕子，它会像一道黑色的闪电，将天空照亮。

我给燕子受伤的翅膀敷上膏药，又在笼子里铺设了窝巢。我没有燕子高超的建筑功夫，我怎么能做出那种鱼鳞状的大厦呢？我只能按照我的想象，用最柔软的干草，厚厚地铺起来，铺成一个在我看来是天下最美的鸟巢。

我知道燕子天生富贵，从仙界下凡，是不食人间烟火的。我要捕捉飞蛾或者小虫送给它，我要专门打来泉水供给它。我打开窗户，计算着燕子喜欢的温度。我甚至想好了，等它伤好了，我要领着它到泉水边去洗澡，到苜蓿地里去捉飞虫，到场院里去跟外边的燕子唱和。

我做这一切的时候，它一直闭着眼睛，屏住气息。我倾尽全力，它命悬一线。可是，它始终无动于衷。在它看来，不管我做什么，都与它毫无关联，那是一个与己无关的人，在做着一件与己无关的事。它寂然无声，一动不动地卧在那里，闭目敛翅，似有所思，似无所思，入定了一般。我也知道，如今，不管喜欢还是不喜欢，它都只有忍受。

现在，我把飞蛾和小虫子递进笼去。飞蛾在小燕子的头顶上飞来飞去，可小燕子竟然连看也不看。我疑心它是不是已经死了，便稍稍碰一碰它的翅膀。这一碰，可不得了，是它的哪一根神经被碰断了，还是它刚刚又恢复了疼痛的感觉，它开始疯狂地冲撞鸟笼。它分明没有很大的力气，且折了一只翅膀，但它毫不气馁。它送出一串一串暗哑的干涩的燕语，一次一次跳跃起来，抓住笼子，把头伸出来。知道挤不出笼子，它就又缩回去，又顽强地伸出来，又缩回去。它连扑带跳地跃到另一边，又抓住笼子，朝外挤。看得出，每扇动一次翅膀，它都非常痛苦，每扇动一次翅膀，它都发出凄惨的叫声。它一直不停地叫，不停地扑。

终于，它趴在笼子里不动了，死了。

不想，一霎时，它又像魂灵附体，又一次跳跃起来，扑打起来，冲撞起来。这一次，它扇不动翅膀了，只是把头颅朝着笼子撞去。我疑心它是要自杀，便赶紧打开笼子，放它出来。我把它放到草地上。它展翅欲飞，却哪里飞得动，只在地上翻了一个滚儿，就伸开翅膀，扑在那里。它稍稍调整了身子，把目光投向高远的地方，眼睛里燃烧起晶亮的黑色的光芒。

终于，它不再朝远处看了，扭过头来，把黑色的嘴巴和头颅一起插进已然凌乱的羽毛里，静静地闭上了眼睛。它的头再也没有转过来，它带着飞翔的梦想，沉入黑色的世界里，再也没有回来。

我反复猜测燕子临终回头的用意。它是想最后梳理一下羽毛，体面地死去吗？我忽然有一种感觉，因为我一厢情愿的设想，或者，自以为是的救助，不但无济于它的疗伤，反倒更深深地刺激了它的敏感和自尊，使它感到莫大的耻辱，因而导致或加速了它的死亡。我的莽撞，则变成了罪过。

这只燕子，在我为它精心设置的笼子里生存了不到一天，没有吃掉我送进去的一只飞蛾，没有饮下我送进去的一滴泉水。它决绝而悲壮地为自己做了一个了断。我的所做虽则无心，仍是罪过。就连无意中目睹一只断翅的燕子死去，也是对神灵的亵渎，是燕子的伦理中不可忍受的冒犯。

对于燕子来说，它一直遵循上天赋予的法则，它不接受施舍，更拒绝豢养。它向往自由、享受天空的天性，在这一刻，表现得如此壮烈。

燕子骨子里保持着截然的界限，不得稍越雷池。这是燕子的节操，也是燕子的品质。一旦触犯了它恪守的天条，它会不惜以生命殉道。燕子就用这种决绝，死守着自己的防线。落魄和伤残，那竟是耻辱，必欲以死才能雪洗。它永远只把它最光鲜的一面示人，把狼狈，把病弱，把死亡的样子一律深深藏起。这只神秘旷野里的小小精灵，似乎，也以此永葆它的纯洁。

人俯伏于地，燕子翱翔于天。热情洋溢的外表掩藏着凛然高冷的心。它不依附，甚至不求助。它拒绝了我，却让我更加敬重，且钦佩。

二

正是在这样的背景下，我的破房子就有了独特的优势。

今年，竟有好几对燕子同时住到堂屋里来。同一片屋檐儿下，同一根檩子上，几对燕子各自选准了两根椽木之间的空隙安家，这是少有的奇观。说是同时，也不确。最先来的一对，选中了堂屋最正中的位置，燕窝儿的敞口正对着屋门的中线，出入当然就最方便。过了几天，院子里突然又飞来了几对燕子，在堂屋门口盘旋，又飞到屋子里来盘旋。最后，燕子们在屋外的晾衣绳上，排成一排，叽叽喳喳地开了一个会。好像就是先住进来的那一对，发表了热情洋溢的讲话，之后，另外的两对燕子就住进来了。

往常，一对燕子住进一户人家，其他的燕子就知趣地离开了。马颊河两岸，千村万落，燕子们可以从容地选择。它们豪阔得很，讲究得很，挑剔得很。谁家的门户紧了，脸色僵了，甚至什么都不为，它们就凭预感，就是嫌弃。即使豪门大户，它们也绝不光顾。在乡人眼里，一对小小精灵，便成了吉祥鸟、幸福鸟，甚至能知善恶，辨祸福的。

眼前的情景，让我好生感动，并感激。

堂屋的屋梁打了立柱，屋门上边的窗棂也断了好几根，其实是早该除旧迎新了。可燕子们并不嫌弃。燕子们干干净净地来去，燕窝儿一天天成形。

飞进飞出的燕子，一样的颜色，一样的灵活，一样的鸣叫和忙碌，你根本看不出，这只燕子与那只燕子有什么不同。可筑起巢来，就显出了性格，以及出身，甚至族籍国籍的差异。

正中的燕巢，如一片厚瓦，又长又深；左边一家却像一截断瓦，又浅又窄。

又浅又窄的燕窝，实在让人无法恭维，似乎就一直没有完工，燕雏儿却最先孵了出来。

娘提心吊胆地看着燕窝儿里你挤我撞的这一排小鸟，担心它们会掉下来。喂食的时候，鹅黄的燕口整齐地排开，像要把整栋房子、整个世界都吞下去。敞口的燕窝儿兜不住它们拥挤的翅膀，有好几次，雏燕儿用脚爪挂住窠巢，扑扇着翅膀，险些回不到窝里去。娘不时地念叨着，可别掉下来，可别掉下来。

果然，就掉下来了。

又浅又窄的燕窝里住着一群最要好的兄弟，或者是姐妹。一只晃一晃身子，蹬一蹬小腿，便会让另一只燕雏扑扇着翅膀，一下子被挤到窝沿上来了。被挤的那一只脚爪终于不能支撑它肉嘟嘟的身体，翻着跟头，转着圈子，像一块泥巴摔到地面上。

早晚要出事。娘不止一次地念叨着。

可恨那燕巢，又小又浅的，简直像一圈儿浅浅的帽檐儿，挂在两根椽子上。在我看来，那工程还早着呢，还差一大截子呢。

燕父母难道忘记了，初生的燕雏，那身上连一根羽毛也没有，那粉红的肉翅膀，也还只是一对摆设呢。

这可是在房梁上呢，燕子。

皮肤嫩红、形容怪诞的雏燕，天天拥挤在它们的屋檐上，叫，再叫，还是叫。

燕父母可能再也抽不出时间去叼河泥了，再也无心去建设了，它们光是喂饱这一群嗷嗷叫的小东西就已经很难，也很累了。整个燕窝儿好像就只剩下这些大嘴巴了，整个房子里好像就只有这一排大嘴巴了，整个天底下，好像就只有这一排大嘴巴了。我不能想象，这些个小东西，怎么就那么饿，怎么就那么不懂得节制和忍让。现在，它们就只会喊一个音，翻译过来也只有一个字，饿！

不管什么时候，哪一天，哪一刻，哪一次父母回巢，小燕都叫；不管上一次刚喂过的，还是没喂过的，小燕都叫；不管是连抢了三口还是五口，看着父母回来，小燕依然叫，依然要；一分钟前刚获得父爱的，又向母亲撒娇，依然不管不顾地大叫，没有吃到的，更是叫。

燕父母一定忙死了，累死了，忧心死了。燕父母再也无暇顾及巢窠的事了。事实上，它们也早把这件事放下了。它们干脆地告诉自己，它们的房屋已经完工了，早就完工了。这不是住得很好吗？

喳喳喳，喳喳喳。

燕父母风雨无阻，一刻也不停歇。

下雨了，刮风了，尘土裹着树叶子、草叶子满天飞，人都不敢出门。燕子依然不敢停下来，仄歪着燕翅儿，东一头西一头地撞。没心没肺的叫声，让人心烦，急躁，也在心里催促着这一对父母，快啊，快啊。

燕父母喂完一只飞蛾，又衔来一只蚱蜢。

在匆忙的喂食中，燕父母嘱咐过吗，训诫过吗？

有时候，它们吊在屋梁上，叽叽喳喳。我想那一定是说，老实一点，孩子们，会摔死的。

敞着毛边的半拉子工程，一圈儿破帽檐儿似的，一弯豁着毛边的月牙儿似的窝巢，就这样勉强支撑着。

做梦的时候，我替这一对燕子一砖一瓦地建设起来。一粒一粒黄豆粒儿大小的泥丸儿，神奇地从我的舌尖上吐出来，一粒一粒地粘上去。燕巢上长出一排一排的围挡，屋梁上长出一座一座漂亮的燕巢。可到第二天，燕窝依旧，燕父母依旧，仍然无心他顾，一刻不停地奔波忙碌，找食，投喂。盖房子的事，早忘记了。

娘挓挲着两只沾满棒子面的手，从厨房里跑过来，她是听到我的怪叫了吗，还是听到了燕子像一块泥巴一样，扑通一声砸在地上的声音？娘跑过来，着急地看着地上摔得半死不活的小鸟。肉嘟嘟的小怪物，蠕动着，吱吱地怪叫着，除了眼圈和小腿上短短的绒毛之外，浑身光溜溜的，连一片完整的羽毛都没有。好丑陋的小家伙，除了那张鹅黄的燕嘴，几乎一无是处。它的一双翅膀颤抖着，一双突兀的大眼睛半睁半闭，有气无力，一双细腿抖成一团。

娘在围裙上擦了擦手，试试探探地，从地上捧起这只大嘴叉小燕，唉声叹气。这只光腔雏儿在母亲粗糙的手掌里，吱吱地叫着，不知道是喊疼，还是喊饿，还是又疼又饿。

母亲已经有了不祥的预感。

母亲最清楚，燕子的雏儿是碰不得的。只要是哪一只燕雏儿沾上不一样的气息，必被父母抛弃。不知道这是燕子的洁癖，还是燕子的戒备。

母亲提心吊胆。她到底要试一试，要把小鸟放回到它的窝窠里去。

这个悲剧的结局是，燕父母从此对那只曾经劫难、急需爱抚的雏鸟视而不见，任凭它怎样哀鸣，怎样呼唤，也决不给那只雏儿喂食。凄凉凄惨的嘶叫，常常在空旷的屋宇下响起。

它的声音越来越嘶哑，越来越弱小。终有一天，它又一次被它的兄弟姐妹们给挤下来，噗一声掉在地上。这一次，它连叫也没叫一声，连动也没动一下。

这一群小东西啊，它们跟我生活在同一屋檐下，亲近似家人，却又超脱如神仙。它们，我是说，燕子和人类，当然也包括我，截然是两个世界的生物，虽在眼前，却又永远没有交集。

燕子的诡异的生存法则，又让人凛然而惧。

三

在我搬家之前，我很想贴一个告示，或写一封信，给燕子们。我那座虽破旧但依然能挡风雨的老房子，就留给它们吧。

但愿来年春天，那对燕子能早早回来，把它们的家园建设得更大一些，不再有幼鸟殒命。但愿有更多的燕儿们能住到我这座老屋里来，十对，二十对，三十对，那可是三开间的一座老屋，完全能容得下更多的燕儿。届时，燕语啁啾，欢天喜地，一定会成为燕子们的乐园。

我也深盼着燕儿们能找到更多更适合它们居住的屋檐和梁檩，不一定有多高大多豪华，燕儿们自有它们高超的修建本领。老屋正中，燕子建在檩子上的华屋豪宅，堪为典范。

还有右边的燕巢，更是标新立异。别家的燕子——包括我家的燕子，包括把家园建成半拉子工程，以致酿成大祸的燕子，都是在黄泥中掺和进草茎细麻羽毛之类，虽然抗震但外表粗糙。这一对燕子却不，它们一根草也不用。它们的建筑材料纯是马颊河深红色的胶泥，这一定是它们独特的发现。它们飞很远的距离，找到这种胶泥，一口一口叼回来，将一粒一粒泥球粘在一起，粘得又密又齐。窝窠建成，少说也有一尺深，扣在屋梁上。想想吧，这样一座燕巢，干净美观的外表恰如鲤鱼灰色的鱼脊，我称之为鱼鳞居。漂亮不说，安全是第一位的。

有一晚我在梦里笑醒了。梦里屋顶上挂满了这样的燕巢。五根檩子，每一根檩子上一排，一字排开，满屋的燕巢，又热闹又气派。

我知道，这又是我的一厢情愿。燕儿们有它们自己的规矩和选择，强迫不得。

邻居说，真是一个奇怪的人家啊。

就因为我的破房子里住了三窝燕子，就因为我家的燕子建起了一座坚固漂亮的鱼鳞居吗？

在我离开的时候，特意盯着屋顶上的燕巢看了半天，心里为它们祈福：我希望蛇啊，鼠啊，不要去打扰它们。我希望它们的生活，快乐一如从前。我会想念它们的，真的。

迁于乔木

　　我的新邻居是一对喜鹊，我怀疑这一对喜鹊就是从村子里迁过来的。它们在村子里闯了祸，它们的窝窠，连同举着窝窠的那根粗壮的树枝，都一同被端掉了。我当时还颇替它们抱不平，并担忧过一阵子。现在又成了邻居，我的一颗悬着的心，也终于放下了。

　　正是深秋。长着一张瓦片脸的邻居老哥，举着一枝枯树枝站在栅门前。

　　枯树枝上，矗着一座层层叠叠的、枯枝建成的鸟巢。

　　不同于燕雀们用细草羽毛铺成的鸟巢，这一座鸟巢全由枯树枝插成。当然，每一根枯枝都是精心挑选的，粗细皆如木筷，长短匀称。搭建方法看去并无章法，似是随意地堆砌，但要想抽动哪一枝，都非易事。巧妙的受力，全在这似无章法的编织和穿插里。不是编筐编篓一般分明，但每一枝的安插，都讲究得很，都互相牵制。自底而上，层层安插堆叠。横斜错落，相互借势，让一座木制巢穴既疏密有致，又结实耐用，抗拉抗拽，十级大风也休想将它晃散晃破。巢穴内很深，巢壁垂直而下，如一眼竖井。窠底上也全是棍棒穿插，不要一点细软铺陈。每一根木棍的两端都伸展在窠外，这让这座窝窠的内壁异常干净。从外往里看，参差堆叠的木棍如支支短箭，箭头错列；从里往外看，木棍与木棍之间的空隙，如雕花窗棂。整座巢穴，既纯粹，又通透，显出这一对喜鹊内在的聪明与智慧。

这座鸟巢高高耸立在老哥举着的枯树杈上，倒像街市上插在麦秸草捆上的糖葫芦串子。只不过，这鸟巢更显妖冶，更显神秘。

这样一对文静秀雅的小鸟，居所却是这样粗犷豪放。

不用解释我也知道，这座喜鹊窝原本搭在老哥院墙外一堆柴垛上。每年砍下的树枝他都堆在一条水沟旁，于是树枝越聚越多，高过麦秸垛，也高过屋顶。苍黑的枯枝与周围的树林，相互凝视着，又相互遮蔽。

这对喜鹊真是脑洞大开，也真是太聪明了。在这垛枯树枝上建一座窝窠，可以大大节省它们选取建材的工夫，也有条件让一座窝窠如此豪华，如此伟大。

可这位瓦片脸哥哥，为什么要对这一对欢喜冤家下手呢。

它偷吃我的鸡蛋。

它天天偷吃我的鸡蛋。

它的尖嘴一下子就能敲破蛋壳，都只吸一点蛋清，让蛋黄抛洒得到处都是。

我的鸡窝里有三只蛋，它就吃三只，有五只蛋，它就吃五只。

院子里这么多的穗子它不吃，谷子高粱它不吃，它偷吃我的鸡蛋。

这一对可恶的小东西。

瓦片脸哥哥脸上依然带着微笑，手里扶着那一座鸟巢。

这的确令人气愤。败家的鸟啊，一天就能敲破五只蛋，五只啊。它又吃不完，每一只都只是吸一点蛋清。

其实，这件事我是知道的。老哥的鸡窝就在院墙下，加了几块砖头，铺了一把麦秸。对面鸟巢里的喜鹊天天正对着鸡窝，不用侦察，一眼就能看到鸡窝里的母鸡什么时候下蛋，什么时候离窝。

偷蛋这件事，它们做得从容，简直让人吃惊。

一只喜鹊俯冲而下，直接落在鸡窝上。另一只则立于枝头，安安静静地看云，悠闲自得。一只吃完，换另一只下来，又啄开一枚新的蛋。这两只坏东西啊，它们不是想办法抱走一枚蛋，其实它们确实也无法抱走一枚蛋。其中一只聪明的家伙，连啄蛋的力气都不舍得下，干脆用爪子一蹬，把一枚蛋端到窝外，那枚蛋滚落到地下，摔得稀碎，它则像饮一杯美酒一样，尖尖的喙探进蛋壳，长长地吸一口，便高高地抬起头来，眯着眼睛品咂一番。晶亮的蛋清，扯着晶亮的丝线，在它的尖喙上飘荡着，真香啊。它又低下头来吸一口。吃饱喝足，便一挫身飞到树梢上。

我观察过，在禾穗上啄食一粒高粱的时候，在枝头啄食一枚野果的时候，它们会一边品尝，一边发出喳喳的叫声。而偷吃一枚蛋的时候，它们静悄悄地，不出一点儿声音。它们心里明镜似的，偷吃蛋，是这个院子里的男人和女人都不同意的，连那只刚刚跳下鸡窝的鸡和那只看门的狗都不会同意，被发现了是很危险的。男人扔出的木棒，女人挓挲的手，尤其是那只狗，呜的一声过来，都是很凶的。

可它们还是要偷。那枚蛋的滋味，真是无法抗拒啊。

直到邻居老哥端了它们的窝。

我实在为那一座建筑惋惜。

鸟巢立在瓦片脸老哥身边，超过他的头顶三尺之上。一座鸟巢的工程量之大，让人感叹。那得是多大的功夫、多长的时间，才能建成的一座庞大建筑啊！

想想刚出壳的喜鹊，一身红嫩的皮肤，就安卧在四处漏风、冷而坚硬的鸟巢里。它们的细嫩脚爪，一出生就攀缘抓握。在木棍上站立，迈步，练就了它们特异的爪功。包括它们的深灰色的尖尖的喙，天天在这棍棍棒棒上打磨雕琢。秋冬之际，常见有喜鹊自如地吊挂在粗壮抑或细弱的树枝上，我曾疑惑不止。如今，细细参观这座它们自小寄居的窝窠，谜底一下子就揭开了。它们的掌上功夫与嘴上功夫，是它们自幼而始的童子功，实在了得。

一只小鸟一出壳，就要抵得住无处不在的风，也抵得住无处躲藏的雨，以便将来在风摆枝摇中展翅。猛禽蛇鼬来了，深而密的枝杈是第一道防线；它们的爪，它们的喙，它们的翅翼与强劲的身体，则是最后的武器。

这是这一对鸟夫妻的深谋与远虑，是另一种生存，另一种智慧。

它们的建筑，当然有它们的哲学，它们的考量。

见过幼鸟的娇弱，再比照长得漂漂亮亮的喜鹊，不由不惊叹唏嘘。

那个举着一座完整鸟巢的老哥，一定也为这座鸟巢深深触动了。

我一直在想，他是用了什么神奇的手段，才把一座鸟巢从柴垛上请下来的呢。还有，他为什么非要那么完整地保留下这一座鸟巢，为何那么有兴致地把一座鸟巢竖在眼前。他那么小心地保持着它的原貌。不管是用锯、用斧，把一座鸟巢捣毁，不是更容易的事吗？

单单是从柴垛上把它卸下来，就不是一件简单的事。

甚至，在鸟巢里下个夹子、下个毒饵这样的手段，也能一劳永逸。

在这个深秋的午后，这个手持一座巨大鸟巢的老哥，站在他的院子门口，一定是想让我看到，想让我知道这件事，或者也让更多的人看到，让更多的人知道这件事。他是想把一座鸟巢当成炫耀，想把他的这座鸟巢当作一次壮举呢。

真是一个可笑的男人。

真是一对悲惨的小鸟啊。

一对偷蛋的喜鹊，美好的家园就这样毁于一旦。

瓦片脸哥哥不会怜惜它们了。他这样坚决地把这座巨大的鸟巢取下来，就是要坚决地驱逐它们，就是不愿意再见到它们了。他收缴了那座鸟巢。

他站在他的小院门前，脸上一直挂着微笑。

我看出了这个男人的不安，藏在他微笑背后的不安。取下一座完整的鸟巢，对他的灵魂是一个考验。更何况是一座喜鹊的巢穴呢。

在这个村子里，有一些小鸟是早已人格化甚至神秘化了的，比如喜鹊。他取下一座完整的鸟巢，而不是捣毁它，就已经暴露出他的心理。现在，他可能真的不知道，该怎样处置这样一座鸟巢了。

我似乎明白他站在小院门口的心思了。

我绕着这座鸟巢和这个男人走了一圈儿。看着微笑的瓦片脸哥哥，说了一句没头没脑的话。

我说，哥，你没想过，把你的鸡窝挪一个地方吗？

男人一愣，脸上的微笑一下子就僵住了。

太绝望了。一对喜鹊兀立枝头，呆呆地望着那座已经不属于自己的鸟巢。在它们绕树三匝、哭诉三宿之后，它们做出了痛苦的选择。

这一对黑背白翎的小鸟，它们用又一座豪华的、巨大的鸟巢来迎接我。黑色的、九层宝塔似的宫殿，搭建在一株青杨上，远离了村庄，高高竖立在马颊河边上，掩映在绿树浓荫中。不像是宣示，更像是一种修炼和蛰居，这是一对得道的鸟。

与上一次选址不同，这次的选址不仅与人拉开了距离，且所选的是一棵高大的青杨，树身挺拔，于众树中鹤立鸡群。树冠宽阔浓密，一座鸟巢置身其中，不显山露水。它们的这个选择，又一次显出远见。那些不断伸展的枝条，足以容下一个更大的鸟家族。

或者，家破鸟亡的阴影挥之不去，它们也想着把窝巢举得高一些，再高一些。再有人掠夺它们的华居，那就只有锯下整个树冠了。

像一次告别，更像一场决绝。

它们大约不会想到，我也会追随它们而来。

它们为此在高高的树杈上研究了好几天，叽叽喳喳，争论不休。

或者，它们断定，我与它们一样，有着被逐的遭遇和心思。

因此它们好几次飞临寒舍，参观我的小院子。

有好几次，它们落到我的柴草垛上、新垒的鸡窝上。它们装模作样，像个绅士似的，迈动脚步，大摇大摆，黑色的尾巴一翘一翘，举止典雅，姿态高贵。

我把它们的举动，视作它们的小狡猾，这是它们惯用的伎俩。我觉得据此完全可以确定它们的身份，这一对喜鹊就是原来偷蛋的那一对旧相识。

在它们的鸟巢被老哥取走后，它们失踪了一些时日，我曾做出种种猜想，最坏的猜想就是，它们经受不住这样的打击，从此茶饭不思，终于在一个风雨之夜，从高高的树枝上一头栽下来。这样的胡思乱想，有时候真不免伤感。现在，我终于又见到了它们，心头一阵轻松。可我现在最想告诉它们的一件事是，它们原来的家，又重新回到了原来的地方。

有一天，瓦片脸哥哥喊我帮忙，于是我俩举着一座硕大的鸟巢，相互接力，爬上那垛高高的柴垛，瓦片脸哥哥亲手将那座鸟巢安放得稳稳当当。

干完了这件事，瓦片脸哥哥露出标志性的微笑，看上去轻松多了。

可这一对愚蠢的喜鹊，竟还是恶习不改吗？

为此，我把鸡窝重新做了设计。把原来的向外敞口改为朝里。它们要是再发现一枚蛋，那就要像一只鼠一样拐弯抹角地爬进去。

我真不是太过珍惜那枚蛋，主要还是不愿意它们养成好吃懒做的坏习惯。

不久，我就觉得，可能是我错怪了它们，有点小肚鸡肠了。

这一对喜鹊，看到我故意撒在院子里的高粱，看到篮子里盛的红枣、山楂，观察了半天，它们没捡拾一粒粮食，也没衔走一枚果子，只是喳地叫了一声，飞走了。

我也太低估这一对喜鹊的智慧了。

它们所有的举动，或者都是侦察。

它们果断地做出选择。

眼前这个假模假样的人，他的友好和仁慈，依然不可轻信。

这是一对对人产生了深深敌意甚至仇恨的鸟，它们深怀戒惧。它们留下了伤痛甚至绝望的记忆，怎能轻易再相信人类。它们只相信自己的眼睛，只相信自己的判断，自己的法则。

要想让它们恢复对人的信任，该还有很长的路要走。不过，我有信心，我们已经是邻居，有的是时间。

金翅雀的秘密

河边的生灵慢慢明白了，我不是猎人，也不是路人，倒像是一只新来的兽。它们的大智慧、小聪明，被我一一破解之后，我们之间也慢慢变得融洽起来。所谓不打不相识，一份信任的建立，也需岁月的润滑和考验。

村子里口耳相传的那些神秘生灵、精灵，原以为早已绝迹或远遁，如今却不断找上门来。就连那些旧相识，它们从前不为人知的秘密，似乎也都藏在这片河湾里。

新朋旧友陆续现身：闻所未闻，见所未见者；前曾所闻，迄未所见者；有所闻见，久未谋面者。

单说那些日日于枝头喧闹的小鸟吧。它们的种种劣迹与顽皮，种种心机与机灵，都在我的眼前天天上演。

一株分杈的梧桐，叶片碧绿，肥厚阔大。下面的叶片慢慢进入更替，开始枯黄蜷缩，摇摇欲坠。无风，叶片无端地摇动了一下，之后复归平静。凑近前去，让人惊讶的一幕出现了。一只金翅雀，仰躺着身子，藏在干缩的叶子里。

小鸟二目微合，双翅松弛，似明似昏，不知是死是活。

经验告诉我，小鸟们通常都是蹲着睡觉的。双爪蜷起，收进小腹，哪怕是站在细枝乃至电线上，都会安然入梦。

我疑心这只小鸟病入膏肓，甚至已经安然归西。或者，躲在这一片叶子里，等待它最后的时刻。我一直对小鸟们究竟如何安排后事深怀疑惑。它们戏碧水，翔蓝天，日日欢歌。除了那些死于非命的小鸟，如在窗玻璃上撞断了脖子，在电线上扯断了翅膀，在田垄里误食了毒饵，在一粒弹丸之下血洒草野之外，我就没有发现过一只寿终正寝的小鸟。

在我的概念里，天葬、土葬、水葬、火葬，于一只小鸟似乎都不为上选，那它们是以什么方式来告别这一世奔忙的呢？我唯一的猜测是，藏。这些小小精灵，经此一生，就是为着追求欢乐的。它们活着的时候笑啊，闹啊，抖动翅膀，到处飞翔。它们示于世的，几乎所有的形迹，都是美的。从一身羽毛，到一声鸟鸣，从饮下一滴清露，到啄下一粒草籽，它们的一生都优雅着，华贵着。大限到了，痛苦与腐朽不是它们所要的，不是它们要展示给这世界的，失踪就成了它们最好的选择。避于一隅，不为世知，挺好。

即便如此，隐的地点与方式，也一定是它们认真鉴别、仔细选择的。

眼前，突如其来的一幕，给我一个巨大的震惊。这是这只小鸟最后的选择吗？伏于一片树叶之上，让阳光照彻，让河风分解，让一具美丽的躯壳神不知鬼不觉地随风而逝，化于无形。在那一刻，我的内心涌起巨大波澜，为一只小鸟至死而雅的极致的选择，说不清是同情，还是羡慕。久久地凝视着这只藏于叶片中的小鸟，有哀悼，有尊敬。叶子轻轻摇动，小鸟一动不动。有几秒钟，我甚至想挖一个土坑，为它下葬。可这个念头随即打消，我想，我不能动它，不能以我的方式为它选择归宿。它现在的选择，应该就是它的意愿。在这只小鸟面前，除了表达我的敬意，所有的选择都是愚蠢的。

就在我心怀崇敬，意欲更细致地瞻仰它遗容的时候，奇迹发生了。小鸟慢慢睁开了眼睛。小鸟定定地凝视着眼前的不速之客。小鸟在经过短暂的醒神之后，突然抖擞，箭一般直蹿而去。这中间，没有伸腿展翅的预备，没有惊慌失措的鸣叫，从假死到飞翔，没有任何过渡。这个机灵的小东西啊！

茂密的树丛里，随即响起一串急促清脆的鸣叫，短促而急躁，如斥责，如愤怒。

也许，它只是为了要晒一晒太阳，它愿意让脚爪朝天晒晒肚腹，谁规定它不能仰躺着晒一晒太阳呢？

回味着小鸟藏在叶下的样子，我不由得会心一笑。那的确是一个极舒服的睡姿。

也许，这真是这只小鸟精心策划的一次彩排，为将来的某一日，或病或伤，终不能绕过的末日做准备。

不管是哪一种情形，我都为我的打扰深感不安。或者躺在树叶上晒暖，或者为将来的仙逝而预演，都表明了它是不愿意为外人所知的。

它的这样一个小小的秘密，一个慵懒、濒死的形象，偶然间为人窥去，它感到气愤，是可以理解的。却于无形中袒露出一只小小生灵的智慧，不由人不佩服。

鹰、木蜂和黄鹂们

一

鹰在我的头顶上。鹰在蓝天的最深处。它飞得可真高啊。天清如水，鹰的翅膀如张开的犁刃，来来回回，犁出人字形的波浪。鹰犁出的天空，涌动着松软的蓝色土壤。鹰的土地深厚，一望无际，那是鹰的福气。鹰的地垄里，会有满野的木槿吗？会有妖艳的牵牛花吗？会有成片的紫罗兰吗？鹰啊，是什么样的魔术，才能把天空染得那么纯净？我的目光粘在鹰的翅膀上，脑子里一遍一遍地过滤着，不停选择着。

这一片又茂盛又妖冶、密不透风、汪洋恣肆的深蓝，从一开始就让我惊讶。现在，我终于明白了，它是苍鹰精心呵护的园囿，是苍鹰展翅放牧的草原，那里应该有满野的苜蓿草，诡异的蓝色花，游弋着羊群和马群。苜蓿花开满了天空，鹰逍遥在自己播种的蔚蓝里。在那里，每一朵细碎的小花都盛开，每一片花瓣都娇艳。怒放的苜蓿花将天空浸染出纯粹的底色，织就了最神秘最深厚最纯洁的蓝。

夜幕降临，花的精灵们点上灯笼。再细碎的花瓣也闪烁星辉，再卑微的花朵也激情四射。它们再也不隐藏形迹，闪烁摇曳，花团锦簇，一同装点出绚烂星河。

这曾经是我的天空啊，这曾经是我的理想啊。不管是白天还是黑夜，那片遥远的地方，那片蔚蓝的深处，都是我仰望的高度。

总是最卑微的野草，铺展出最广阔的原野；总是最柔弱的花朵，渲染出最壮阔的底色。在最广阔的天宇，同样是最常见的苜蓿草，让天空变得高贵。

是谁，把这么深厚的蔚蓝放在我的头顶上；是谁，预备了那么辽阔的天空，任凭苍鹰耕耘，播种。鹰不用推平高冈，不用填平沟壑，不用浇水，不用施肥。鹰不害怕歉收，也不害怕盐碱咬死禾秧。鹰自由播下它的种子，展翅翱翔在它蔚蓝的花园里。鹰的天空风调雨顺，四季花开。鹰无意于炫耀，鹰的高贵早已被世间认可。鹰的收获不分季节：鹰的翅膀划过天空，天就蓝了；鹰的马群和羊群飘过天空，苜蓿花就开了。

二

雨后初晴，鹰披着黑色的斗篷，缓缓出巡。鹰的园囿蔚蓝高远，纯洁的绵密的白色的羊群和纯洁的骄傲的枣红的马群，在阳光下悠闲飘逸，衬托出更加纯洁更加平静的蓝色的天空，紫色的苜蓿花泛滥。那些羊群和马群，掠过苜蓿的紫花穗子，又淹没在无边的细碎的蓝色花海里。所有的生灵一律奔放，所有的日子无不富足，任由马儿嘶鸣，羊儿撒欢。有这么肥美的苜蓿草，难怪这些天上的精灵骄纵，难怪它们个个都毛色油亮，又一尘不染。

苍鹰行空，羊群朵朵。鹰成为仁慈的守护者和放牧者，冷峻的眼睛掩不住火热的内心。它威严的黑氅迎风飘扬。鹰的天空祥和、美丽。雪白的羊群，仙气缭绕。这些天上的生灵全被惯坏了，它们有的是无边的天空，有的是绵长的日子。它们无衣食冷暖之忧，无欺凌侵夺之虞。它们可以蓝天白云，可以风起云涌，也可以冰雹雷电，上演一出出活剧。没有胁迫，更没有屠戮。那是它们的国，是它们的天。鹰在自己的天空里，有那么奢侈豪华的家园，有足够的理由骄傲。

鹰在自己的土地上，在满天的花朵盛开之时，把激情深深隐藏在无边的蔚蓝之后。毫无依傍的天空，坦途无限。这是鹰的天性，是鹰的宿命。鹰时而伫望，时而信步。鹰可以在它的苜蓿花丛里小憩，也可以掀动优雅的翅膀。关键是，视耕耘如信步，逢收获犹从容。世间哪有这样的耕种，哪有这样的收获？鹰畅游在它的田园里，沉浸在自己的天空里，盘旋，凝视，思考，成为蔚蓝之野的王者。

三

鹰在自己的高度上，为飞翔做出了全新的解释。飞翔如果是一种本能，那鹰就把这种本能神化了。飞翔如果是一种技能，那鹰一定是获得了更神秘的秘诀。飞翔如果就是生活本身，就是生存本身呢？如果飞翔就是生命本身呢？

鹰充实了飞翔的内涵，升华了飞翔的本质。鹰之于天空，犹鱼之于水。鹰平静地舒展着翅膀，鱼摇动美丽的尾巴。无论鱼游还是不游，鱼都在水里。水不会把鱼扔到岸上，也不会把一条鱼淹死。没有岸，对一条鱼来说，所有的世界都是水。鹰飞在深厚无边的蔚蓝里，翅膀动和不动，鹰都会在天空中。天不会把一只鹰摔下来，也不会把一只鹰扔到天外。鹰伸展双翼，似乎不是为着飞翔，纯粹就是为了身体的舒展。鹰漫游在自己的高度上，平静地舒展地飞翔。这是鹰的生活，鹰的游戏，鹰的境界。一只空中的鹰，就像是举行某种仪式，既隆重又简朴，既庄严又轻松。鹰就这样翱翔、悠游在天上。

那些同样扇动翅膀的精灵们，它们夸张地飞翔。肥胖的木蜂，像一架战车，轰隆轰隆地开过来。它巨大的身体和它又薄又短的翼翅比起来，太不协调，不得不分秒不停地扇动着翅膀。它颤动的节奏是那样匆促，一对力不从心的翅膀变成了一架气喘吁吁的风车，一团纷乱纠缠的雾，搅动得气流发出轰鸣，就像木蜂瓮声瓮气的宣示，快闪开，我飞不动了，要掉下去了。它实在过于笨拙，连方向都把握不好，上下颠簸。再飞，它说不定真的就要摔下来啦。它看准了墙角儿腐朽的木头，准备降落，最终还是没有把握好，嘭一声撞在门楣上。它的又薄又软的翅膀还来不及收拾利索，像一片抹布一样，搭在它蠢笨的身体上。它的一对长长短短的脚爪，忙乱地伸缩着，抓住木头，狼狈不堪地调整着肥胖的身子。木蜂是最无知又最喜欢炫耀的飞行者，拙劣的飞行技术和它的表演一样让人同情。它如此自大，晃动肥胖的身体，在人前炫耀，在院子里或者在屋梁上落下来，挪动笨拙的乱足走路，以弥补它飞行的吃力。这个饕餮之徒，似乎从来没吃饱过，似乎只有一种思想，拖着肥胖的身体，它急匆匆地找一点吃的。它不惜咬坏了门板和梁檩。它的凶恶的眼睛和脚爪一起用力，乱作一团，让人不禁生疑，它的飞翔和喧闹，好像就是为了让本已笨拙的身体胖一点儿，再胖一点儿。

一只硕大的蝴蝶，翩翩起舞。它的花色斑斓的翅膀，在阳光下，像一件花裙子一样抖来抖去。蝴蝶如此自恋，如此沉溺于这一身装束，不惜为美而死。可是，这件漂亮的舞裙过于沉重，让它拖拽着这件长裙载沉载浮，就像随时要沉没的一艘小船。它连飞行的高度都难以把握，像一片落水的树叶，刚刚浮起，又一浪打到深处。它的飞行，与其说是舞蹈，倒更像一套醉拳，徒添了几分喜庆。

一只小爬虫也许会盯着头顶上的蝴蝶赞叹。看，那只蝴蝶，飞翔的姿态有多曼妙，一双翅膀有多骄傲。在这只小爬虫那里，蝴蝶是该骄傲。跟那些亦步亦趋，在草地上，在枝叶间蠕动的虫虫们比起来，它可以在离地一尺或一丈的地方，自由穿梭。那些小爬虫们仰起脸来，看一眼蝴蝶。再高的地方或者就被树枝给遮住了，就被草叶给遮住了。

蝴蝶飞过来了，大翅膀不停地扇动着。它实在还不能驾驭一次安稳的、时间稍微长一些的飞行。它唯有不停地摇摆，才能保持最简单的平衡。也许，那只小爬虫也发现了蝴蝶的蹒跚，它们昂起头颅摇晃着，对着天空画出一个又一个圆，眼神里竟有了不安。蝴蝶穿梭花丛，餐风饮露，为着一时美丽，拼却了全部力气，乃至性命。蝴蝶为情怀活着，为美活着。在这一点上，蝴蝶让人尊敬。可蝴蝶在飞翔中没有天赋，在它短暂的一生里，好像一直都在练习，又好像一直都没有长进。

一只黄鹂，像石片一样弹跳着远去，沉落在水天一线的天边。黄鹂的飞行技术极其娴熟。它利落地灵巧地伸缩着翅膀，上下翻飞，迅如闪电，急如星火。黄鹂的飞行实在让人感叹，有一双翅膀，这是一件多么骄傲多么自豪的事情。黄鹂的小小翅膀，自如地伸展，又灵活地收缩，把身体收缩成一支尖尖的箭镞，小小的身体便在空气里嗖嗖地飞行。可它要是不扇动翅膀呢？它只要有一次停顿，那这个小东西，就会一头栽下来。黄鹂的飞行让人赞美它的翅膀，感念它的翅膀，也恰恰只剩下翅膀，只记得翅膀。黄鹂把飞翔演绎得那样匆忙而琐碎，实在是有些迫不得已。

鹰在自己的高度上，悠游自在。鹰的飞翔，恰恰让人忘记了它是在飞翔。鹰隐藏了力量，隐藏了勇气，隐藏了自信，却又在翱翔中，展现了力量，展现了勇气，展现了自信。鹰以从容尽显气度。鹰在蓝色的天空中穿梭来去。鹰在自己的高度上凌厉无比，成为神灵。鹰把飞翔带入孤独和高冷的蔚蓝里。鹰的孤独没人能懂，也没有一只鸟能懂。遨游，既是鹰的使命，也是鹰的本色。

鹰在自己的高度上，画出一个又一个巨大的圆，在孤独的天空中凿出一个又一个悠长深邃的洞。鹰穿梭在无边的蓝色里，蓝色不寂寞了。鹰在蓝色里铺设黑色的道路，黑色的道路印满蓝色的神秘的天空。一抹黑色在蓝色里呈现，又隐匿在满天的蓝色里。

鹰是在书写什么，或者传递什么吗？它又要传递给谁呢？鹰的道路，是一个又一个巨大的谜。鹰的游戏没有人懂，也没有一只鸟能懂。现在，天空赋予它无边的冷艳的蔚蓝，鹰在无边的蔚蓝里铺陈它不懈的探索和思想，那是鹰的情感和理想。

四

鹰沉默着。鹰的眼睛，鹰的思想，鹰的传说，鹰的未来，都和沉默连在一起。在鹰面前，任何猜测都是管窥，任何判断也都是臆测。鹰活在另一个维度里，鹰总是在人的见识之外。鹰的世界神秘肃穆且让人向往。

鹰沉默着。一只鹰在大地之上，在山巅之上。鹰的眼睛，那是一双能放大也能显微的眼睛，能穿透也能发光的眼睛，没有任何一双眼睛能强过鹰的观察。鹰在自己的高度上拨云见日，洞幽烛微。鹰的锐利能穿透无边的蓝色。鹰看到了树冠上的小鸟，麻雀和黄鹂在喧闹。鹰静静地看着小鸟们亘古不变的欢乐。在小鸟的世界里，山青水绿，万紫千红。小鸟们扇动翅膀。这些游戏至死的精灵啊！它们拒绝孤独，就像拒绝黑暗一样；它们拥抱欢乐，就像拥抱每一个黎明。鹰注目着，静静地凝视着，却依然沉默着。

鹰是个悲观主义者。没有一种欢乐没有代价，没有一种游戏没有危险。鹰的悲观穿越悠远的时空。鹰像一个先知。它不炫耀，也不昭告，只是静静地注目着。它看到一个又一个故事，一场又一场盛宴，滑向无可挽回的黑暗。鹰并不沉沦，也不放弃，鹰始终在自己的高度上。

现在，鹰的眼睛穿透层层迷雾，洞见了小鸟们危殆的命运。鹰清清楚楚地看见，在每一只小鸟身后，都有一支黑暗的箭镞，正飞速而阴险地追逐着小鸟。鹰清清楚楚地看见，有多少只小鸟，就有多少支黑暗的箭。鸟群和箭雨就那么不弃不离。有时候眼看着箭头就要射穿小鸟的胸膛，可就在那一瞬间，小鸟折身而上，对随时致命的一击，小鸟们全都浑然不觉。这是小鸟的悲哀，也是小鸟的福祉。它们一心一意地制造欢乐，让每一个树冠和每一片树林成为节日，让每一天成为节日。小鸟们的节日一个接着一个。鹰知道，这是一种宿命，小鸟的宿命。其实也是所有生命的宿命。

鹰见惯了鸟和箭的游戏。除了鹰，没有谁知道，也没有谁看见，操纵这场黑暗游戏的，那只魔鬼之手在哪里。是小鸟们早已洞悉身后的危险，使它们对生命、生存和生活都有另一番彻悟，还是冥冥之中自有天意？不期而至的危险，精心设计的陷阱，与没心没肺的颠顶、游戏至死的顽固纠缠在一起，这些树枝上的精灵啊。

鹰却依然沉默着。

鹰的深邃的目光穿过树冠，穿过屋檐儿和庄稼，屋宇之下和阡陌之上，一群笨拙然而执着的生命，在土地上蠕动。他们肩膀上的锄头和手中的镰刀绳索，让他们显得更加笨拙。他们前面有笨拙的牛，拉起犁耙。黄土深厚，吸住他们的脚步，他们举步维艰。不管是两条腿，还是四条腿，都一样脚步迟钝而沉重。他们用力地拔出双足，奋力地挪动脚步。人类前倾的身姿和牛耸动前倾的肩峰，都极具力感和质感。这和一只小鸟，它们之间的快乐，到底有什么关系，真是说不清楚。鹰的眼睛一寸一寸地丈量着土地，看到了刀剑，看到了它们眼里的凶光和脸上的狰狞，也看到了他们内心的虚弱和畏惧。鹰在一双一双呆滞的眼睛里看到了眼泪和屈辱，看到了焦虑和争夺。这是又一个世界，又一种游戏。

五

鹰沉默着。鹰的探索夜以继日。鹰浮在蔚蓝的天空里，从容沉着，神情严肃。不管是驻足还是飞翔，鹰始终思考着。这是鹰的姿态，鹰的常态。鹰的高度让它孤独，在孤独中独立。鹰在沉默中飞翔，鹰在飞翔的时候依然沉默。鹰的世界里没有喧嚣也没有蛊惑。鹰不相信喧嚣，也不相信蛊惑。

鹰沉默着。鹰在高处修养它的心性、神性。在最寒冷的高度，鹰把自己变成那一点坚硬的黑色。是清高的日子滋养了鹰的性情，是孤独的蔚蓝拓展了鹰的视野。孤独，是一朵奇异的花，在开阔和逼仄中，它都会盛开。在蔚蓝之下，在山巅之上，鹰的眼睛穿过一千年的云层和一万年的尘埃，过滤出一重又一重遥远深邃的世界。鹰知道天有多高，鹰的眼睛洞穿这一切。没有谁能左右一只鹰，没有任何一双翅膀能代替鹰的翅膀，没有任何一种呼唤，能引导鹰的方向。鹰在自己的世界里。

鹰沉默着。鹰将头颅抬起来，凝视着自己的天空和家园，凝视着家园之外那更加深远的天空。那里的深邃安静让鹰更加沉默。它久久地凝视着，鹰劲疾的目力，直视着大地，在一重又一重不同的世界里逡巡。在鹰的眼睛里，远处的蔚蓝和黑暗不停地变幻着角色。是蔚蓝的深处的黑暗，还是黑暗深处的蔚蓝，这是宇宙的哲学，也许，只有鹰看得透彻。

头顶的阳光让鹰闭上眼睛，鹰习惯了黑暗。阳光被鹰视为另一种黑暗。总是这样，黑暗和光明共存，苦难和欢乐同在。鹰沉默着，不躲避，也不畏惧。鹰把自己塑造成一块黑色的石头，随时准备迎接黑暗。鹰的高度，似乎，距天很近；想一想，距地也很近。它就在我的头顶上，就在那个高度上，这时候，鹰俨然是一位王者。

我越来越相信，鹰是上苍供养的神，生来肩负某种神授的使命。我所看到的一切或者都是假象，鹰其实在经受考验，一场又一场考验，一次又一次锻炼。鹰在空中施展魔法，始终扮演着神的角色。鹰的目光如一道尖锐锋利的闪电，黑色的喙如一把紫玉的弯刀，鹰的黑色的羽翎如神的令牌，鹰的翅膀下隐藏着无数的符咒和指令。鹰统率千军，呼风唤雨，却把千军万马隐于无形，隐于蔚蓝。

六

注定孤独，遍布危殆，都被鹰视为风景。鹰的危机和代价没有人知道。鹰隐藏了所有的苦难、所有柔情以及所有的热情，只把最坚硬的颜色和最冷峻的面孔展现出来。在浩瀚的蔚蓝里，黑色的鹰，将自己锻造成黑色的眼睛，默默地穿透天空，如一道黑色的闪电。

第四辑

缘河而居

河之巫

这位老人，患有严重的梦游症。在无数个宁静神秘的夜晚，他迈着僵硬的脚步，像一抹鬼影，在马颊河上晃过。经冬历夏，他的干瘦的躯体，他身上的每一块骨头，都如马颊河上一根坚硬的树桩，与枣树柞树，立在一起。他的一只眼睛永远闭着，那是马颊河留给他的印记。他的另一只眼睛，却会在夜里发出光芒。

老人形销骨立，又仙风道骨，木然的脸上掠过一丝不易察觉的笑意。其实，我早已知道，这个人洞明天意。他跟我，跟两岸的乡亲一样，体验着马颊河的水起水落。只是，他更透彻，更深邃，甚至神秘。他不光是用眼睛，用手脚，用马颊河留给他的那条知冷暖燥湿的老寒腿，更用他在马颊河大堤上一场接一场的梦游去与一条河幽会。

他枯瘦的躯体里藏有太多的秘密。他走过河滩，他的身侧，常常陪着一只老狗；他的肩头上，有时又会扛着一只鹌鹑。他的狗，他的鹌鹑，跟他一样，都是马颊河的灵物。

他们常常一起走在马颊河宁静的夜里，走得严肃，走得雍容，走得惬意。

马颊河干涸的时候，老鳖躲在木桥下边的水坑里。那一汪水潭很深。马颊河断流十载，水潭里的水只落了一尺，水一直绿着，一直幽幽地清澈着，一直在看不见底的黑暗里。再后来，村里的水井也干涸了，村民们路途遥遥，到桥下来挑水。每天早晨，老人总是第一个过来，用一只木瓢，从潭里舀出三瓢水。每餐一瓢，多一瓢他也不取。

早起的人，总是碰到他，背一只葫芦，踽踽地回去。有个年轻人故意早起，要跟老人家抢到那第一瓢水。第一天，他碰见老人身背葫芦走进家门；第二天，他起得更早，碰见老人悠悠地从河堤下走上来；到了第三天，他顶着三星出门。这一次，他一路上没看到老人。直到走下木桥，走下大堤，他也没看到老人的身影。他心里正自得意，从远处传来幽幽的絮语，像两个人在那里拉家常，诉说着什么心事。年轻人悄悄迈步，还没看清远处的人影，就听见扑通一声，好像是有什么东西跳进了水里。借着朦胧的月光，见老人独自坐在潭边。年轻人就有些疑惑，这位老人家，他这一个夜晚，都守在这个潭边吗？他絮絮叨叨，在跟谁说话呢？

水安安静静的，水潭安安静静的。老人安慰着年轻人，水潭里的水深着呢，全村的人都不用担心没水吃。

不知道从哪一天开始，乡亲们开始把老人家当作一位神医。谁家的孩子肚子疼了，找到他，他会寻出一把草药，告诉人家，焙干饮下就好了。有人风痹入内，四肢僵硬，他同样会取一把草药，告诉人家，用马颊河心正午时刻的水，煮草浸汁，喝了就好了。有打柴割草的人，惹了马蜂，被蜇得猪头酱脸，眼肿成一条缝，他也会告诉那人，如何到河滩里，刨一颗马铃薯，洗净切片，贴到肿胀的脸上。患者遵嘱而行，不出三日，症状全无。

他有许多奇奇怪怪的要求，尤其对于水，总是加一些看似荒诞的条件。比如，有的草药，一定要取早晨的河水煎煮；有的草药，则要取正午的河水熬制；有的草药，要在河湾处，取河中心的水来浸泡。鉴于他的权威，种种不着边际的要求，人不嫌其怪，反信其为真，虔诚遵守。

乡里缺医药。有些病，不得不去城里大医院，花到倾家荡产，却治不好。求到老人这里。他谛视良久，凝神默诵，似历梦幻，便开方下药。三两服草药，竟然好了。有一位妇人，产后恶露不断，眼见得人命不保，连神汉神婆都没了主张，要准备后事。辗转找到老人。老人扛着一把锄头，领着来求医的男人，到河坡上找刺儿菜。非要茎秆上结了根瘤，鼓出如青杏一般的刺儿菜。男人回家之后，遵照老人所嘱，切开根瘤，取出里面藏着的一窝线头一样的白色卵虫。再将这些卵虫与蒜瓣儿一起捣碎，让妇人饮下。第一天，每一个时辰饮一次；第二天，每两个时辰饮一次。如是者三日，妇人的恶疾止住了，睁开了眼睛，饮下小米汁，蜡黄的脸色，慢慢浮出一点点红晕。全村人无不惊讶，觉得这个独眼的老头子，真是通了神了。

岁月渐深，老人家仅有的一只眼睛，竟变得越来越小，眼窝越来越深。到最后，便小如一枚青豆，藏在深潭一样的眼窝里。

他的另一枚眼球，丢失于早年的一场洪水。

那时他还是一个孩子。洪水来临，本来，父亲用一只木桶推着他，往高处游。可游到高处，才发现木桶里的孩子不见了。一家人围着这只木桶，望着浩浩汪洋，悲怆无比。谁知，这孩子竟赤条条地从水里钻出来，寻着哭声，挤进人群。邻居认出，将孩子抱给正号哭的祖母。这个小孩子竟不解地望着祖母说，奶奶，你哭什么呢？

天已入秋，却淫雨不断，连下了七天七夜。所有的土房都漏了。那些高粱秸和泥抹顶的土房子，遇上这样的连阴雨，几乎无任何回天之力。即使好一点的房屋，外面大下屋里小下，外面不下屋里照下。每家每户的盆盆罐罐都拿去接雨水了。晚上别说睡觉，连一块能挡雨水的干爽地方都难找。一家子惊恐地依偎着，听门外不时传来轰隆轰隆的房屋倒塌声。一会儿这里咕咚一声，一会儿那里又咕咚一声。那些老房子忍到了最后，依然墙倒屋塌。

就是在这样的煎熬里，一股大水滚滚滔滔，从上游下来。洪水冲决了堤岸，漫过了田园，直冲到村子里来。全村的人畜被水追着撵着，鬼哭狼嚎，逃到河堤上。

被水冲走，又幸运逃回的男孩，卧在祖母怀里，高烧了三天。三天之后，烧退了，孩子的一只眼睛红肿紧闭，另一只眼睛却更加明亮。

这个烧了三天三夜的孩子，带来一连串的水故事，怪消息。

他躺在祖母怀里，悄悄诉说着他的所见所闻。

他说，那只木桶，飘着飘着，撞在一根树桩上，他就从木桶里滑了出去。他说他一滑出去就被一条豁亮亮的鱼咬了一口。咬到他的脸上了，咬到他的眼睛了。还没待他哭出声来，洪水就又把他淹没了。忽忽悠悠，他觉得像是踩在一面大鼓上，又像是骑在一条大鱼上。就那么飘啊，飘啊。他自己也不知道飘了多久，飘到了哪里。

他看见，涌动翻滚的大水里，一群一群的鱼鳖虾蟹，就像孩子们手牵着手做游戏一样，一队接一队，游过来游过去。先是鱼虾，后是鳖蟹。鱼虾队伍由一条大鱼在前面带路，小鱼紧跟其后，黑压压一片，摇头摆尾。鳖蟹队伍更整齐，鳖蟹都伸着头，浮在水面上，黑乎乎又是一片。

立即就有人附和，是啊，王八蹚水，都是把头露在水面上的。

小孩子越说越离谱。他说，他看见有一位穿着红裙子的姑娘从河上过去，接着，就有一队又一队的鲤鱼。鲤鱼太多了，过了好久也没过完。他又看见一个老头从河上过去，他的身后，跟着一群一群大鳖。那么多，又威风，又神秘，全睁着一双绿豆眼睛。

就又有人附和说，水里过鱼，过鳖，是鱼精、王八精来探路，洪水马上就要退了。

他说，有一位白胡子老头说了，雨已经过去了，第二天就有太阳了。

可不，到第二天，一轮大大的太阳，就像从水里钻出来一样，滴着红彤彤的玫瑰汁子，升起来了。

太阳一出，洪水就退了，留下了无数的坑塘池泽。

小孩子的叙述，让身边的大人们一惊一乍，不由得一阵阵发冷。看似荒诞不经，却又暗合着某种现实。

让人惊讶的是，真是像这个孩子说的那样，退水之后，到处都是鱼，那么多的鱼。坑里壕里，连过水的田垄里，街巷里，有点水洼就有鱼。活着的，死了的。坑里的水越渗越少，鱼却越来越多。大大小小的鱼，堆成堆，挤成团，成为乡人一个抹不去的记忆。

等到坑塘里水干涸，又一件惊奇的事发生了。原本在浅水里露着脊梁、甩着尾巴的鱼群，游在深水里不时翻涌起浪花的大鱼，竟全不见了，只剩下一些蝌蚪蜗牛之类。就有人说，那些大鱼，原本就是从天上飞下来的。水一撒，它们就又飞到天上去了。

唯有那个只剩下一只眼的小孩子，瞪着留下的那只眼睛说，大鱼都钻到地下去了，再下大雨的时候，它们还会再出来的。小孩子的话，人们将信将疑，原本也无法对证。

可在那一年冬天，发生了一件事，让人们对那个孩子更加刮目相看。

有个走村串乡的铁匠来到村里，打造锨镢犁耙，生意兴隆。孩子们都去看热闹，看那一炉火焰，看那一块在火炉中烧红的铁，看大锤小锤在铁砧上溅出火星，敲打出悦耳的节奏。那个独眼的孩子指着炉灰下的一块湿地说，看，鱼出来了。先还有孩子们讥笑，接着，连大人也发现，那块被炉火烤热化为泥浆的泥土，竟真的涌动起来。一条灰色的鱼脊，就在泥浆里露出来了。铁匠选的这片低凹背风处，原本正是一片大水漫灌的坑塘。

自此之后，人们视这个孩子，就更有了异样的眼光。

就在那场洪水之后，这个死里逃生的孩子，一只眼睛渐渐瘪下去，瘪成一个坑。这孩子不以为意，天天乐呵呵的。他没有因为丢掉了一只眼睛就怕水，相反，倒对水有了特殊癖好，夏天一到，天天泡在水里。

这个孩子，一点一点在一条河边长大，也一年一年在河边变老。一辈子跟河水建立起特殊的感情来。村人说，这人从小就有神灵附体，又长年累月地长在河上，住在河上，结交了马颊河上的灵物，已非等闲之人。

有关老人的传说，越传越神。每有年轻人表现出轻视或嘲笑，就会遭到村人的指责。村人心里，这位老者已然成精，能上晓天文，下知地理，能前瞻，也能顾后，轻慢不得的。

村人所言不虚。老人大半生流连河畔，识鸟兽，尝百草，历经种种灾难，心眼明白透彻。小到久拖不愈的一场疾病，大到人祸天灾，都能治愈防范。他的一只眼睛，一条寒腿，都是这条河的施与。他跟马颊河积久的交往，早已把一条河的变化融汇在血液里。

　　我第一次结识这位独眼的老人，他正挑着两筐青豆，从田里回来。他肩宽腿长，光脚板上沾满泥巴。他走在乡间土路上，跟马颊河边任何一个朴实勤劳的男人，没有分别。只有在积久的交往中，才会慢慢领略他的神奇。让人着迷的是，他的智慧与故事，全藏在他的身世里，藏在他与一条河的相守与相知里。

　　关于河流，我们曾有过一次深谈。

　　引出这个话题，好像还是对万物之性的认识。

　　天生万物，各有其德，最难窥视其性其情其品其质的，该是什么呢。老人家不假思索，脱口而出，那是水。

　　这倒是我始料不及的。

　　老人说，我一辈子生在河边，长在河边。有人说我是河里的一只老鳖。这是笑骂。其实我哪里配。至今我也不敢说，我就真的解透了一碗水。

　　眼前之水，它跟上游、下游的河水，是一样的吗？它流过一座大山，就沾染了大山的脾气；它流过一片黄土，就染上黄土的颜色。它冲刷的河道沟谷，它浇灌的奇花异木，何止千万。沟谷之性，花草之德，同样会传染给河水，改变着河水。谁能说河里的一滴水，它就没有远土之德、近草之性呢。天下万物，各有其异；殊方异域，各守其俗。又安能说不是一条河带去的教化呢？

　　河之大德在弯，在曲，在盘旋，在缠绕，在纳天地之性，育万物之灵。它的一弯一曲，走了又回，回了又走，迂回折叠，看似多走了不少冤枉路，其实那正是河的恩德。那是一条河在寻找，在融化，在收纳，在养育，在生发，在塑造。河流淌，万物生。河造就万物之形，塑造万物之异，成全万类之灵。这才有一方水土，又一方水土；有一方生灵，又一方生灵。大河上下，天地万方，人异其趣，物异其类，河成其志。

这一湾河水，清晨取饮为甘泉，日落取饮则为毒药；那一段清流，遇山百折可酿纯醪，千淘万漉而沉金沙。就说眼前这条河吧，取水于河之阳，能磨出马颊河最筋道醇香的豆腐，取水于河之阴，则可煮出最消暑解渴的绿豆汤。河入地为泉，可熬名胶，成奇效。河化气为雨，则可救黎民，助苍生。

人间百草，五谷杂粮，生于一地一时，其质也定，其性也固，温凉苦辛，入皆可明也。水就不行。水流于无形，因器成之。当归生于陇西，地黄产于鲁豫。同一种药草，大黄又有南北之分，橘枳之辨，物性之理明也。水之异则丰富变幻者多。水土水土，水在先，而土在后也。南水北水，天水地水，江河湖泊，明渠暗泉，更不要说上游水跟下游水的分别了。同时同地之水亦不可轻易断其性判其德，水之变幻无穷，唯细辨之，慎取之，恭之敬之，又岂可轻慢。

老人家不弃我愚钝，一番宏论，滔滔不绝。真不愧为马颊河上一老鳖。不是树大根深，断难有此见识。不由不让人顿生崇敬。

这样一个人，他对一条河流的消长，对河流上的草木虫鱼，有天生的敏感，有透视般的体认，能够凭直觉做出判断。他眼睛里呈现的，就是一张图，就是一幅画，触手可及。他穿越古今，鉴往知来，都属寻常之事。

这样的人和这样的事，产生于这片土地上，并不突兀。他，他们，就藏在马颊河的任意一个褶皱里。他今天飘然而去，明天或者又会相遇在途中。他跟那些隐没于马颊河的生灵一样，只要他的脚踏在马颊河的土地上，就能接收到马颊河传自地心深处的信息。你若仔细审视，马颊河两岸，那每一个人，大人，孩子，他们的脸上，无不呈现出来自马颊河的那一份天真和自信。仿佛，与河为伴，他们就自为神仙。

河之魂

　　大雨来的时候，我的情绪莫名激动起来。我自己都难以相信，我是那么期盼一场雨的到来。也许，这场雨，真是让我等得时间太长了。

　　跑出屋子，跑过烟雨蒙蒙的树林，跑过野草丛生的河坡，一直跑下大堤，跑到临水的河边。我到底要跟所有的树木野草一起，跟一条河一起，迎接一场雨；我到底要看看，马颊河的水，是怎样一点一点涨上来；我到底要看看，那河边的草木鸟兽，在一场大雨来临的时候，会怎样幸福地哭泣，一条河流如何激动，欢呼。

　　我干脆合起我手中的荷叶伞。在这样一片河滩上，撑起一把伞，是不公平的。对一条雨中的河流，对一棵雨中的树，是不公平的。对雨伞遮蔽下的一株野草，一片泥土，也是不公平的。你怎么就知道，这一株野草，这一片泥土，它就不渴望一场洗礼呢。包括我自己。雨点儿啪啪地砸下来，打在我的头上，身上。雨线顺着我的脸颊往下淌，雨在天地间织成一张大网。雨越来越大，雨水开始在我的前额扯起亮亮的雨帘。

　　我真是有些疑惑，被一场雨唤醒的那种兴奋，是不是与前世有某种因缘。

　　河流慢慢醒来。

河起伏着，扭动着，浑身笼罩着蒸腾的热气，似乎随时要驾云而去。饥渴的泥土喘息着，啜饮着，吐出大团大团的白雾。还有树木，还有野草，还有藏匿在一场雨中，那些跟我一样，远远站在一场大雨中的兽们。

雨来了，我激动地想，这正是干旱已久的马颊河平原最喜庆的节日啊。

脚下的泥土突然拱动起来。

起初，我还以为，这是一个错觉。雷声雨声，让大地的心跳也骤然加快。我们一起处在激动之中。

我所站的地方，是一片开阔的洇水之地。河水退去之后，留下一片硕大的月牙儿状的深潭。在整个枯水期，这片深潭就被河流抛弃了，任它自生自灭。这片深潭便兀自坚守在河滩里，坚持到冬去，坚持到春来，它要一直坚持到河水下一次暴涨，再次成为河床的一部分。

或者也不。在河水到来之前，它就早早地干涸了，暴露出隐藏堆聚着蛤蜊、蝌蚪与大大小小的蜗牛的潭底。没有特殊情况，一群柳叶鱼也会干涸在潭底。当然，有时候不等水潭干涸，潭底的小鱼小虾，就已经被一群水陆两栖的长嘴鸟给捡拾净尽了。看着水鸟那样轻松地吞咽，让人难以置信。那么惬意，有时候一口下去，会同时捉住两三条横七竖八的小鱼，小小的鱼口还不时地张合着，就已经无可挽回地滑入鸟口。面对这样与主河道断开的水潭，水鸟的围攻简直是肆无忌惮。水潭大的时候，它们只在水浅的地方来回穿梭，等待鱼儿送到嘴边，或者伺机捕捉失于防范的稍大一点儿的鱼儿。慢慢地，深潭变小变浅，围攻就成了聚歼。它们高高的长足，哗，哗，一路平蹚过去，一场血腥的屠杀便上演了，酿成鱼虾最后的悲剧。

　　刚刚与主河道断开的时候，潭里的水很深，能藏住很多鱼虾。潭水清澈碧绿，水草袅娜，游鱼如织。肥胖的河虾隐在水草下，与水面的飞蠓游戏着，不时有鱼群跃出水面。深藏于水底的大鱼，有时候也会跃然而出，砸出一朵巨大的浪花。在月下，水面上会不时冒起巨大的水泡，让人怀疑，是某种神奇生灵在做游戏，或来一次深深的呼吸。我深信，这一片与大河隔开的深深的水潭，一定藏着有关这条河的所有信息，深藏着这条大河里所有生物的秘密。它不是一方普通的水塘，它实在是一处卧龙藏蛟的深宫。

　　这一片深潭，引起我极大的兴趣，就像我专属的一口大鱼缸，花前月下，常常让我忘了时间。

　　这一片深潭，自立于大河之外，成为一个独立的、封闭的世界。

　　今年的旱季太长了。这一片深潭，扛过了一个冬天，又一个春天，终于在夏天到来之前，它还是无可救药地干涸了。

　　在我的印象里，这片深潭是突然干涸的。前一天，我还站在塘边，看着那些小鱼小虾，还曾萌生慈悲，想着要把它们网到大河里去。不想，到我再来的时候，塘里的水突然就没了。原本神秘的潭底，竟出乎意料地平坦。一条狭长而深邃的沟壑，正像一把倒放的梭，镶在这河滩里。坑塘里干干净净的，那些鱼虾呢，它们都在一夜之间飞了不成？看看周边，没有下网放水的痕迹。塘里也没有它们挣扎的痕迹，我在坑塘前仔细观察，发现塘边有一些乱糟糟的花瓣儿一般的脚掌，猜测这背后隐藏的一场杀戮。这些小小生灵，一定是饱了那群日日出没的鸟兽的口腹了。可是，那些大鱼呢，那些深藏其中的尤物呢，都被水鸟给吃了吗？它有这样胃口吗？我深自疑惑，并暗自感叹。物竞天择，大自然的残酷，有时候会让人内心深深地不安。

脚下的泥土又一次拱动起来。我本能地跳开。我清醒地意识到，这不再是错觉。

我真的有些吃惊了。我的一双脚板若不是站得稳重，说不定还真要被掀到潭里去。

潭边的一块泥土，在这场大雨里开裂，显露出一片青铜颜色。我不由心里一动，该不是一件前朝埋下的什么宝物吧，要显灵了吗？泥土继续涌动，坍塌，一个活物从泥土里钻出来，竟是一只老龟。它缓缓伸出瘦长的头颅，承接着自天而降的雨水。

随着一道闪电，老龟一失足，滑进浑浊的雨水里，在深潭边上划出一道湿长的划痕。划痕在雨水里坚持了三秒钟，就被雨水抹平了。我颇有兴致地想，这可真不是老龟的风格，搁到平时，它可是从容得多了。而且，这只老龟，将自己埋进泥土里的这种选择，也让我深为不解。它本来可以跳进大河里去的，以它对水的敏感，它对坑塘的干涸，应该早有预料的。可是，它宁愿守在这里，是它对这片水塘深情地依恋，还是它在这片坑塘里藏有什么秘密呢？我找不出说服自己的理由。

潭边的一小块泥土又拱动起来，竟是一只蛙，弓着脊背，从泥土里钻出来。蛙眼鼓胀，一尘不染，黑里透亮。雨点砸在它青蓝的脊背上，让它迅速地从昏眠中苏醒。随着一声滚雷，青蛙腾然而起，在雨中刷出一道绿色的闪电，潭里便溅起一朵金黄的漂亮的水花来。

接着，这一片坑塘，便开启了它的魔幻模式。这里那里的，不时上演一场无中生有的大戏。深潭周边，那些原本湿漉漉的泥土，时时被拱动着。从湿泥里拱出来一条鳝鱼，或者，一条泥鳅。它们都是最善于遁地术的土行孙，没有什么能阻挡它们涂了明油一般的身体。只是，这么长时间的干旱，它们究竟是怎么忍耐下来的呢？

　　鳝鱼的小眼睛细眯着，不仔细分辨，竟辨不出。它从一个蛇洞一样的小孔里探出它的尖削的小脑袋，尖嘴巴上那两条金黄的须，抖动着。看着漫天的大雨，它不再犹豫，无声地滑出洞穴，径自游到坑塘里去。那个细而深的，仅能容身的洞，在雨水里吐出一串气泡，眨眼间就被灌满了。鳝鱼湿滑细长的身体，在雨水里也像挂着一层均匀的油脂一般。

　　在这片水潭边，我的心脏一直在怦怦跳动。我还是深自疑惑，如一只龟，一只蛙，这种长有四肢，可跳可逃的生灵，为什么会一意固守在这片坑塘里呢？不远处就是主河道，它们完全可以顺水而下的。是它们预感到，一条大河，也会在旱季里干涸见底吗，还是它们坚信，一场大雨，终究会在它们的有生之年降下？

　　至于泥鳅，就更神奇。我从小就对它深怀一份警惕，觉得它乃水中之狐。你明明抓住了它，它却在你的掌握中轻松滑脱。你明明靠近了它，它会在你的眼皮底下遁地而去。可在这个旱季，它也这样迂腐吗，非要守在这片干涸的坑塘里？是什么样的因缘，让它们在坑塘干涸的时候，选择了留守，深藏进这一方泥土里呢？是它们基因深处的自信，让它们有了未卜先知的天赋，专等着这一场就要到来的大雨吗？

　　浑浊的雨水泛起水花，水面上漂浮着白亮亮的水泡。蛙鸣远远近近地响起来，应和着头顶上轰隆隆的雷声。脚下的河岸，连同眼前的坑塘，都像在经历一次阵痛，隐隐地抖动着。水中的生灵越来越多了。小鱼小虾，不知什么时候也从水里冒出来了。一时，塘里的雨水搅动起来，掀起浪花。这些小鱼小虾，都是从泥土里冒出来的吗，还是从天外飞来的呢？我从小就听过鱼会飞翔的传说，说它会在一场大雨里，乘着雨势和风势，飞到它想去的地方。那可真是一件神秘的事。

因为激动，我感觉浑身的肌腱都在跳动，为这些水中的尤物，在我面前，上演这样一幕活剧，为这一条河，在一场大雨中重新抖擞振作起来。

河之缘

从生存角度说，我的活动半径，绝不比一只豹猫更大，更不比一只黑翅鸢更远。与一条河流相比，我就更显局促。我的脚步每天拘囿于直径不过万米的范围里。在一段有限的河流上，一段有限的时光里，我的脚步，一百遍一千遍地重复着。马颊河上的十里冰雪，十里春风，在我的四季里轮番映现着。这也让我对这一段河流愈加熟悉，愈加亲切。哪里有一条沟，哪里有一座桥，哪一棵树上住有一窝斑鸠或一对山雀，哪一个坎下住有一只狗獾或一匹灰貉，我比谁都清楚。

有一年夏天，芦苇莺以从未有过的急切，在我耳边聒噪。我就知道出事了。果然，跟随着这只小东西，我发现一只白鹤呆立在一片水草里，动弹不得。我发现的时候，它已半躺半跪，没有了挣扎的力气。也不知道它在这里呆立多久了。我下到浅水里，解开捆缚在它脚掌上的水草，把白鹤抱上来。因为长期的挣扎，它的右边的翅膀断了好几根长翎，翅翼上有点点血迹，不知是由于过度挣扎，从翅根儿渗出，还是哪里被划伤。那被缠住的一条腿上也已磨损得血肉模糊。我要是再晚来半个时辰，也许它真的就没命了。

看着它奄奄一息的样子，我一直在疑惑：它在这片浅滩上挣扎了多久？一天，还是一夜？这一天当中竟没有鹰隼、水蛇之类的坏小子来侵害，也没有狐鼬之类的小兽来打扰。总之，它竟然平安地等到我来。它发现自己处于危境就一定失了方寸，就慌乱地扑腾着翅膀，用尽了全力去拖拽那条被缠绕的腿。本来，它的嘴上功夫十分了得，本来它可以不慌不忙地去解缚。我觉得，这只白鹤像极了遇事慌神的我。我轻轻抚一下它的高高翘起的前额，告诉它，有勇无谋，真会害死人啊。

也许呢，是这只白鹤，已经跟这一片水域里的鸟兽们有了默契。平时，它吃不了的小鱼小虾之类，常常送给岸上和水里的朋友，一群小鸟小兽也会伴随着它，甚或给它指点鱼群，并从中分一杯羹。它飞得高，眼力好，见识也多，平时也能给这些朋友们提供更远的地方的信息。或者，是它这种友好的交往救了它。

我给白鹤冲洗了伤腿，敷上膏药，把它养在小院子里，小心呵护。晚上，它就跟我一起，住进我的那间小屋子。我给它钓来了鱼虾，放在一只水盆里。我又在墙角放了一抱苇草，让它卧在苇草上，倒是一夜安详。

这样的陪伴，一直持续到它的腿重新有了力气，它的翅膀也恢复了元气，便把它放生了。此后，这只白鹤就成了我的儿子，会经常到我的小院里来看望。有时候，会带来一群白鹤，给我跳一支舞。春天来的时候，会给我衔来一枝柳条，一枝迎春，或是一朵时新的小花。

在那段日子里，我领教了一只鸟的敏感，也深深了解了一只鸟生存的不易。白鹤的耳朵真是出奇地灵敏，夜里一点风吹草动，都会把它惊醒，喉咙里发出轻轻的叫声。我抚着它的长脖子告诉它，没事，安心睡吧。它就又安心睡去。早晨，天才蒙蒙亮，它就嘎嘎地轻声叫唤。我打开屋门儿，它轻抬那只瘸腿，迈出门去，在院子里溜达。白天，我领着它到河滩上练习走路。走着走着，它会猛地停住脚步，抬起头来，审视着远方。过一会儿，会有一个人，从远处河堤上踽踽走来。有时候，它会低着头，眼神儿却瞄向远方。我循着它的眼神望过去，会发现一只野狗，正从河滩上慢跑。它预知突发灾害的能力，让我感到惊讶。也正是与白鹤的近距离接触中，我终于明白，鹤之为仙，不虚也。

冬天的早晨，我发现一只快冻僵的黑老鸹，扑散着翅膀，卧在雪地里。它的黑色的羽毛让它的存在十分显眼。若是在正午，这样的姿势，可以晒一晒翅膀，可现在正是一天中最冷的时候，它身体上那点热量在摊开的翅膀下大量散发，即便不被野猫野狗吃掉，也会很快冻死。我走过去，将它捧起来，捏一捏嗉囊，竟空无一物。

老鸹的生存技能超常，又是群体性的鸟类，即便是在冰天雪地的季节，老鸹仍可安然无恙。它怎么会落到这般田地，这有点让人费解。缓过神来的老鸹急速地捡食我抛撒在地上的高粱。从它的稍显淡黄的角质喙判断，这应该是一只当年生的小鸟。一场大雪，埋藏了所有食物，对于初经严寒的小鸟来说，注定是生死考验。腹中无食，真会要了它的性命。它大约真是饿晕了。一抔高粱下肚，老鸹的精神慢慢好起来。不消一个时辰，就昂首振翅，夺门而去，落在院子里的槐树上，冲着我嘎嘎叫了两声，像是在感谢。

可气的是，这只老鸹耍起小聪明。它判断出我的善意，知道我不会加害于它，第二天，竟又飞到院子里来，故意地在台阶上摊开翅膀，半仰着身子，半张着嘴巴，装出一副快要饿死的可怜相。我用手去碰一碰它，身体和翅膀半僵硬着。我复捧出高粱，放在它的嘴巴下面，它竟立即活泛起来，收翅敛腿，半卧着快速啄食起来。这只无赖鸟，用这种方式欺骗我。我又好气又好笑，拍着手把它撵走。

更离奇的事情发生在第三天，这只鸟又回来了，身后还跟着一群老鸹。老鸹们有样学样，见它半卧在台阶上，眼睛眯着，一副就要饿昏的样子，另一只老鸹也从树上飞下来，在它旁边摊开了翅膀。第三只更甚，干脆把第二只挤到一边去，自己半卧在那里，头半翘着，似乎连脖子都僵硬了。都说这种鸟善耍小聪明，这回我算是领教了。

我不能培养一群啃老族吧，不能让它们养成这种不劳而获的恶习来。

因为黑老鸹有食腐性习惯，在村子里，黑老鸹的名声可是很邪性的，有种种传说。要是有人发现，我跟这群黑炭似的小东西有不清不白的关系，不知会怎么看我呢。我倒是不信，也不怕这种坏名声，可这个小东西也太居心不良了吧。我不再给它们高粱，一粒儿也不给，可我也不能恶意驱赶。我知道，这个小东西是极容易记仇的。它要是认定你不是一个好人，就会跟定了你，甚至会传播于鸟界，让它认识的那些黑老鸹一起跟定了你，在你的头顶拉粪。或者，它会来到你的院子里，在你的衣服上、蔬菜上，总之是它们认为可以搞破坏的地方，来一次小小的破坏。晚上回家，从晾衣绳上收下一件衣服，满手是黏糊糊的鸟粪，那该是一种什么感觉。我故意地把一只袋子举在手里，把一只手伸进袋子，抓出一把粮食来，放到地上。老鸹看见了，纷纷去抢那些粮食。待再有鸟儿盯着我，我就故意地在它们面前抖动那只空袋子。我告诉它们，袋子空了，没有了，真的没有了，一粒儿粮食也没有了。这群惹不起的小东西！

我还救过一只狐。那只狐一定是饥不择食，或者是刚刚脱离了母亲的呵护，饥肠辘辘，就中了猎人的圈套。它被一只大铁夹子夹住了后腿，挣扎了一夜，卧在陷阱里，早已奄奄待毙。我先是给了它一只野鼠，它连叼住一只野鼠的力气也没有了。那只鼠在夜里偷吃我散养在河滩上的鸡雏，触及了我的底线，就自认倒霉吧。

我用一只布袋，蒙住狐的脑袋，小心翼翼地给它去除铁夹。这时才发现，它的一条后腿上，外皮已经张开，露出雪白的几欲断裂的骨茬儿。我怀疑它在情急之下，曾经想着要把那截儿后腿咬下来。因为，那张开的外皮似有咬嚼的痕迹，被扯得稀烂。我取下铁夹，心里暗自跟狐交流着。我不能保证能治好你的腿，但我会尽心，会想一切能想的办法。

我一边抱着狐往回走一边想着，一只狐生存的艰难。那些鼠兔蛇蝎之类，各有活命之术，不会随意地被狐吃掉。它们之间的恩怨，我自不会介入。

最大的危险，还是人类。这片土地上，自古以来就有冬季狩猎的习惯，狐们不得不小心地面对秘不可见的猎枪和深不可测的陷阱。它们中的大多数，真是活不到寿终正寝的那一天。就是日常的生存中，它们也不能保障每天都有饭吃，它必须天天努力，不停地奔波，用它虽然聪明，依然常常失算的脑袋，去应对生存的危机。

狐肯定也会有住进广厦、安享美食的梦，肯定也会有逃出荒野、享受太平的理想。不会有一只狐愿意忍受这种半饥半饱、危机四伏的日子的，没有的。没有一只狐，愿意过那种与蚊虫、与众兽争夺生存权的日子。可它们别无选择。在这一点上，人与兽可以说是面临相似的境地。这是兽的宿命，也是人的宿命。

天可怜见，我竟治好了这只狐的腿伤。我给它疗伤，饲以鸡蛋、生肉等我自己平时都舍不得吃的东西。在我的精心伺候下，不长时间，狐的大红尾巴就能竖起来，精精神神的了。只是，它的后腿上，有一段腿骨，永远长不出金黄的毛发了。它跑起来，依然矫健，看不出有什么外伤，可它要是散步，它的那条后腿，就明显地瘸一下，再瘸一下。

之后，我与这只狐也建立起了深厚的友谊，且经历了风雨。每次见它，我都会不吝赞美之词。这是一只多么美丽的狐啊，让人从心眼儿里喜欢。

几十年下来，我跟这条河，跟这片平原，跟河边的生灵和草木们，建立起深厚的感情，牵起斩不断的情缘。我喜欢它们，即使短时间地离开，也会想念它们，牵挂它们。我心里明白，那些苍耳，会在哪里生长；那只杜鹃，今天飞远了，明天还会再飞回来。每一次出门，我往回赶的脚步总是急匆匆的，好像听见了呼唤，好像看到了等待。那些草木、生灵，似乎也早都把我当成了同类。我的出现，就像一只鹤落在水面上，就像一只兔从洞里出来溜达一样。我们有共同的领地，共同的家园，沐浴着共同的阳光雨露，也承受着共同的风雪雷电。

或者，也不一样，那就是，我自认为我比一般的兽，有更多的朋友，有更宽容的心态，我在这片河堤上更受欢迎，也更受爱戴。我守护这片河滩，赢得了好名声，成为一只可信赖可依赖的兽。我在河滩上一路走去的时候，会有喜鹊喊来许多不知名的小鸟，在我的身前身后歌唱；会有叫不出名字的小鸟，落在我的肩膀上、手掌上，啄食我手心里的草籽儿或野果；会有一只狐，殷勤地跑在我前面，摇动它的火红的大尾巴。

走在这条河流旁边的时候，我就觉得，是这些身边的生命，在呼唤，在招手，亲切地拉住我，跟我攀谈。这让我觉得，我的每一个日子，都是被召唤的，都是清醒着的。我便深感庆幸。我跟这片土地，跟这条河，建立起一种紧密的联系。似乎，是我几十年的努力，终于让这片土地接纳了自己。在发怒的时候，悲伤的时候，哭泣的时候，周围的无数双眼睛，不是在盯着我，而是在陪着我，挽着我，守护着我，为我抚平心绪，我们一起度过。

入夜，远处的荒野里，星光闪烁，那是昼伏夜出的小兽们的眼睛，鼬、狐、豺，还有鼠、兔之类。当然，也有萤火虫。不明就里的人，会以为是天上的星星飞下来了，飞落草丛，或挂在树梢上。

这是这些兽或虫，比人优越的地方，它们练就了一双夜视眼，能让它们的世界跟亮起灯火的村子一样。人与兽各居一方土地，各守一方安宁，这是原野的繁华和兴盛。

仰望天空，每一颗星宿，都闪烁着智慧的眼睛。它们夜夜注视着你，让你感动；每一颗流星划破夜空，都展示出一种指引，一种照耀，让你心动。星空永恒，流星也以一种动态的姿势展示着另一种永恒，在我之前，以及之后，它会一次又一次划过星空。人生太短，与星空相伴的日子太少。在更长时间里，一颗新星的诞生与消亡，都与我无缘。

但是，我拥有原野，星空一样辽阔且深邃的原野。原野深处的每一只灯盏，那背后的每一个生命，星星点点的生命，比之人类不知多出多少倍的生命，不只拥有阳光，同样拥有星空，拥有更辽阔的原野。它们将每一个夜晚，装点出星空一般的灿烂。在这片原野上，不管白天还是黑夜，都有它们的歌唱和奔忙，就像满天的繁星，就像流星，随时上演着瞬间的陨落和绽放。

大河匍匐，万物萌苏。在这片原野上，我有幸结识一只鹤，一只狐，我庆幸自己与这片原野建立起的越来越深的关系，我的一次援手，与其说是救赎，毋宁说是缘分。

这是我的大河之缘，也是我的原野之缘。

河之殇

一

我从一场噩梦中醒来，到现在还处在怔忡懵懂中。

灾难突然而至。

先是呛人的酸腐的臭味儿，随着夏日的滚滚热浪，从门缝儿里挤进来。接着就发现，门外的树木也像经了霜一样，衰飒了叶子。那些原本旺盛的水草，也一片一片地枯黄，变黑，死掉了。更让人吃惊的是，河里的水突然变了颜色，变成了铁锈色。黄中带灰，灰中泛黑。一河浊流，不时泛起肮脏的泡沫。鱼群不见了。一条鱼也看不见了，它们在一个早上全失踪了。

这一惊非同小可。待在岸上，半天喘不过气来。脚步踉跄着，溯河而上，又漫无目标地沿河而下。我想找个人问问，到底发生了什么。河岸上除了燃烧的日头，什么也没有。头晕目眩，竟重重地撞在一棵树上，树叶便哗啦啦地掉下来，落了一身。正值盛夏呢，树都死了吗？旁边那棵几个人搂不过来的白杨，树枝上全秃了。它在岸边长了怕有一百年了，什么样的旱灾没遇见过，多大的水情它都扛过去了。可今天，它的叶子哗哗地落下来，落了一地。

我拍打着树身，想问一问这棵树，到底发生了什么。大树沉默着，把最后一片树叶扔下来，砸在我的额头上。望向远处，这才觉得，就连天空也变了，变得灰蒙蒙的，异常浑浊，似乎少了什么。这才想起，那些闹喳喳的，一天天在头顶上飞来飞去的小鸟呢？还有，河边上那些飞虫和小兽呢，怎么都失踪了？听不到画眉和蓝点颏的鸣唱，也看不见百灵的影子，连一只麻雀也看不见，连一只灰兔也看不见。末日般的感觉席卷而来，把我包裹在里面，越裹越紧，越裹越让我恐惧。

二

河岸上，慌慌张张跑来一个小姑娘。我认出来，那是邻居家的女孩儿李玉。

才想起来，倒是有一段时间没见到过这个孩子了。她平日那张丰腴红润的脸此时看上去灰暗、消瘦。只有一双大眼睛，似乎比原来还大，惊慌中充满哀怨。红肿的眼睑上，依然挂着泪痕。李玉还没张口，先哭泣起来。我想安慰她，可就连我自己也陷在绝望里，又能说什么呢。

李玉抽泣着告诉我，她是来告别的。她要搬家了，他们全家都要搬走了。

他们一家，在这里住了多久了？这个连李玉也说不准，可她说他们要搬走了。

为什么，要搬到哪里去？李玉却说，你别问了，连我也不知道。李玉说，这场灾祸，来得凶煞。眼看着弟弟死了，妹妹也奄奄一息。再不走，父母祖父母都要死在这里了。李玉说着，又哭起来。

李玉说，本来，她是不想走的。她说，父母本来也要坚持留下来的，可村子里天天传着死亡的消息，左邻右舍都逃走了，日后，连收尸的人怕也没有了。李玉说，你没看到渔村里的惨景，十室九空。李玉发现自己说漏了嘴，抬眼看一看我，又继续说，有的人家，一家都死绝了。李玉说，就是为着父母，她也要走了。

我轻轻说了一句，走吧。我把目光转向别处。

李玉像是自己做错了事似的，催促着我，你也走吧，别死心眼儿守着这间破屋子了。

我不走，也不能走。

我讲不出理由，可直觉告诉我，逃是没有用的，我要一直守在这里，不管结果如何。

李玉动情地说，等疫情过去，我还是要回来的，我们全家也都要回来的。这里是我们的家。李玉说着，眼泪又下来了。

我轻轻推她一把，快走吧。李玉才流着泪，恋恋不舍地离去。

我，跟一条河一起，进入一段苦难岁月。

真是一段不堪回首的日子，一场生死考验啊。

河水一天重似一天地污黑发臭，死掉的鱼一天天地腐烂。好像是河水在下游哪一个地方被堵住了，一河黑水死在那里，静在那里，臭在那里。

从来没经历过这样的事。问及村里上了年纪的人，没有一个人有这种记忆。

这件事对我的自信心，对我在一条大河上建立起来的历史观，形成巨大的挑战。

我的眼睛干涩，喉咙肿疼，头发像一蓬乱草，没有了一点光泽，伸手一抓，就掉下一大把来。

不管白天还是晚上，坐在河边，常常就忘记了时间，忘记了晨昏。

我深深地自责，是我太大意了。

从每天变化的水质里，早就该发现细微的变化啊；从每一口空气里，也能嗅到危险的气息。种种不祥的端倪，怎么就那么轻易地滑了过去。

冬春季雨水少，河水流动慢，水质总是趋向变差的，于是便大意了，一场灾难突然而至。触目惊心，一溃千里，不可挽回。

老经验失效了。是我犯了经验主义的错误，我无法原谅自己。

可即使早就知道，早有预料，我又能做什么呢？

三

在一场噩梦中挣扎。

在那座小屋子里，在那张木板床上，我昏昏沉沉，神游天外。

恍惚中，我似乎看见，正有一群怪兽，咆哮而来。怪兽吐出弥漫的毒雾，毒雾在空中凝结，压低了云头，遮蔽了天空。一场邪恶的雨眨眼之间铺天盖地，雨水流在脸上，黏糊糊的，捋一把，手上也是黏糊糊的。我被这场黏糊糊的糨糊雨裹挟着，捆绑着。这场黏糊糊的糨糊雨越来越稠，越来越黏，我的手脚都被粘住。我绝望地挣扎，像陷在无底的沼泽里。我眼睁睁地看着，这一场黏糊糊的雨淹没了庄稼，流进了河道。河里的水原本清澈着呢，全被这场又黑又黏的雨染得黢黑，染成了酱。

河里的鱼虾，成群结队，你挤我拥，往下游逃去。可还是有鱼群被黑水追上，还是有大大小小的鱼没有逃出。一条，两条；

一片，一堆。死去的鱼儿有的直接被扯开肚皮，有的腐掉了头颅，惨不忍睹。可怜它们洁白干净的衣裳，在一场黑雨里变馊，腐烂。黑臭的河水肆意流淌着，所过之处，万物皆墨。

难闻的刺鼻的气味，比一筐捂了一个夏天的死鱼更让人恶心，比世上最难闻的气味都让人恶心。这种让人恶心的气味，从原野里、河道里，似乎，也从我的身上散发出来，四处弥漫。

逃亡，到处是逃亡。那些祖祖辈辈繁衍生息在河边的小兽，排成绵延的逃难的队伍。一只地鼠，跟跄着脚步，像喝醉了酒，最终倒毙在一株枯木桩下。一只狐，用尾巴裹挟着一只更小的狐，嘴里还叼着一只，一步一步匆忙地往下游逃去。

天上的飞鸟，结成逃难的鸟群，在天空徘徊。不时有鸟儿像一枚石子一样，从天空一头栽下来。一声凄厉的鹤鸣，在浑浊的天空飘荡。一座鸟巢，在一阵黑风里从枝头掀落，正在孵化的鸟卵砸下来，在我眼前摔得粉碎。那位守护着鸟巢的母亲，发出绝望的悲鸣。

越来越憋闷，连空气也稀薄了，胸口上像压了一块巨石，憋得难受，呼吸不畅。我感到浑身刺痒，连自己的皮肤也在变黑，身体也在一点点腐烂。我开始胡言乱语。我的嘴上，在一夜之间起满了水泡。

一时，又是干燥的热风，滚动着，掀动起一波一波的热浪，要把人晒昏。我迷迷糊糊地，弄不清自己是梦着还是醒着。或者已经醒了，却还在梦里；或者在一场大梦里，却又清醒无比。

四

我成为游荡在河岸上的游魂。

　　我想去找一找那只藏在桥下深潭里的老龟，才发现，老龟也不见了。那只老龟，陪伴着我走过一段不算太短的岁月。我来河边之前，这只老龟早已经生活在这里。它活了多少年，还会活多少年，老龟不说，天天很有耐心地陪伴着一条河流。我也不问。我们相互尊重，相安无事，这就是缘分。

　　也许，只有我最清楚，这一只老龟的生活起居。村人传说，神龟现，大雨来。我发现这种说法不确。老龟经常在晚上到河岸上来散步，遇见了，我们会相伴着，走很长的路。到了旱季，久旱不雨，老龟就不出来了。

　　乡亲们会在河边撒下煮熟的黄豆，供养老龟，就为着它能带来一场及时雨。我不信这些，可我愿意撒下黄豆，这让我跟这只老龟有了很深的交情。不管是不是下雨，只要召唤，老龟就会蹒跚而来。我们相对而坐，我把一些难以对人言的所想所思讲给它。老龟安静地望着我，我相信它是听懂了。

　　这只龟每一次露面，每一个眼神，都让我感到踏实。眼下，却只有那些黄豆，在浑浊的河水里漂浮着，老龟却不见了。这只老龟啊，连一个招呼也不打，就走了。它不会怀疑，这一河臭水，是我放的吧。它不会认为，我是这场灾祸的主使或同谋吧。谁知道呢？

　　发生这么大的事，都不知道吗？所有的人，都不知道吗？

　　我的灵魂出窍，如一缕轻烟，飘向高处。

　　我分明看见，我那一副躯壳，机械地，麻木地，迈动脚步。

　　我用柳枝串起几条死鱼，走进城市。

　　街道上，乌烟瘴气，有一种灰白色的粉末，如盐如霰，簌簌撒落。路面上像下了一层灰白的霜，染白了道路。粉末落到人的身上头上，染白了人的躯体。街道灰蒙蒙的，大街上活动的人影也是灰蒙蒙的。到处是朽蚀的栏杆和千疮百孔的车辆。一辆公共汽车，两只大灯的铁皮护罩都腐蚀掉了，只剩下一只灯泡，孤零零的，像魔鬼的眼睛。

走进人群才看清楚，大街上的行人都戴着口罩，配着墨镜。有的，干脆戴着防毒面具。他们一个个目不斜视，机械地迈动双脚，机械地摆动手臂，形若木偶。他们急切切地往前赶路，好像在赶一辆就要启动的火车，再晚了就赶不上了。他们对我这样一个蓬头垢面、跌跌撞撞的人，这样一个提着死鱼、在人群中穿行的人，既觉怪异，又自厌恶，全像躲避瘟神一样。

好像，他们也觉得，这一场突然的灾祸，都是我的罪过。

我拉住一位行人，告诉他，出事了，出大事了。

河里的鱼死了，树上的鸟也死了，所有的兽都不见了，就连树木野草，都在一片片地死掉。

我告诉他，天上在下黑雨，河里在流黑水，世界末日到了。

那个人终于扭过头来，透过厚厚的、黑色的镜片，盯了我一眼。在那双还算清澈的眼睛里，我看到了我自己，正像一只从荒野跑进城市的兽，正如一只孤独的狼。那个人慌乱地推开我的手臂，像一阵风一样，踅进人流，再也找不见了。

我提着死鱼，欲闯进机关。门卫威严地站着，手持着一条黑色的橡胶棍，挡住我。我机智地说，我是来汇报工作的。门卫似信非信，犹豫着退到一边，放我过去。一栋大楼，像一座山一样立在我的面前。高高的台阶，巍巍的楼宇，我一步一步往上爬。

楼门自动打开，又在我身后自动合上。楼道里清风宜人，宁静得连一个人影也没有。我被这片圣地的宁静所震慑，不由自主地放慢了脚步。我四处窥探，发现大楼里所有的门窗竟然都是紧闭着的。忐忑地敲响一扇门，有一股来苏水的味道冲出来。接着就伸出一张老年女人的脸，手持着一把笤帚，小心翼翼地说，你等一下，我这就打扫完了呀。

再往前走，敲响了另一扇门。开门的是一位戴眼镜的小姑娘，她看一眼提着死鱼的我，警惕地问，您是哪一个科室的？要打文件吗？我本能地把手里的鱼往身后藏了藏。

接下来，我的胆子慢慢大起来，便一扇一扇门地敲过去。

所有的领导都像躲避瘟神一样躲着我。所有的领导都像一条泥鳅，变得柔弱无骨，总是能在我眼皮子底下轻松滑脱。一转眼，一个都不见了。

终于打听到，领导们都转入地下了，都在一座地下堡垒里办公。那里有空气净化设备，有饮水净化设备。领导们都发放了防毒面罩。

我孤独地回到大街上。一个巨大的扩音器里，正在播放领导的讲话：要沿河再建一百座造纸厂，一百座化工厂。

一阵热风搅动白色的霜雪，打在脸上，让我浑身打了一个激灵。我的一张脸像是浸在咸水里一样，渍得生疼。在这个火热的夏天，在一场呼啸的风里，人们纷纷裹紧了衣衫，缩着头颅，将一张脸严严地捂起来。他们的口罩上，早已结了一层厚厚的灰白色的粉末。我孤独地走在喧嚣而又荒凉的城市里，觉得整个城市像一个怪物，要将我吞噬。

我忽然感到眩晕，好像被人推着，不得不快速地迈动脚步。我的身体不时被后边的人撞一下，又撞一下，便失了节奏，摇摇晃晃，有点儿站不住。我脚下的一条马路，就像一条传送带一样，飞速地转动起来。整座城市，也像一只陀螺，在不停地旋转。

我举起手里的死鱼，发出公鹅一般的叫声。连我自己都不知道，我是在说什么，喊什么。我被当作疯子撵出了城市。

我和我眼前的这条大河，都像是这个世界的弃儿，像一条死去的、腐烂的鱼。

我大约真的是病了。我的身体连同灵魂都被恶魔劫持了。

五

在灾难中，时间被无限拉长。这一场噩梦像是做了上百年。

最终还是一阵风一条河救了我。是风的呼唤，是河的忍耐，让我慢慢平静下来。风悄悄地从门缝儿里挤进来，将我喊醒。我的僵硬的四肢，慢慢恢复了活力。我的被禁锢的头脑，也慢慢开释了。我相信一场大雨就要到来，就要冲尽污浊，这是河的伦理，也是河的哲学。

当我重新走出那间小屋子，大地上的风也软了，枝条也柔了，世界重新变得新鲜，充满活力。小鸟小兽奔走相告，惊讶地环绕着我飞来飞去。

在清澈的河水里，我发现我那张原本沧桑的脸，竟然光滑稚嫩起来。我原本脱落得很厉害的头发，也重新变得浓密。我原本单纯的目光，更加清澈。

外人看来，我是更木讷，乃至懒散了。他们也许会以为，是一场大病伤害到了我的精神，让我的大脑出了问题。这件事，只有我自己心里清楚。

我的内心的确经历了巨大的变化。这种变化，让我自己也暗暗惊讶。我的一双眼睛，竟有了透视的功能。我在凝视一棵地黄的时候，能清楚地看到碧绿的汁水在它的脉管中缓缓流动。当我靠近它时，它脉管里的汁水竟激动到要发出响声，我知道它认出了我。一只青头潜鸭，晃着肥胖的身子，从我身后蹿出，那株地黄竟惊慌到花容失色，茎秆委顿。我赶紧挡住这个愣头青的去路，不要它再跟随我，把它撵到河里去。挺直的苘麻，健壮的曼陀罗，还有四处攀爬的葎草，它们晃动着身子，从野草丛里伸展出强大的枝叶，欢迎我，我甚至能听见它们的歌唱。这些发现让我惊喜莫名。是谁说草木无情，连一株小小的星星草都在朝我眨动着眼睛。

一群久违的秋沙鸭冲着我发出鸣叫，一只白鹳与我深情对视。我甚至能看到它们歪着的小脑袋里闪烁的小心思。这样的透视，让我的一颗心更加柔软，也越发仁慈。

一场大病像是重活了一次。

不是每一个人都有这样的经历的。

不是每一个人，都能抵得住这样的锻炼的。

我算是一个幸运者。

我的大脑像被重新安排过，或是重新置换过，既适应了变化，也看到了一条河的不变。有了这样的一场经历，我与河边上的鸟和兽的距离就更近了。一切都变得简单、质朴，如一株巨大的栾树一样坦诚；心无杂念的纯洁，如一对鸳鸯清澈的眼眸。人一旦透明了，还有什么能够污染他呢？

也许，这正是上苍的安排。

一场大病，正是一次生理和心理上的自我冲刷，自我清洗，也是一次自我养护。跟一条河一起经历一场蜕变，不是每一个人都有这样的福气。

一条河，在经历了短暂的，然而也是漫长的污染之后，又一次澄清。

我就明白，跟一条河的经历比，任何灾难都显得渺小了，再长的磨难也成了一瞬。在一条河流那里，所有被称为灾难的事件，都沉淀为一枚卵石，或一层沙砾。

我终于明白，河流的历史，绝不可以寻常观。它在无数次的循环里所积聚的见识，养成的从容、坦荡，是任何来自外界的伤害都无法改变的。所有的创伤，所有的污浊，所有强横的侵犯与掠夺，到最后，都会被它轻轻抹平。河有足够的仁慈，足够的耐心，等待一次回归，或觉醒，等待就要到来的澄清和澎湃。

远处，有孩子清泉般的欢笑。

那么多的鱼，大鱼，小鱼，大大小小的鱼，鲢、鲋、鲤、鲫、白条、翘嘴、麦穗儿、黄颡儿，还有水草边的小虾小蟹，相互追逐着。一群五六岁的孩子，在大人的呵护下，踊跃跳跃着。那么多的鱼啊。他们大呼小叫。

被孩子们的兴奋感染着，我的一双眼睛也温柔湿润起来。

河之佑

一

大病初愈，难抵一场冬季的风。脑子随时出现短路，像一台油路不畅的机器，随时都可能熄火。

时而清醒，时而昏冥。尤其是由清醒到昏冥的那种变化，既猝不及防，又新鲜刺激。刚刚五彩斑斓，瞬间羽化登仙。三秒钟的空白，三秒钟的失踪，三秒钟的灵魂劫持，灵肉分离。随着脑子慢慢清醒，灵魂再次附体。人并没有移动，依然站在原地，哪里也没去，身体也没有飞起来，竟也没有倒下去。真是很幸运。

有一次，真的就倒下去了。由清醒到昏迷的转换是如此迅疾，正像由昏迷到清醒的迅速转换一样。就在身体还未接触到地面的时候，人已经醒过来了。躺在河坡上，竟没有滚下去，也没有往后仰，就那么扑进野草的怀里。

想爬起来，想坐起来，可失败了。双腿和双脚都像面条一样，一点儿力气也没有。头脑异常清醒，身体却突然丢失了，无法支使。躺在那里，平息了好半天，等待身体回来。额头隐隐地疼起来。前额擦在枯树桩上，流出的血，粘住眼睑，用力才能睁开眼睛。

后来，有一位医生朋友告诉我，这是大脑缺氧，已经发生了短暂的休克，是很危险的。

只有我自己知道，这其实只是一场大病的后遗症。身体已经好起来，已经走在恢复的路上。

二

那一场高烧，水银柱直冲 40℃。骨节与骨节啪啪断开，皮肤与肌肉似乎也在撕扯着分离。有一万根钢针刺砭着肌肤，哪哪都疼，碰哪哪疼。整个身体要被烤熟了吧，整个人就要散架了吧。

可那个时候，竟一点也没想到过死亡呢，依然摇摇晃晃地，依然每天出现在河边，又每次都有惊无险地回到那间小屋子。

就像一种约定，每天要到河边上，看一看岸、草、树，听一听水声、兽声。身边的每一株野草都慌乱，都颤抖，每一个枝杈都怜悯地看着我，匆匆地伸出手来，要扶住我。鹧鸪更加焦急地鸣叫，害怕我一头扎下去，摔死在河岸上。

一场可怕的疫病来临。村子里不时传来送葬的哭声，连河里的鱼，连岸上的兽，都在这里那里地丢了性命，连野树和野草也枯萎了叶子，枯死了树冠。末日降临。

一回到我的小屋子，我就立即关紧屋门，试图把什么关在屋外。可一把自己关起来，心就更加孤独。一座小屋子逼仄如蟹壳，又空旷如荒漠。

幻觉就是在这个时候找上了我。

一个美男子，衣袂飘飘，踏波而来。他遍历洪荒，跨越生死，能在一条大河上来回穿梭。他精通长寿秘诀，比普通人多活了两辈子，三辈子。在他面前，普通人看不见的廊道，推不开的门户，都如履平地，绝无禁区。

美男子青春洋溢，腮染红霞，飘飘悠悠来到我的小屋子，安坐于对面那把木头椅子上。这让我深感惭愧。那既不是一把太师椅，也没有蟒垫虎皮，那就是一把连扶手也没有的直背靠椅，年久失修，靠墙的一根腿早已朽烂。谁知，男子一坐上去，木头椅子竟金碧辉煌，威严起来。男子极随意地将一只胳膊架在椅背上，亲切地看我。他的浓发漆黑油亮，面色黄中泛红，像一个浪尖泛舟的弄潮儿，又像一位青山踏遍的采药人。他的鼻骨高挺，前额突出，一双眼睛如沉淀千年的深泉，映衬出层层叠叠的天光。

第一次见面，就像多年不见的老友，也像见过多少次的亲人，彼此坦诚，毫无拘束。

我多日昏沉的头颅竟然轻松起来，昏眊的眼前，也一点一点变得敞亮。

我知道，我这是遇到了先知。

树叶重新绿了。

有来自时光深处的温暖，有言词真诚的抚慰。我发现，坐在我对面的这个人，通体都是清澈的，明亮的，都是晶莹剔透的。他引领着我，从古及今，又展望未知的将来。

追随着先哲，我似乎也有了上天入地的本事。

我一时成为一个冲浪高手，一叶扁舟，稳立船头，笑看风起浪涌。

一时又是山中隐士，芒鞋斗笠，一蓑烟雨，沿河而下，走得玉树临风，走得雨意丰沛。

我的身体是飘逸的，我的声音是空灵的。我如潮的思绪，让我如乘云御风的大鸟，舒展长羽，又如深海的巨鲸，乘风破浪，气贯长虹。

　　我的眼前赫然出现一株大树，一棵长在遥远时空里的大树。这棵树可以八千年为春，八千年为秋。这棵树上的每一片叶子都是充满智慧的。

　　一片叶子落下，我看到叶脉流淌，如山川河流；细胞排列，如人头攒动。我看到深深浅浅的时空转换，山重水复的人世更替。只要稍稍细心一点儿，就能在任一个时空里，放大无限的风光。我的僵硬颓败的身体，开始活泛起来。

　　有一扇渐渐开启的门。

　　有一种缓慢的蜕变。

　　如一个懵懂幼童，仰望着眼前这棵参天大树，仰望着巨树身后无尽的苍穹。

　　人是多么渺小啊。

三

　　没有人不喜欢一条河。

　　独坐河边，远望汤汤流水，这样的情境太让人沉迷了。

　　每当这时候，我就觉得，心地澄澈。一条河，穿过岁月的丛林，遗落在远古的涛声，在我的心头轰鸣起来。

　　河让每一片草叶都水灵灵的。那些跳跃的水花，滚动起来。水珠与水珠聚合着，碰撞着。始而潺湲，继而汪洋，汩汩滔滔。

　　沿着一条河流走，那些从远古、从近代的褶皱里走出来的人物，常常会神奇地映现。看上去，又如此熟悉，如此亲切，好像就在今天，早上或者傍晚，在我曾经走过的城市和乡村里走出来，跟我撞个满怀。这些人物，混淆了时代，模糊了背景，跟我游走在同一个时空里。他们饮的，是马颊河里的水；吹的，是马颍河上的风。好像一条河，打乱了节拍，穿越了古今；又好像我自己，被眼前的流水引领着，穿梭于这条从古流到今的河流上。

在这条河流上，有一艘属于我的小船，可以载着我，跨越时空，自由来去。

大约，是在这条河上待得太久了，眼里只有草木，没有朝代。犹如桃花源中人，不知有汉，无论魏晋。真是让人大生感慨。古往今来，朝代更迭，不过是人为地硬生生地划分。草木人间，所过的是日子，所见的是光阴。正如眼前的一河清波，日夜不息，要分出哪一段是远古，哪一段是今朝，都是太过矫情的事。也许，没有背景，倒是最真实的背景，没有时间，才是最真实的时间，这不正是最好的境界吗？

就像一腔思绪，酝酿成一条生命之河。在这条河流上，众生踊跃，闪展腾挪。眼前心底，便不仅仅有人物，也有草木，也有飞禽走兽，也有风霜雨雪，都是我在这条大河上所交往的生死与共的朋友。我所有的经历，都是河水滋养过的，水润万物，葱茏繁茂。

在一个奇怪的梦境里，我变成一条长着翅膀的鱼，率领着一众鱼鳖虾蟹，从昆仑山上下来，竟有了擎天撼地、无中生有的本事。嘴巴一张，便能吞云吐雾；尾巴一摇，便化出一道虹彩；一扇翅膀，那道彩虹哗一下，降落人间，眨眼化成了一条大河。这是一条通天的河，我跟我的那些要好的伙伴，那些鱼鳖虾蟹，就沿着这条河上天入地，自由自在。我游到哪里，那条大河就跟到哪里；我飞到哪里，我头顶上的彩云就跟到哪里。

我跟一条河有许多奇奇怪怪的故事，跟河边上一株树、一只兽有许多神秘亲切的故事。我救助的一只鹤、一只狐，乃至一条蛇、一尾鳝，不时簇拥着我，让我恍惚，也许，我的前生，就是一条河豢养的尤物，就是一只老鳖，或一条红鲤。要是离开了水，我是活不了的。

可是，我哪有一只鳖聪明，也没有一条鱼那样单纯。我其实更像一棵树，站在一个地方，守着一条河流，到老死也不换地方。什么时候要真是把我的根须从河边上拔出来，我就要死了。

或者更像一株被河赋予了灵魂的树。雨雪一来，我就兴奋了；南风北风一起，浑身的筋骨就活泛了；一看见云彩，一听到雷声，血液流动就加速了。

侣鱼虾而友麋鹿，沐风雨而衣云霓，虽富贵荣华不易也。

四

河是亲切的，河又是谦卑的。河与草根荆棘同处，姿态很低，眼神很平。低到可以收纳天地，包揽古今。河又是从容大气的，沉得住，看得透，把得准。它不上天而晓天，不入地而悟地。河不是神仙，可河什么都看得到，什么都知道。河自来处来，向去处去，走得遥遥复遥遥。河坦荡着，又神秘着，坦荡到天远地阔，神秘到不见首尾。

这样的冥想，常常让人忘记了时光，忘掉了身份。好像在这条河上，已经独坐千年，也还要守下去。心底便如秋水一样，变得深阔、宁静。

与河对语，是一种非常特殊的体验。没有人知道，沉迷其中的人到底想到了什么。有河陪伴，让我的孤独有了依附，有了着落。

一个漫长的冬季留给我的寒冷，好像延续了一万年。其实，在一条河那里，只不过匆匆一瞬。

亲历过一番生死离别，我重新站在一条沧桑的河流之上。

我的手里多了一把打通时空的钥匙。

我在一条河流上，寻到了生命的入口。我感恩于远坐云端的智者，感恩于一条大河，让我拥有了耐心，拥有了超拔世俗的能力。污浊退去，喧嚣和泡沫散去，我的眼前一片澄明。我一时变成了一只大鸟，抟扶摇而上九万里，获得了俯视的自由和勇气。

与河相守，成为一种生命的度过。

所有的呼唤，呵护，都遵从我的内心；所有的寻找，积聚，都走在一条回归的路上。总有一双眼睛，会与我同一个方向，去审视，去寻找，我为此感到鼓舞。

是我的忍耐有了回报。

我似乎找到了人类原初的记忆呢，悟到了我与一条河隐秘的前生与今世。

又一个崭新的时刻，又一个崭新的时代。

河更顽强，更澎湃；原野更蓬勃，更葱茂。

跟一条河一起醒来

一

陷在一场聆听里，是神奇的。正像一场幻觉。

一旦跟一条河建立起某种联系，就觉得整个人都跟过往不一样了。

一直有一双眼睛，从源头而来。那是当初一条河流踏入一片新地之时，热切热烈地展望。两双眼睛一旦相遇，就有火花迸溅出来。正像一个年轻的健壮的男人，手上攥着蓝图，目光富有魔力。他在一片荒凉中规划蓝本，一寸山河一寸热血，蹚出一条波澜之路。那是一双不甘平庸的手啊，那是一个激情浪漫的人啊。

一双耳朵，似乎异常的灵敏。贴着一棵老树，似乎听到它海啸一般流过的血液。贴着土地，常常就听见来自地心深处的脉脉细语。一条河带给人的最大的享受，就是聆听。

浪涛拍打中，浑然一滴水；鸟语啁啾中，浑然一片羽；风过草丛，浑然一瓣儿花；森林和鸣，又浑然一棵松。云朵、清风是我；游鱼、走兽是我。我便与一条大河融汇一处，再分不清哪是我，哪是河。我们不忧不惧，相携相伴。

以河的眼睛观察，以河的姿态冥想，以河的情感思考和交往。越过俗世的眼界、习性，生命一下子就获得了解放，有了一种来往天地的自由，就像一个早上发现了一个新世界，走进了一个新世界，一点一点融进了一个新世界。

循着一条河溯流而上，或顺流而下。就又发现河的另一面，自滥觞至归宿，它都在散布，在繁育，在护佑。

在一条河面前，人就是懵懂的孩子，最浅显的道理，也要一条河长久地启发和教化。

二

河是什么呢？

河是完美主义者。

河之能之动之势，积于郁结，发于不平。水激荡，水奔放，水呐喊，水释放，并非水的理想。河浩荡，势不可挡，也不是河的本质。河的理想和本质都在消弭，缝合。它为此时刻准备着，可以汹涌，可以澎湃，可以怒吼，可以咆哮。

河的理想里，不能容忍任何一点哪怕最微末的落差和不平。不平则不静，河势必要抹平。

河就永远流淌。永远，朝着心目中的理想奔腾。如果有一天河静下来了，那一定是河看到了一个自认完美的世界。可这只能是想象，只能是愿望。河是这样一种个性，以最柔的手攀最陡的崖，以最软的足绕最迂回的路。河是在寻找一种标杆，平的标杆，平的示范，平的世界。哪里有永恒的水平啊，哪里有太平的平啊？河就一辈子在流淌，一辈子在寻找，一辈子在路上。河就成为水的最称职的代言，就成为水的最坦诚的模样。

河冲决堤岸，那是河的洁癖。河荡涤，裹挟，埋葬，之后澄清。河一直在寻找，那个安静的澄清之地。河之浑之浊之遮之蔽，是为了河之清之明之透之澈；河之冷之漠之冲刷之淹没，是为了河之温之热。河总要把最后一缕温暖输送出去，总要世界同此凉热，以示河之仁，河之博大。

三

一条久远的河流，有着无数次痛苦的蜕变。

如今又以崭新的面目回来了。

一条崭新的河，充满勃勃生机。保持着原有的节拍，原有的壮阔。一条大河和它两岸的青山与平原，一个也不曾老去，一个也不曾少去。它们亲密无间，交往如故。

一条河裹挟着泥沙、污浊，把它们葬身海底。一条河的语言就变成奔流和冲刷。它的宣示和昭告，全在行动上，河永远是实践者。这也是一条河让人变得更加沉默的原因，却也让人更加澄明、透彻。

变革，探索。它不墨守成规，永不停顿地流淌，让一条河流更加健康，更加葱茏。这是一条河流能永远热烈舒畅的最根本的原因。

四

河是有牙齿，有锉刀的。它会以特殊的手段去啃咬，去吞噬；它也会用特殊的耐心，去雕琢，去打磨。有多少淹没，多少冲刷，就有多少淘洗，多少成全。那些在砥砺中经受住考验的石与岸，便有了独特的形状、独特的品格、独特的行走和独特的风景。

一枚光滑的卵石，写满了华美的文字，那是河的隐喻。那种细腻中的坚硬，坚硬中的融通，融通中的持守，正是水的塑造，水的磨砺，水的品质。

河破空而来，打破了原野的宁静。河从源头流到大海，从洪荒到达未知，它一定负载着什么，丈量着什么，或等待着什么。

年年春水绿，沙洲鸠鸟鸣。一个甲子，又一个甲子，迎来送往，白骨与草木都早已层层叠叠，河却始终不变颜色。它是在演绎一场爱情吗？缠绵悱恻，亘古常青？

河水一日暴涨，冲毁堤岸，泛滥成灾，它警告，愤怒，吞没。河水三年断流，河床裸露，干坼，僵尸一般。狂暴与荒凉，愤怒与躺平都是一条河不同的身份和不同的面孔。

时间让一个放逐者孤独，也深邃。河流跳跃着变幻不定的鳞片，如图画，如一种特殊的文字，正像一场深情的诉说。

风来了翻卷，雨来了缠绵，河在平原上闪展腾挪。

一尾红狐，一袭红荷，一轮红日；一阵风声，一声鸟鸣，一片水声。所有的天籁地籁，都在一条河的怀抱里有了灵性。人混迹于万物之中，如微尘，如轻风，又如洪波，如巨浪，同样有河的品质。

即使再愚钝，守在一个地方，比如，就守在这一条河流上，总能想明白一些事情，总要想明白一些事情。生命中的一些特殊经历，不是平白无故产生的，也不能轻易地放过去。他要从一条河流开始，找到一些关联。他不能辜负了他与一条河流看似偶然、实却必然的交往。

正如一条河一点一点深入大平原的纵深，也正如河水一点一点漫过我的脚踝，我的小腿，我的腰臀和胸膛，我似乎正在经历一次致命的逼近，逼近一个真理，一种境界。那注定是一次开悟，一次蜕变，或者就在又一个早晨，我的眼前就会出现一个玉宇澄清、万类自由的崭新的世界。

河就是一个诗人，一首长诗。灵动的音符，悄悄跳荡在它的眼眸里，或深情，或激荡，或温柔，或豪迈，那是河的衷肠，也是我的梦想。

冬天的童话

城市辜负了一场雪。

在身背行囊，奔波于都市的时候，在脚手架，在垃圾场，在人流车流中穿梭的时候，在车站，在码头，困顿于一碗水一碗饭，横遭白眼的时候，在抹净豪华楼阁的最后一块瓷砖，彷徨徘徊于高楼大厦的陌生街道的时候，在地铁或公交上被斥责，被驱逐，被讥笑，被蔑视的时候，一场大雪，不期而至。

城市里的雪是被切割被瓜分的，是被逼迫，被嫌弃，被侮辱的。纯洁欢乐的雪花，在经历了短暂的洁白之后，很快就被践踏，被驱逐，被撒上肮脏的盐巴，被当作垃圾抛弃。在那时候，我是一个助纣为虐者。我手中的扫帚和铁锨，是我作案的工具，将那样纯洁无瑕、洁白无辜的雪，堆积，打碎，拍打，将它们装进散布着臭气的垃圾车。一车又一车，那样洁白如玉的雪啊，那样柔软如棉的雪啊，被运出城去。

被玷污的雪，满怀屈辱。

我一直为一场落在城市里的雪感到不平，感到愤懑。它们是怀揣着美好的理想落在城市的，它们是为着让一座城市更美丽才落到城市的，它们的仁慈与善良，柔美与热情，却都被当作软弱，当作累赘；似乎是它们，阻挡了城市里飞奔的车轮和匆促的脚步，被当作城市的废物、垃圾，必欲清扫净尽不可，连那些躲在枝头、攀上檐头、紧贴在车顶和玻璃上的雪，也统统被扑打，被扫除。

城市就像一只三头六臂的怪兽，霸蛮、强制，一切都在自己的控制之内，一切都在自己的意志之内。即使是一场雪，即使是那么美丽、那么柔弱的一片雪花，它的自由洒落，也会让城市雷霆震怒。

城市将一场雪的美好，一场雪的理想，踩在地上，碾得粉碎。

我曾经就是那个糟蹋和作践一场雪的帮凶。每每想起，我心里都会禁不住颤抖。越到后来，就越是对自己曾经的罪孽自责。不管什么时候想起，都让人难过。

在有了流浪和随波逐流的过往之后，就比任何时候都更沉溺、更痴迷这样一场大雪。

在像一条河一样极尽曲折之后，又终于回到一条河的怀抱，与一条河一起经历，一起收藏一场雪。

月轮又圆又大，颜色白中泛红。

雪就来了。

在月亮的注目中，我如河岸上蠕动着的一只红狐，生动在大雪深处。

在我的人生中，还从没有过与一条河一起看雪的经历。

这条河独守荒野的时候，一年又一年的大雪，落在河床里；一年又一年，在河床上堆积着。

从今以后，再也不让它独守一场大雪了。

由于有了雪，夜晚晶莹剔透，长河粉装玉裹。必有一双上苍之手，才雕琢出这样一条完美的雪河。

站在河当心，也站在河岸上；站在星光下，也站在雪花下。

世界在这一刻突然失真。让人恍惚，弄不清这样一个夜晚，这样一场大雪，到底哪一个是真，哪一个是假。又或者，到底是真实，还是幻觉。

本来，只是一场雪。

当然，只是一场雪啊。

却这么豪华，这么铺张，这么坦荡，这么起伏绵延。这是一片雪花制造的幻象，也是一条河塑造的一个雪的国。

这是我在与最后一车雪一同被驱逐出城市之后，与一条河的拥抱。

深刻地体验过城市的无奈，对这样一场雪就有了无比的喜悦。

城市的楼群拥挤，已经很难容下一片雪花落地，一颗种子发芽。在一场好梦被一座城市搅扰得七零八落之后，城市的钢筋和水泥，把一颗心压抑到枯竭和凝固。

皑皑的雪让我心情激荡。这一场雪，好像在一千年以前就开始了。可在我数十载的人生里，这一场雪，又一直是遮遮掩掩、躲躲闪闪的，一直是被阻挡、被排斥的。

直到今天，在无际平畴之上，蜿蜒大河之上，一场真正的雪才终于舒展绽放，坦坦荡荡。那飘飘摇摇的每一朵雪花，都像是从心里飘起来，又像是一意落到心里去的。

直到现在，才明白了，一场大雪，它就该是这样子的。像一张白色神毯一样，哗地铺开，将天地罩住。或者，像一场操纵天地的魔术，让世界展现出另一副姿容。每一片雪花都在提醒着你，世界就是这样的，就该是这样的，世界一直就是这样的。

一直，这样的吗？

是一场大雪，终于找对了地方，终于回到了家乡。一片雪花，像一个迷路的孩子，在天边流浪了一百年，飘荡了一千年，终于回到家乡。天长地久，一片雪花儿的心事凝成丝缕，结成花瓣儿，找到路径飘然而下。心满满，路漫漫。

一朵小小的云，一个大大的梦。

月轮隐去，雪花又来。

举目远眺，飞扬的雪正跳着欢快的舞，模糊了视线。这一场舞蹈，以大地为舞台，以天空为幕布，是专为着一个人起舞。那个人就是我。我居于舞台的中央，成为这一场舞蹈的主角。雪花层层缠绕，亲吻着脸颊，洁白的雪竟把我的一张脸染成红色。

远树长堤，雾锁烟迷，漫天皆白，一片迷蒙。

只有这里那里的缀连与绽放。

一场大雪，不仅错乱了季节，也错乱了思绪。

给一场雪加油吧，也给一场雪添色。

世界竟是这般奇妙。只是远树的黑与漫天的白，怎么就绘出了如此壮丽的雪国画卷呢？这一幅动感强烈的画，正像一场天地之恋，又圣洁，又高贵。

沉浸于一场雪的纯洁，也为每一片雪花终于拥有这么开阔绵长的时空而感动。

六瓣儿雪花，璀璨玲珑。雪花落在手心里，一点一点变软，变柔，终化成一滴清澈又透明的珠粒儿，珠粒儿滚动着，如一枚沉淀千年的琥珀。

一万年之后，另一个夜晚，另一场大雪，另一个爱雪的人，另一枚琥珀，是我吗？

被这样一个自创的童话牵扯着，心也变得悠远绵长。

白鹤与芦芽

　　从春天开始，被我救助的那只白鹤，就不时地衔来一截芦芽，放到我的窗台上。举着那一截芦芽，我暗自说，来了。

　　一场洪水，十年不来，二十年它还是要来的。三十年不来，五十年也还是要来的。在这条河上待的时间越长，就越会相信，万事皆有轮回。这是一条河的生活方式，也是一条河的思维方式。这种思维方式严重影响了我，让我对任何事物都望向纵深，望向遥远，都觉得有关联。

　　雨越下越大，这在我看来并不突兀。这一场淫雨，它酝酿太久了。

　　它走了多远的路？它远兜远转，在门外徘徊。直到灾后，铺天盖地的埋怨、诅咒、谩骂，都冤枉了它。它一次一次地提醒，告诫，明示，或暗示，可喊不醒脚步匆匆的行人。

　　这一场遥远的大雨，一直在年长者的追忆里，在无数次想象里。等到它真正到来的时候，还是让人慌乱。不眠之夜，雨一次又一次地喊我，把我喊到窗前，喊到院子里，喊到河堤上去。莫名地担心。

　　在这个风雨交加的夜晚，我焦躁地徘徊，终于冲进雨幕里去。我想去看看我种下的那一片禾苗。在这场暴雨里，它们怕是要遭遇灭顶之灾了。我得扒开围堰，救出它们。内心深处，还有一层，就是那些平时友好相处的朋友们，那些生灵们。我知道它们比我更富有智慧，我也知道我根本帮不了它们，可我还是牵挂。会不会有一只淋湿了羽毛的小鸟，有一只被雨水淹没的小兽，正等着我的救助。这样说未免矫情。即使真有这种情形，我也不一定能找到它们，可走出去总比躲在屋子里要好。

河坡湿滑，一脚踩错，就会滚到河里去。可一场大雨呼唤着我，咆哮的河水吸引着我，就如一种宿命。跋涉在雨中的时候，我就在想，与这场雨相遇，正是一次生命的唯一。不是谁都有这样一份幸运的。我要追上它，看到它。

雨激发了我，让我精神抖擞，手电筒的光亮像鬼火一样在我脚下跳跃。穿过公路下边一个涵洞的时候，一只红尾狐从雨幕里蹿出来，连呼带喊，一口咬住我的裤脚，拽我。你不去避雨，跑出来跟我闹什么？狐不听，又一次拽住我。自从那次从陷阱里搭救了它，这只狐就一直不离不弃的。雨这么大，这只狐竟一直暗中跟随着我吗？现在，它急切地四蹄乱蹬，摇头摆尾，又怪声嘶叫。我不得不停下脚步，认真地看着这只红狐。我拍一拍红狐的脑袋，红狐便引领着我，攀向大堤。刚刚走上堤坝，就见两股大水，翻着浑浊的浪头，从一座涵洞里喷涌而出。我感叹一声，转身想对红狐说一声谢谢，它却早已找地方避雨去了。

洪峰是在黎明前到来的。浑浊的浪头拍打着堤岸，轰鸣声好像发自地心。久蛰于地下的一条巨龙，幡然猛醒，翻了一个身，让大地摇动。一河浊波暴怒着，搅动着，像一头巨兽，张牙舞爪。洪峰完全变成了浑浊的泥浆，裹挟着树木、柴草，发出低沉笨拙的喘息。河水拍打着堤岸，亮出白森森的牙齿，拱动着，啃噬着，切割着。轰隆隆，一大块土坡滚落到水里；轰隆隆，又一块土坡滚落到水里。年久失修的堤岸像一块豆腐，颤动着，随时要被震碎，要被吞没。

时辰应该近午了吧，灰蒙蒙的云却像黄昏。模糊的河面上，飘荡着一只怪物，随波浪起伏，耸动着。近了才看清，竟是一个完整的屋架，被秸秆败草和野树裹挟簇拥着，正像一艘摇摇欲坠的大舟，堵塞了半个河道。几只落汤鸡呆卧在屋梁上。一只狗瑟缩在鸡脚下，一头白猪拱着黑狗的屁股。高高翘起的树枝上缠着一条擀面杖粗的大蛇。这只造型怪异的大舟，得了神力，在水中隆隆前行。舟上的兽类家禽皆静默，一动不动，像极了某种仪式。不远处，就是那座年代久远的木桥。这艘大舟载着这一船木雕般的使者，不躲不避，朝这座老桥直扫过去。片刻的犹豫之后，木桥像一架朽蚀的骨架，抖动了一下，便轰然解体，没进水里。随着涌动的巨大的浪花，一缕白烟，腾然而起。整个过程像一场无声电影，在远处的洪水中上映。让人毛骨悚然。

一座老桥坍塌于浑浊的洪流中，这不是一件寻常的事。

虽然桥已经很老了。

天地玄黄，时光仿佛回到一片混沌。

一切变得如此陌生。一场洪水，要吞噬土地、田园，要把世界重新安排一遍。

节气已是立秋，马颊河的雨季已经过去了，可这一场猝不及防的洪水就这样不期而至，或者正是如约而来。

我突然就明白，纵使我在这条河上守了三十年，五十年，也还是不能真正了解一条河，它太遥远，太古老。纵使我认识了它的一千张面孔，它也还藏着第一千零一副模样。

毁灭是洪水的拿手好戏。

坏消息一个接一个。

洪水冲进了城市，街巷一片汪洋，一座座楼房成了水中飘摇的孤岛。街道变成了河道，肮脏的鞋袜被褥，成堆的垃圾，大大小小五颜六色的包装盒子、箱子、塑料袋子，小孩的各种玩具，锅碗瓢盆，衣服鞋帽，甚至还有没拆封的洗衣机、电视机、电冰箱、电动自行车，都在街道上漂浮着。瑟瑟发抖的老鼠，湿了皮毛的流浪猫丧家狗共居在一块大广告牌子上。

因为排水不畅，雨水倒灌进地下的商场里、车库里。洋酒、美食、高档家具、服装、豪车，多少年的积聚和财富，毁于一旦。

洪水还在肆虐。洪水灌入了地铁，淹没了涵洞。

更可怕的消息传来。那些在涵洞隧道下面躲雨的人们，来不及撤离，或是太过低估了一场大雨的淫威，全被堵在里面。

鲜活的生命陷入恐慌。刚入职的学生，送外卖的骑手，急着回家奶孩子的母亲，手上挂着青菜、后背驮着娃儿的父亲，蹬三轮送家具的男人，手里还攥着手机的女人，与自行车、电动车、三轮车、电动三轮车、四轮小货车，大大小小的轿车，全漂荡在肮脏的洪水里。

这些一直在路上的人，很少抬起头来去看一看天空，更难静下心来去想一场暴雨。日里夜里，不停地奔波，就像后面有一只恶兽追着撵着，直到被一场洪水追上。

失去儿子的母亲，失去丈夫的妻子，失去爸爸或妈妈的孩子……被这场洪水刻下深深的创伤。

几十年里气候干旱，让河道坑塘干涸，深深浅浅的水井枯竭。城市张着焦渴的大口，一头扎进河流，扎进地下，狂吸猛喝，依然不能满足那只越张越大的胃袋。一条条大河断流。

干旱，麻痹了人的神经，模糊了人对一场洪水的防范。

当一场传说中的洪水，收敛起它的獠牙，藏进悠远的天光里，似乎永远不会再来了。时间越长，记忆就越加模糊，其实也就越迫近，越阴险。

洪水，在哪里？

忙碌到虚脱的人们，陶醉在虚弱的成功与自设的幻象里。

对土地，对河流，对洪水的敏感呢？祖先们筚路蓝缕，与自然达成的和解与契约呢？

早已麻木迟钝了的人，既比不了原野里的一只狐、一只鹤，甚至也比不了河湾里的一株水草、一枚芦芽。

原野之野

日与原野相处，常萌生无端的怜悯。

踏入草丛的一只脚板，毫无知觉间碾碎一只小虫，踏碎一窝虫卵。拱动于泥土中的潮虫，有柔软的身体和纤细凌乱的腿脚，有微小到模糊朦胧的鞭毛和眼珠，可它所有的器官，都不是为着抵御一只脚板那样的庞然大物而生的。完美的小生命，瞬间化为一星儿血水。脚板却麻木茫然，自顾踏去。

一对正在交尾的瓢虫，一只正在巡视的扁担虫，一只威风凛凛的天牛，一群忙于觅食的蚂蚁，不管它在虫界的地位有多高，当然，也不管它在虫界的身份有多卑微，不管它有多少理想多少追求多少热情，都会在一只脚板下化为一缕冤魂。

这样的无心之过，一次一次酿成血案，酿成命案，便激起原野的反抗。贸然的闯入者，额头上常留下马蜂蜇的脓包，脸颊上有被树虿蜇破的创痕。

丛林里，一只猞猁，一只狞猫，躲在绿叶深处，或者正在经历一场刻骨铭心的爱情，或者正在等待晚归的家人，或者正在用餐，你的贸然打扰打乱了它的程序，让它误解为敌意或冒犯。

或者什么都不是，只是因为机缘，你成为一群杀人鱼的口中食、盘中餐，你的血肉本不在它的食谱中，也许真的不适合它。可是你打扰了它。

　　不要认为你是无辜的，不要将愤怒之火发泄于它，试想，在这片越来越局促的丛林里，谁更无辜呢？

　　深情谛视一只凤蝶、一只野蚕，我不觉得这种感情是迂腐的，相反，倒有深深的同情。人到底应该以一种怎样的态度，去与原野打交道呢？

　　野地里，一株葎草细瘦的枝节匍匐生长，每一枝每一节，着地生根。它白嫩嫩的根须与绿油油的叶片，都娇媚，又都强悍。它的叶芯儿里，始终有新芽萌发。打着卷儿，冒着尖儿，这是上天赋予它的智慧。它爬了一个春天，又爬了一个夏天，繁衍出一片比席子还大的草地，一片碧绿的毯。它从根本上改变了这一片土地的颜色。它的涩如钢锉的茎上长满毛刺，时刻提防着，拒绝任何侵扰和轻慢。

　　它在暖阳里抽出细细的茎，举着黄绿的小花。那一根花茎如针如簪，可真是太秀气，太漂亮了。

　　是谁告诉它的，是谁告诉它霜要来，雪要来的。让它急匆匆地，在秋天结出种子。那一枚一枚比米小的草籽儿，就埋伏在散穗上。晒暖，晒籽，等风来。

　　大山雀从老榆树的一树花束中穿过来，又穿过去，毫不掩饰对这一树金黄的向往。乌鸦在金色的花丛上盘旋欢呼，被这一树金黄弄得神魂颠倒，似乎想着，要给它们的一身黑礼服换一换颜色。从早晨到黄昏，满树的金辉夺人眼目。谁也不懂，这一株看似愚蠢的老榆树，竟有这样浪漫的招摇。

　　就在这个夏天，小小榆钱儿在雨后的原野里生出白白的根茎，顶起碧绿的芽苞。芽苞如针如线，让你深深地怀疑，那一株大树，竟是由这一瓣儿白嫩嫩的芽苞长成的。

　　一只造桥虫，不知道从哪里钻出来，用细密的牙齿，无情地啃啮着一株小苗。接着是一只蜘蛛，悄悄地在小苗上织网，它要将一只肥嫩的虫子网住。在它们还在较量的时候，剽悍的阳光把小苗给晒干了。这一场被埋葬的原野之梦，就这样匆匆地来去，让你不胜唏嘘。

可它们是真的来过呀，而且，那么漂亮地来过。

秋天，沟壑的危崖上，吊起一根只有发丝般的细根儿，细根连接着的，竟是一株茂盛的猪牙草。猪牙草上白里透紫的喇叭花儿，一串串，一簇簇。似乎，一阵风来就能吹响所有的喇叭，奏出最美的音乐。那样危危的细根，那样蓬勃和绚烂的花朵，让人不由不感叹生命的艰险与奇妙。

野草，大树，生于荒野，历尽沧桑。没有谁，为它们写一部史记。可草树葱茂，将它们的历史写在大地上。一部青草史，一部野树史，卷帙浩繁，年年增加着新的篇章。一部又一部大书，就藏在原野的褶皱里，泥土的纵深里。

最恣肆最柔情、最狂放最优雅的存在，还得是一条河。

河是原野豢养的最具野性的兽。它总是攀最陡峭的山，走最荒僻的路。越是在最艰险处，越爆发最强悍的力。刚刚在平原上展开柔情的怀抱，又一头扎进更深的原野。河是原野最娇惯最具智慧的神。河的日子永远生动，永远渲染着声色和音韵，将原野浸渍得湿漉漉的。

河引领着，打开世上那些鬼斧神工，那些天造地设。洞天福地的溶洞，坚韧沧桑的崖柏，还有那耸立于悬崖上的飞来石，貌似累卵之危，却坦然峰峦之上，自然绚烂，让人惊叹。

一滴缓缓凝结的露，真有耐心啊，它专注于一颗珍珠的打磨。它不懈地凝聚着，直到那水滴足够大，足够沉，把草叶压弯，水滴便顺势滚落到刚刚融化的泥土里，它加速了那些一线泉的诞生。

这样的一粒珍珠，要凝聚多久，才有力量滚动浸没于土地？河岸上，这里那里多少次碰撞，才炸出一道道小溪来？

夏日里，暴雨刚过，潮湿的泥土上隆起一堆一堆细小的土粒儿。土粒儿之微，如沙如霰，却又真真的是一粒一粒的，那么细，那么圆，那么自然流畅地堆聚。它们和那一座座禾秆儿般粗细的蚂蚁塔，相守相依，星罗棋布。

冬日里，雪和冰是主宰。它们大幅度大跨度地改变着和塑造着地貌。一夜风雪，在枯瘦的枝杈上塑造出脆薄的雪檐。河边，由冰雕琢的，沿水边儿啃噬出的层层塔檐儿，那直伸入泥土的冰刀、冰锥、冰斧，是这季节之手的杰作，它们在荒野里兀自美丽着，变幻着，神秘着。

看着看着，我就成了河坡上的一滴露，崖畔上的一棵草，冰挂上的一片雪，我就跟它们融在一起了。

河的智慧，注定来源于野地。野地的小溪，由小变大，三而二，二而一，形成大河。

河浇灌了种子，风吹原野，葱茂碧绿。河自由着。

原野才是原野伦理的实践者，当然，也是原野伦理的捍卫者。

原野的入口，那些荆棘编成的拱门，那些野树竖起的鹿栅，那些野草渲染烘托的沟谷山川，都是原野巨大而醒目的标识：别打扰。蛇蝎毒虫、豺狼野狗环伺。风掀动林涛，雨搅动雾障。原野的宣示涂满了天空，铺满了大地：别打扰。

林涛如雷，雾障如网；毒蛇咬在身上，虎儿磨着它们的牙床。

这都是原野的宣示。

似乎戒备森严，拒人于千里之外。

其实，只是生存，甚至最低的生存方式。

或者，也是一种境界，甚至最高的境界。

不仅仅是一条河流，一座雪山，一片沙漠；不仅仅是一片森林，一块绿洲，一片海洋；不仅仅是一只斑鸠，一条狗獾；不仅仅是一条红鲤，一只秋蟹；甚至不仅仅是一片天空和云彩。原野的静默与热闹都是它们自己的事。

原野之原乃万物之原，原野之野乃万物之野。原野之荒凉，之生杀，那是原野自己的事，与人类无关；原野之中，一切的生存与死亡，都是原野的渊源与命运，与人没有一丝一毫的关系。除非，人降低了姿态，承认自己为原野中的一种，一类，一粒。

万物为邻，又各有边界。否则，强制就成为干扰，撷取就成为侵犯，更别说肆意的掠夺，摧毁。甚至，连昆虫爱好者、洞穴探索者、荒漠探险者、山巅征服者，所有的足迹，稍有不慎，就会在自然的胸膛上划开大大小小的口子。

弹丸射穿的一只伯劳，大头针钉住的一只斑蝶，标本室里，每一架骨架，都曾经鲜血淋漓。

贵为人类，不屑于谛听来自草芥，来自泥土，来自一场微风中的呐喊与控诉，更无视自己脚板之下的罪恶与血泪，可它是真切存在的。在一只微末的虫的世界里，它们的悲伤与绝望，弥漫在原野的角角落落里。

万物有灵，各有天命。即使卑微，即使渺小，却不可替代。造物者赋予它的生命都是独特的。在它原本匆促的时空里，它们都是那样生动，那样独特，可就在你的脚板下香消玉殒，随风而逝。

不要以为你是无辜的。

事实上它们才是。

在人类一次次迷恋于自设的奇思妙想，一次次深陷于自我的欣赏与狂欢的时候，一场看得见或看不见的灾难，常常就藏在自我陶醉的背后，紧随而来。

海豚、海龟、海象、鲨鱼，身上缠绕着塑料，胃袋里塞满了塑料。白鹤、白天鹅，甚至鹰和雁，翅膀上也缠绕着塑料，嗉囊里也装满了塑料。薄如纸、柔如绵、韧如丝、坚如铁的塑料，给人类带来便利而大行其道的时候，深重的灾难却让大海和土地不堪重负。农药在不断升级，带来一波又一波新的灾患。除草剂让天下野草陷入万劫不复。土地和水源的污染已经在反噬人类自己。亮如白昼的霓虹，让繁星隐匿，喧嚣的车轮让草木难眠。据说，连本来清静的太空，也充斥着人类抛弃的垃圾。

苍穹，早已发出一万次叮咛，愚蠢的脚步却又会第一万零一次踏过危险的边界。人的每一次鲁莽，都踩疼上苍敏感的神经。灾难和教训，不是原野的初衷，更不是仅仅为了惩罚，而是原野之神的悲悯，原野之手的拯救。

自然在恒常中延续。不打扰，草自绿，花自开，蝶自来，河流自流淌，鱼儿自生息。不打扰，对屡遭创伤的自然，自我修复的万物，可能倒是最深厚的慈悲。

原野自有其隐私与坦荡，自有其生发与轮替，荒凉与繁茂，那都是原野自己的事，那是不能涉足的秘境。尊重而且克制，行于所当行，止于所当止，应是人之谨遵的初衷。各安其处，各享其乐，这是原野最后的边界，也是原野最后的尊严。

造物者在上，万物皆有所来，皆有所归。深怀戒惧和尊重，这不是姿态，也不是畏缩，而是遵从原野的伦理，甚至也是仁慈与罪恶的分野，悲悯与善良的旗帜。

越是融入，越是迷恋。融入才更懂得敬畏，迷恋就愈加尊重。融入就成为一次嬗变，就成为一次涅槃。那就不仅仅是放低身段，那就不仅仅是羡慕的眼神。融入是身与身的相融，是心与心的相通。融入是以草木之眼为眼，是以万物之心为心。这是融入原野的捷径。

我的原野，就成为我与草木生灵共守的秘境。

在永远陌生的河流上

　　大河奔流，一直消失在远方的地平线。就有一个强烈的错觉，觉得大河是要在大地上执拗地画出一个圆。

　　再仰望天空，就更让人遐想，觉得天空和大地，似乎都在不可知的时空里，画着它们各自的圆。

　　巨大的轮子，大到不可想象，暗中拨动它的齿轮，咔嚓，咔嚓。道路丝滑，在一架巨大的滑梯上，虹彩一般，翱翔在宇宙里。

　　越想，人就越渺小，小到如尘如埃。

　　即使在造物者那里，河流也应该是一位智者，一位见惯了世事轮回、风雨变幻的长者。它的存在本身就给人提供一个参照。

　　它把所有的人、所有的眼睛都骗了。

　　它日夜不停地流淌。白天和黑夜，又一个白天和黑夜；冬天和夏天，又一个冬天和夏天；一个四季，又一个四季。如此往复，循环无穷，如日月经天。它每一刻都在出发，又每一刻都在回归。只是，它不像夜与日，不像春夏秋冬那样界限分明。它轻易地、神不知鬼不觉地画着它的圆。

　　其实，倒不如说是一个窗口。

　　上游和下游，甚至过去和未来，都会被一条河带到眼前来。

　　可是，注定还有许多见所未见、闻所未闻的事情发生，它们出现的机遇，它们相逢的路径，那就只能拜托缘分了。可它们注定都曾经在漫长的时空里发生过。它们一旦出发，就注定要回来。无限的可能，无穷的远方。如果有些事发生了，超乎你的想象，你大可不必惊讶；如果有些事，荒诞如一场大梦，你也不要轻易怀疑，那只是时空转换的机缘罢了。

那些在一百年之后，一千年或者一万年之后，才能回归的事物，我是无缘相见了。可又不无欣慰，且更加警惕。我热切地、细心地体验着每一天的日子，睁大着一双眼睛，激动地然而谨慎地活过每一天。一条大河的每一点异动，说不定都是一种前兆或者铺垫，预示着某种变化。那一千年前一万年前飘过头顶的一片云朵，或者正好就要在今天回来。它会带来一场春雨，或者一场春风。

河流的昭示就是如此简单。世界始终固守着它的寻常，回归和轮回都隐秘到毫无痕迹；世界又每天都变换着它的模样，每一时每一刻都隐藏着未知的秘密。

鲜活又宁静的日子，严肃而悲壮地鱼贯而去，似乎再也不会回来了。

可每一个新的日子，又一次如期回来。

告别与新生，就这样相对相立，相携相生。马颊河的十年断流与八次大水，惊悚的一场大雨和一场大雪，在我的有生之年也许不会再回来了。一万年之后呢？

那些原本亲切的事物，远兜远转，消失了好久，突然地，在某一个清晨或某一个黄昏，来到我的门口。依然是熟悉的模样，熟悉的神态，连一点远游的痕迹也没有。这让我相信，它们本来就未曾远离，本来就蹲在某一个角落，在某一个时辰的某一个路口，悄悄地等我。

不仅花朵，不仅鸟兽，不仅那些死而复生、拼命繁殖的虫蠓。

今晚的雷鸣、闪电，在去年的同一个夜晚，同一个方向，同一个高度，就曾经造访过。连音色，都是那时的动静，连形状，都是曾经的模样。去年飞逝的一颗流星，曾经真切地熄灭在西北的天空，它曾经引动我瞬间的惊讶。今年，在同一个方向，同一个时辰，它竟然沿着同样的轨迹，又回来了。

就在这一条大河的波光里，它曾经悄悄录下了多少影像、多少音响、多少色彩、多少故事和传奇啊。它的每一次打开和每一次播放，都会唤醒过往的记忆。一片云，一场风，一阵雨，一声蛙鸣，一场冰雹，一场洪水，或是一场干旱，今天来了，明天走了。今年走了，明年又来了。它们走了十年，又在十年后的同一个季节，乃至同一个日子又回来了。它们走了三十年，又在三十年后的同一个季节，乃至同一个日子又回来了。

在这条河流上待得久了，你就会清楚地听到，每一次发生激起的回响，如一粒坠落的野葡萄，一颗闪烁的星星，一滴露，一声虫鸣，或是一声牛哞，一声陌生人的呐喊。

谁也说不准，我的每天每时每刻所见，正是千年万年里的一个轮回呢。

除了日升月落，四季消长，惊艳的星空与无边的大地，又有多少看不见的轮回是依千年万年或更长的时空来实现的呢。一万年前，或一万年后，一位大河的守护者，也许正站在遥遥的时空里，投来他的问讯呢。

一只拘囿于自己的窝窠周围狭小草野中的小兽，它熬不过十年，二十年，或是三十年，无福发现在更长时间里发生的无数新生和陨落，根本无法品鉴更长时空里无数的出发和回归的意味。

万事万物都是有呼吸，有灵魂，有着明确的路径和轨迹的。它们每时每刻，每天每年，每十年二十年或是三十年，或是在更长的时光里旋转着，出发着，同时也是回归着；生息着，同时也是轮回着。

它们遵循着只有它们自己清楚的路径，依着它们固有的频率，消失，又回来。它们的脚步，它们的姿态，它们的活力和方向，都保持着恒常的惯性。

更多的事物，回归之路要漫长得多。它们在宇宙里，画下一个又一个圆。它们总是有足够的耐心，总是有足够的热情，需要更长的时间和更大的空间。你没法想象，它们绕过了多远的半径；没法想象，它们走过了多远的路途。若是有一天，不早不晚，刚刚好，在这个早晨相遇了，在这条河边相遇了，这得是多大的缘分，多大的福分。

更多的生命，更多的轨迹，躲开了我的眼睛，纵使与我擦身而过，也终是缘悭一面。每一时，每一刻，都遗憾于不曾听闻的事情发生。这让你就不由得更加珍惜当下，珍惜眼前。

每一个早晨，那一轮昨天曾经光顾的太阳，都会重新回来。我明明知道，这件事没有悬念，可唯其没有悬念，更让我深怀着感激和喜悦。不仅是因为它给我带来了光明，还因为它的轮回之路，那么准确，那么真实，被规定，被设计。没有一个早晨会爽约，永远不会。

眼前的一株地锦，一丛野莓，一只蜻蜓，一只黄鹂，当你想到，它们是赶了一万年，或者更长更长的路来跟你会面，它们绕过了更大的圈子，来赴一场不约之约，就不由不激动，不兴奋。刚刚吹过的那一场风，也许它在一万年前，就是从眼前这片草地上吹过去的。

蚁族把洞打在一截朽木上，螳螂把自己打扮成一朵花的模样，野草莓的种子在河的背坡上长出来，蜂巢天天迎接着朝阳，这里面都大有玄机。没有一件事情是孤立的，也没有一种事物没有来历。

一枚琥珀沉埋进地层，将一双正在做爱的果蝇永远定格。从雌蝇夸张翘起的那一对岔开的翅膀，仿佛又听到了那场一万年前的风声。一朵小花，一株小草，一滴露珠儿，一只飞虫，都在奔赴，也都在等待。万事万物，无不是在赴一场早有约定的盛宴。

似乎一切都是偶然，一切都是无意。可是你看看那只传承了亿万斯年的小兽的那一双充满怀疑和探寻的眼睛，就会发现，一切都不寻常，一切都是必然。世间的所有存在和发生，都是精心安排的。

一只鼠，它的小小脚爪像一台灵敏的收发报机，每一次按下嗒嗒的按键，都似在向深厚的大地发出疑问和咨询，也似在接受地层深处传来的信号。每一次蛙鸣，都似在发表一次演说，关于空气，关于雨水，关于生存方向与蛙族命运。蝉，燕，蒲草，野菊，无不真诚感受着自然传递的信息，每时每刻，毫不懈怠。它们的触觉味觉视觉嗅觉，它们的皮肤羽毛肌肉，它们的五脏六腑，每一个器官，都与生俱来地与自然交往交流。它们感知，推测，预判。在这样漫长的探索与融合中，它们都成为大自然的宠儿，都获得大自然中的万千秘诀，它们神秘的第六感让它们成为一方土地和一方天空的神仙。

在稍微拉长的时间链条上，一个人的寿命就显得微不足道。在同情飞蠓的时候，却在上苍眼里变成了一只飞蠓，随时都可能随风而逝，随时都会蒸发消逝。

也正是这种认知，深刻地改变了我做人做事的姿态。看到眼前的一草一木，花开花落，再遇到一场飓风，一场淫雨，再经历一次日食或地震，再遭遇一场旱涝，我都会悲悯地俯视或仰望，会像抚摸自己身上的伤口一样，深怀着一份自不量力的同情和忧虑，主要是，会不自觉地把它们当作生命的某种喘息、某种回馈，也像是听到了历史的一种回声。

对眼前的这条河流，这片土地，乃至头顶上的这一片蓝天，它们的前世今生，它们的某种不能被人类认知的轮回，怀有虔诚的尊重。是，一条河，它来到世上之前是什么样子呢？它经历了几世几劫，还要经历几世几劫呢？这样的思考，给我带来奇妙的感受。我可以纳宇宙于眼前，视天地为生灵；我会在一片混沌中，悄悄地分辨出它们的眉眼和喘息，倾听着它们的歌哭和絮语。

像一棵树那样远望，像一条河那样冥想。

这种冥想无所挂碍，天马行空。它可以引导着我，走进最隐秘、最逼仄的时空里，探幽析微。它当然也可以诱惑着我，乘上岁月的穿梭机，来一次穿越时空的旅行。这种冥想，能将一粒微尘放大成一个宇宙，洞见那不曾经见的深邃与微妙，也可以将最辽远最漫长的时空缩小成一朵花，一粒种子。

或者，就变成一条河流，在我的思绪里如日月经天，不息流淌。

大河孤独地流淌，不舍昼夜，流成一个巨大的谜面。

一束追光，照出黑暗遥远的过去，也照到幽深遥远的未来。

就如，一只先知先觉的白鹤，与一截早早萌发，等待着一场大水汪洋的芦苇。

总有一只看不见的手，在又高又远的时空里，导演着万物；总有天意，呼应着某种出发和回归；总有某一条轨迹，旋转着，消长着。

　　就像眼前这条如此熟悉，却又永远陌生的河流。

　　这些胡思乱想，常常让人心潮起伏。百年不遇为我所遇，千年万年不见为我所见，小子何德？扑面而来的每一时每一刻，就都有了金子般的分量。那些纵然微末的生命变化，也会兀自放大，演绎和演变起来，呈现出诱人的声色。河流之上，潮涌之中，砰然飞溅的每一朵浪花，既像谶语，又像是预言，散发出热烈的耀眼的光芒。

后　记

正是春天。一个五岁的小男孩，两眼发光地盯着一株刚刚萌发的树苗。

河岸上，腐烂变黑的枯草败叶，与堆聚的稼禾粪肥，发酵成新的泥土。空气里散发着腥甜的气息，混合着某种发霉的味道。野蘑菇，野草，枝头新绽的芽苞，都怯生生地打量着这个有点呆萌的孩子。

小男孩弓腰低头，一双小小脚掌踩过沤烂的秫秸，穿过新绿与花红，一路逡巡。

桃核儿坚硬的外壳，如何在这个温暖的春天里裂开了一道缝；甲壳虫的亮翅，如何鼓动起枝头的风；化冻的河水，如何澄清了渣滓，碧绿到如绸缎一般丝滑细腻。原野里正在发生的各种细微的事情，每一桩每一件都让他兴奋，并一点儿一点儿沉进最初的记忆。

每一次回望，都怦然心动。

探寻的目光，就这样执拗地投向原初，又在现实中求证。

另一个场景。另一个事件。沉醉于虫迹野趣的少年，忽然感到不安。周围的沟壑、野草和荆棘，连同野地里乱窜的野狗，都在转眼间变得陌生。

那一年我十五岁，对天空与原野故意设计的迷局，依然毫无准备。彤云压顶，大野摇动，种种诡异，处处可疑，人如草芥，竟是如此渺小、孤单。

一定是它先发现了我，并向我走来。那是一株巨大的朴树。它残破却依然健壮的身体告诉我，它隐身于这片荒野真是太久了。只是见我惶惑四顾的狼狈，才突然现身。它像一位慈祥的长者，向我发出温和的召唤。我用父亲教给我的方法，去辨别大树根部泥土冲刷堆聚的起伏，从树皮粗糙龟裂的变化、树身颜色的深浅，终于确定了方向和来路。老树摇晃着卵形的叶子，爽朗地笑了；阡陌、草野，头顶的飞虫和鸟群，一时都换了面孔，重新变得亲切熟悉起来。

从那时我就明白了，原野里的一株树、一只虫、一片羽，乃至一条河、一道岭、一场风雨，都不是平白出现和发生的。我当然不能说它们是为了等我，为了迎接我。我来与不来，它们都在那里。可每一次相遇，又都像一场赴约，仿佛有过漫长的期许。这让我深深怀疑，世间万物，它们的存在本身，都藏有某种玄机。

一株金银花与一棵深藏于岁月纵深的大树一样，它们与泥土之间深微幽远的心事让人动容。一只蜉蝣与一只狸猫，它们的盈缩之期有界，而交欢腾挪之间尽展生命华彩。那些扶摇而上、御风而行的生灵，寻常如灰雀，神秀如苍鹰，翻飞翱翔，又无不尽显神迹。

草木依时而生，雨雪四季轮替。川原遥深，百鸟散聚；日升月落，众虫芸芸。万物先于我而生，也注定后于我而在。这一段时光里，我化身过客，蹒跚其中。我只是其中的一个，一类，一个参与者，一个见证者。

有智者言，或许，大地不属于人类，人类却属于大地。

就像那个五岁孩童，沉浸在草、树和风里，为大地上种种灵异奇妙、种种生发变幻而惊讶，而感动。就像那个十五岁的少年，混迹原野，获得指引和抚慰。我观察它们，感知它们，并因此更加迷恋和热爱它们。

另一个视角，另一个身份。大地上那些无处不在的眼睛，它们也在以自己的方式观察我，感知我，也在以自己的好恶、自己的是非，分析和判断。它们出神入化而无所不知。那是自然之魂，上苍之眼。

也才悟到，所谓人间，不过是我之一厢情愿，与草间、木间、虫间、鸟间、山川间、湖海间一样，只是不同眼睛里，不同的着色，只是天地间之一维，一重，一面，是我之一念。

我只是一个同行者。充其量，是一个欣赏者和赞美者。我为每一次相遇而深怀感激，为每一次发现而喝彩，而赞叹。

大地在，而我在。万物生，而我生。游走领略这世间的斑斓，注定是上苍的眷顾和恩赐。

多少年之后，那棵萌发于黑色腐殖质里的小树已然子孙满堂，可那个五岁小男孩，那双沉迷的眼睛，却依然在记忆的初萌之地晃动。

是谁赐予了一个五岁孩童那颗迷恋万物的心，那种视万物为知己的襟怀呢。

那样清澈、单纯、热切的一双眼睛，如今在哪里呢？

那个为一株树苗、一只步甲而沉迷的小男孩，是我吗？

还有那个十五岁的少年，如何丢掉惶惑和迷茫，拨开荆棘与榛莽，一路繁复却又简捷地寻找与追踪。

天使只青睐童真和少年。人的短视和愚蠢或者正与年齿的方向相同。

我一直在寻找一个入口，去聆听，甚至透视自然万物隐秘的交往和伦理。在那个五岁孩童的身边，我悄悄蹲下身来，俯下身去，以他的眼睛为眼睛，又以草木的高度为高度。当我像一个孩子那样，去倾听草木的絮语、燕雀的呢喃、蟋蟀与老蝉的长歌，去感受山川河流的脉动，便浑然足下生根，臂展枝叶。那絮语，那呢喃，那长歌和脉动，仿佛正从我的喉间心间流过，我们共奏一曲合唱。

最原始的场景，最本真的对话，最朴素的表达，却总有最迷人的境界。有一串别样的密码，它就藏在大地隐秘的褶皱里，等待我小心叩动，踏破迷踪。

或者，就像那个十五岁的少年，一点儿一点儿消弭内心的傲慢与狂妄，一次一次调整和矫正身份和位置。原野，它就不单是仁慈的养育者，还是万能的救赎者。有一种自觉，或者就是一种升华，一种蜕变，心灵上和身体上长久沉积和包裹的某种坚硬顽固的壳，就慢慢融化开来。

在平原上，连河流也被人为地规范和约束。可一条河流的野性始终在与这种约束较量着。洪水和干坼好像都是河在驱使和操纵。这让一条自黑暗与洪荒而来的大河，始终保持着捍卫野性的特质。

河在养育，又时时在摆脱。它冲荡溃决，要么就浩浩远去。把原野和大地留下，把人类留下，在远而又远的地方，又一次与万物汇聚。在河的不息奔流中，总是伴随着突围或者新生，像在布施某种天意。

河流正如一场出发，或者也是回归，演绎着生命本来的理想。与河相伴，或许是找到原野初始的模样，勘破人与自然结缘的又一路径。人类的童年，或童年的人类，正如一条河的滥觞，那最初的和谐与明亮，积聚与融汇，给我神明般的引领。

我隐隐听到某种召唤。

河佑我育我，正如大地，半生纠缠。河如巫，也如种在身体里的蛊，让我甘心成为匍匐于它脚下的子孙，个中玄机，参不透，却更拨动我的心弦。

这样一种记忆，其实也正是一种不甘。人与原野的故事日日延续，每一天都是序章。我不是一个沉湎于回忆的人，我的所有回望和追寻，都为着眼前，甚至向往。我记下我的所见，我愿它像春天里展开的花朵和声色一样，纯粹一点，再纯粹一点。我真心想看一看，当年那个迷恋在幼树和花丛里的孩童，和那个迷路的少年，多年之后，能够呈现的模样。

或者，还有一点自嘲。每一粒儿文字，正如一粒瘦弱的种子，深怀着胆怯和自卑。它本来生于沟壑，缺少水肥，卑微或顽劣都源自天性。可它萌发了，就必要绽放，必要结实，迎迓四方的风。

越到后来，我就越发现，我的书写和寻找，不是我一个人的事情，也不是我一个人的理想。我把这些都当作大地的馈赠，也才有勇气让这些文字继续走更远的路。